"深扎"文丛

危险时请敲碎玻璃

WEIXIANSHI QINGQIAOSUI BOLI

孙瑜 著

河南大学出版社
HENAN UNIVERSITY PRESS
·郑州·

图书在版编目(CIP)数据

危险时请敲碎玻璃 / 孙瑜著. -- 郑州：河南大学出版社，2018.11
("深扎"文丛)
ISBN 978-7-5649-3569-6

Ⅰ.①危… Ⅱ.①孙… Ⅲ.①中篇小说－小说集－中国－当代②短篇小说－小说集－中国－当代 Ⅳ.①I247.7

中国版本图书馆 CIP 数据核字(2018)第 255234 号

项目总策划　侯若愚
责任编辑　　侯若愚
责任校对　　朱春华
封面设计　　侯一言
出版发行　　河南大学出版社
　　　　　　地址：郑州市郑东新区商务外环中华大厦 2401 号　邮编：450046
　　　　　　电话：0371-86059701(营销部)　网址：hupress.henu.edu.cn
印　　刷　　河南瑞之光印刷股份有限公司
版　　次　　2018 年 11 月第 1 版　　印　次　2018 年 11 月第 1 次印刷
开　　本　　889 mm×1194 mm　1/32　印　张　7.375
字　　数　　205 千字　　　　　　　　定　价　36.00 元

版权所有·侵权必究
本书如有印装质量问题，请与河南大学出版社营销部联系调换。

目　录

3　危险时请敲碎玻璃(中篇小说)
58　我不是植物人(中篇小说)
96　伤停补时(短篇小说)
113　国王的疆域(中篇小说)
170　阅过即焚(短篇小说)
181　偏左或者偏右(中篇小说)

无论如何都不会考虑梁鸿安的。在苏影看来,无论比哪一条,农村出身的他都是高攀了。

遥想当年,现在的苏影根本就不能想,也不敢想,一想血压就脱离降压药的管理往上蹿。关于梁鸿安,执着还真是他最大的优点。推辆破自行车,见天蹲守在苏影家楼下,等着给她送信。虽然理工男的情书大都那样,言志大于抒情,不过写信与收信这种形式,已经远大于内容了。苏影不让上去也没关系,不搭理也没关系,反正梁鸿安天天都让她看见。最后,连苏影的爸爸都被感动了,认为这农村小伙坚强、皮实、能干成事。事实证明,苏影的爸爸确有长远眼光:梁鸿安果然就这么硕士、博士一路苦读下来了,竟然还当上了博导和院长,大大超出了她爸当年的预期。

可如今的家庭状况更超出了苏影的爸爸当年的预期:原本最看重的是梁鸿安老实本分的人品,觉得农村苦孩子出身,找个城市姑娘,会感恩戴德,更知道珍惜家庭,闺女跟着他不会受罪。谁承想,梁鸿安珍惜的只是他自己,墙内墙外遍地开花。

苏影看着手里的照片,心头的愤恨是"万丈高楼平地起"。再看看律师草拟的离婚协议书,一阵悲凉涌入眼眶,她真正意识到"未来只能靠自己了"。

当初结婚时,苏影不仅美丽,更重要的是健康。生完孩子,美丽打了折扣,健康更是每况愈下。原因是苏影怀女儿后期罹患妊高征,低压高于 $100mmHg$,高压能冲到 $170\sim180mmHg$,尿蛋白三个加号。好容易坚持到第三十五周把女儿剖宫产出来,她已转成了慢性高血压,肾脏功能也遭到了部分损坏。大多数的妊高征,一旦解除妊娠,血压就可以恢复正常。苏影显然不是那幸运的"大多数"。好在早产的女儿是幸运的,在她的精心养育下一切发育正常,这让苏影觉得自己所受的罪都是值得的。但高血压却成了横亘在她和梁鸿安之间的巨大障碍——梁鸿安一直想再要个男孩。

苏影单位的计划生育查得很严——育龄妇女每半年都得去做一次孕检——真要生个二胎,工作肯定保不住,她可就真成一个家庭妇女了。即便为了生二胎,苏影下决心辞掉工作,但她目前的体质显然不适合怀孕。她有妊高征史,再次怀孕还很可能是妊高征,这无疑拿命博子,而且也未必能博出个健康的孩子——这是她屡次咨询妇产科专家得出的一致论断。

梁鸿安是典型的"山窝里飞出的金凤凰",集全家族之力于一身,奋发读书十多年,才进入城市,并且娶了她这个条件不错的"孔雀女",过上了真正的城市生活。梁鸿安的身份虽是变成了城里人,但他的认识早被农村打下了深入骨髓的烙印。听说,中国侨民在海外出生的孩子被戏称为"香蕉人"——外黄内白,也就是说这些孩子们虽然是黄皮肤的中国人,但内心早被白种人的价值观与生活方式同化了。而从农村"杀进"城市的梁鸿安,则是典型的"鸡蛋"——外皮是红色,中间是白色,而内核是根深蒂固的土地黄。这样的"鸡蛋",有着体面的红色政治身份,也具备资产阶级的鼓胀腰包,骨子里却仍然是农民的生活方式与思维方式。

20世纪60年代中期,生在城市的苏影,家境一直不错,没挨过什么饿,没受过什么苦,身体在抽条期没被亏空,在女孩子中算高个子了。而梁鸿安是1961年出生在豫南农村的。那时正是三年困难的末期,全家都吃不饱饭,男孩子饭量大,挨饿更是常态。于是,梁鸿安在关键的发育期内营养没跟上,个头一直没冲过一米七。后来,遭遇"文化大革命",罢课、上山下乡,他都赶上了,真是多灾多难、前途渺茫。好在他们俩还都赶上了恢复高考的头班车,幸运地迈进了大学校园。

梁鸿安一入校就递交了入党申请书,三代贫农成分,成为学校首批通过严格政审的大学生党员,这也为他当上学生会干部起到关键作用。梁鸿安这个人,性格坚韧,能吃苦,很快就取得了老师的信任,学业也不错,毕业后直接留校担任辅导员。然后,硕博连读六年,他的职务也一级一级升上去。再接着,又遇上改革开放,全国的热点都在经济建设上,新时代创造了无数发财致富的良机。连大学这样的"象牙塔"也被周遭物质日益丰盈、精神渐渐空虚的环境所浸染,挣钱早已不再是大家羞于启口的理由,渐渐冠冕堂皇起来。梁鸿安正好借坡赶驴,申请成立了一个学院研究所,自任所长,既有大学的金字招牌招揽经费,财务上又独立核算,真好比嫁接了一根两头甜的甘蔗。更令人没想到的是,几年后,这个院的院长位置也归他坐了。

进城二十余年,梁鸿安这枚"土鸡蛋",早已被彻底煮成了熟鸡蛋。生鸡蛋只有一层保护皮,稍碰即碎;而熟鸡蛋,内里早就硬了,摔摔打打至多伤及外皮儿,柔韧的躯壳更是泥鳅般滑不留手。成熟了还是进化了?这个虚无的问题苏影无暇顾及,她只是希望梁鸿安那颗变硬的心在家是柔软的,那滑不留手的身体对她尚保留真诚的一面。

买猪要看圈,这是一句大实话。苏影明白梁鸿安想要男孩,其实也并不是他自己想要男孩,他身后的老梁家才是真正的助推器。"不孝有三,无后为大。"这句话被梁鸿安的父亲整天挂在嘴边。这个"后"字,指的不是后代,而是后辈——只有姓梁的男孩才够资格把辈分延续下去!

三年前的冬天,梁鸿安的父亲来城里看哮喘病。苏影专门请了假,在家里忙前忙后地伺候,却无意中听见梁鸿安的父亲在书房压低嗓音教训儿子的一段话:"早知道你念了书,娶个城里媳妇,却让我抱不上孙子,还不如当初不供你念书,就让你在老家种地,那还不是想生几个就生几个?你妈当年不是一溜儿生下七个妞,才有的你?我告诉你,隔壁老陈家,都添俩大胖孙子了,你这是让我在村里抬不起头啊!你就是不为我想,也得想想你自己吧。我死了有你摔瓦盆,你死了谁摔?你再想想,年年清明烧纸,你是去你姥爷坟上烧,还是去你爷爷坟上烧?你死了还想不想让人给你烧纸了?我告诉你,我也活不了几年了,你得让我闭眼前看到孙子,不然我烧成灰也饶不了你!……"

苏影差点要推门冲进去。这梁老爷子不是活欺负人吗?您那亲孙女就不算梁家的人吗?她气得浑身哆嗦,连抬腿的力气都没有,只好强忍住心头的悲愤,调整粗重的呼吸,把注意力集中到耳朵上。她也想听听梁鸿安究竟是什么态度。

屋内的梁鸿安沉默了一会儿,嗫嚅道:"苏影也不是不想生,她头两年都说辞职在家生孩子了。可是看了一圈儿,大夫都说她的身体不允许。万一冒险生个不健康的病孩子,还不如不生。"

梁鸿安的父亲"哼哧哼哧"地咳嗽了一大阵子,撂出几句话:"当初挑老婆你也不知道眼长哪儿了,偏偏挑了个有毛病的!古时候,人家还兴三妻四妾呢,你就这一条暗道走到黑了?"

梁鸿安底气不足地接腔:"爹,你看你说哪儿去了,我好歹还是个党的干部、高校的教授,党纪校规都不允许乱来的。"

梁鸿安的父亲又"哼哧哼哧"地咳嗽了一阵子,带着"滋滋"的痰音,开腔道:"报纸上还说哩,不换思想就换人。办法是人想出来的。你好歹念过博士哩,脑筋还能不比我这种地的老农民活泛?"

梁鸿安沉默无语。

门外的苏影更是恨得一口气差点儿没喘上来。"不换思想就换人",那意思不就是"你不行,我就换掉你"吗?我是偷了,还是抢了?是吃了别人的,还是喝了别人的了?就这么不齿于人?难道他们真不知道,那十几年前的超生游击队都具备的基本常识——生男生女老爷们儿是关键!你种的是茄子能长出辣椒来吗?

不知什么时候,梁鸿安和父亲推门而出,看见立于门外的苏影,都吃了一惊。梁鸿安手足无措地张着嘴,不知说什么才好。梁鸿安的父亲"哼哧哼哧"地咳嗽了一阵子,粗声粗气地说:"饭不吃了,我这就回。"

说完,径直往大门外走。

梁鸿安看看苏影,又看看父亲,犹豫了片刻,到底追着父亲的身影去了。

苏影反而像被抓了现行的窃贼,蹲在原地,欲罢不能,欲哭无泪。门外的俗世繁闹纷扰,她清醒也无用。在聒噪刺耳的杂音中,她安静也无用。生活的悲剧不在于身在悲剧,也不在于身在悲剧不自知,而在于自知身在悲剧却无力做任何抗阻。若不是因为政策不允许,再加上身体的局限,她何尝不想再生个儿子?怎么就没有人站在她的立场想一想,为她说句公道话?她只能把那份沉重沉甸甸地捧着,呆滞地盯着门口。

梁鸿安回来了。他望了她一眼,她也望了他一眼。

他明白她知道了,她也明白他明白她知道了。

明白对方明白了,苏影仍然望着他。面对苏影眼神里不断的追问,神情倦怠的梁鸿安,并没有如她盼望的那般——摆出一副义正词严的腔调谴责他父亲刚才那番毫无道理的话,而是转脸将视线移开了。那转脸的动作,透着一种小心翼翼的回避,又明显用力过猛。

不用问了,苏影明白,这回避已是答案。放不下,也哭不出,苏影的脑子像被吸尘器抽空了,耳中那些巨大的杂音仍压得她直不起腰来。直到十岁的女儿放学回家,用清脆悦耳的童音填满空寂的房间,这个家才算又正常运转起来。苏影强装笑颜,去厨房做饭。不管自己怎样委屈,苏影还是想给女儿一个完整的家。女儿天真无邪的笑脸,已完全覆盖了她皱纹的印记。虽然她已是"落叶归根成老藕",但愈来愈青春美丽的女儿可是"吹糠见米现新粮"。眼下,女儿这新粮还需旧粮仓好好保护,何时这新粮变成了"新娘",有了自己的"新粮仓",苏影肩上的担子才能卸下。不论自己如何生气,也不能主动把"旧粮仓"给拆了!

婚姻里,有些事情就是很无奈,谁对谁错根本没有权威的评判。权衡再三,苏影还是决定忍辱负重,再冒险怀一次孕——赌一把幸福!定下了这个决心,她便积极做着各项准备:补钙,补叶酸,吃维生素,吃蛋白粉,严格控制饮食摄盐量,只服用进口的高价降压药(据医生说这药在妊娠期副作用最小),还频繁去郊县一座香火很盛的庙里烧香拜佛以祈求各路神仙的庇佑。

谢天谢地!谢地谢天!终于顺利怀上了!梁鸿安显得比苏影还要兴奋,第一时间给他爹打电话报喜。这回如果能顺利怀个男婴,也算去了他爹的心病。梁鸿安还想办法帮苏影从单位请了长期病假,让她在家安心养胎。由于妊娠早期用药对胎儿致畸性最强,苏影停用了降压药,以尽量减少药物对胎儿产生的副作用——只要能生个健康的孩子,她什么罪都能忍受,怎么忍受都值得。

还不到三个月,梁鸿安便催促苏影赶紧去做B超。苏影嘴上家长说话负点责任！想抱错也没孩儿抱了，产房里就剩你老婆一个人了。再说了，拿你家丫头换人家儿子，谁肯呀？"

梁鸿安只觉得大脑一片空白，呆愣无语。在此之前，产房已经陆续抱出了五个婴儿，无一例外全是大胖小子，怎么到他这里就逆市下行，换成了丫头片子？况且，打汪虹怀孕起，梁鸿安托医院的可靠关系用B超和彩超偷偷检查了三次，影像显示全是带把儿的——否则梁鸿安根本不可能鼓励汪虹把孩子生下来。

没想到千算万算，还是空欢喜一场。随之而来的麻烦却难以估量。懊恼不已的梁鸿安已经没任何耐心等到那个丫头被抱出来了，在雇来的月嫂那里放了一万元现金，交代月嫂说他有急事必须先走，就急急而去了。乘电梯下到一楼，梁鸿安又拐到住院处缴了两万元押金，然后驾车离去。万万没想到的是，刚上车就接到那条报喜短信。"毫不利己"的米荔生了个儿子，"专门利人"的汪虹倒生了个丫头。梁鸿安觉得，比想象更荒诞的，还是女人的肚子。

她妈汪虹尚不是梁鸿安的法定妻子，虽然梁鸿安已经允诺娶她数月了，并当场立下了字据，还按了血指印，以表诚意，否则汪虹也不愿意这么没名没分地生下孩子，这对一个没结婚的女孩子来说可不是一般的风险。

但，所有这一切的前提条件是生个儿子！

只要生个儿子，梁鸿安就有底气，也有勇气对苏影提出离婚要求了。只要生个儿子，估计苏影也无话可讲——谁让她自己没能耐生呢。只要生个儿子，老梁家就有后了，他爹和整个老梁家也都会暗中支持他离婚，还可以先把汪虹和儿子放在老家养着，等离婚手续办好后再接回去，免得授人把柄。

一切的一切都安排妥当。万事俱备，只待儿子！

现如今，生下来的竟然还是个丫头，怎么办？

唉！梁鸿安长叹一口气，老父亲又要失望了。苏影引产那次，父亲就大病了一场，再遭受这次打击，还不知他老人家身体扛住扛不住。他盼望的这个儿子，难道真要如自己出生前的七个姐姐一样，也凑够七个数才得见吗？那梁鸿安可实在受不了，就目前这第二个数，还不知该如何收场呢。

梁鸿安使劲向后捋了几把额前的头发，强迫自己冷静下来，想想下面的麻烦事该怎么捋才能顺下去。首先，离婚得暂缓。毕竟和女儿已有十多年的感情，女儿还是他一手养大的，不到万不得已，他也不忍心破坏女儿的幸福。其次，要稳住汪虹。马上给她买套现房，还不能让她带孩子回老家坐月子。暂时还是住在X市最安全，那里谁也不认识她。再给月嫂多发些工钱，让月嫂好好照顾她娘俩。没生出儿子之前，梁鸿安还不能确定就一定能与汪虹结婚，万不能搞出太大的动静。苏影那边的情绪，也得好好稳一稳，无论如何都不能走漏风声。如果她先闹开，更不好往下运作了。女人就是这样，不同意离婚不见得还多爱丈夫，或是为了维持安定的生活——她更加无法忍受的是丈夫提前找到幸福。虽然汪虹也不见得是他将来的幸福，但是汪虹年轻，这使一切皆有可能。梁鸿安在脑海中不停地盘算着轻重缓急的各种方程式。再往后只能走一步看一步了。

特别是苏影，尤其要小心应付。婚后，真正与她生活在一起了，梁鸿安才发现他之前对城里姑娘的美好幻想完全止步于幻想。像苏影这样的城市里的知识女性，所谓的矜持和个性，说到底就是一个字——"冷"：感情上不冷不热，生出矛盾冷嘲热讽，看不惯便冷眼旁观，动辄心灰意冷，家里总是冷冷清清，对他亦是冷心冷面；打新婚之夜起，苏影始终性冷淡，甚至基础体温都偏低——她经常抱怨自己的双手、双脚冰凉，连夏天也很少出汗。

这种冷，并不是说她不爱你，或者不好好过日子，更不是移情别恋，而是"隔"：不管在一起生活多久，不管床上还是床下，两个人始终隔着一层，即便脱去衣服也隔着一层。苏影对他缺乏那种奋不顾身的勇敢，没有那种贴心贴肺的热度，不存在委曲求全的宽容，更不具备"生是你家的人，死是你家的鬼"的那种决绝。毕竟，苏影这样的城里姑娘生来什么都有，也什么都不用求你：房子、票子、工作，她一样不少；她还有知识、有修养，要个儿有个儿、要样儿有样儿。她凭什么对你低三下四？

"大不了分开单过,这世上谁离开谁不能活!"这就是苏影的口头禅。正因为有这样的底气,所以她把自己的底线定得很高,身边布满雷区,梁鸿安稍不小心就可能踩暴一个。所以,梁鸿安一直认为苏影是妻子,而不是老婆。什么"红袖添香""举案齐眉",都是文化人给妻子的定义。男人挑选什么样的女人结婚,就是给自己的将来定一种理想的生活模式,也映射出男人在生活中需要什么样的角色来契合自己。从不同地位、不同年龄的男人对妻子迥异的称谓上,也能窥出个大概,比如:皇帝称妻子为"梓童",宰相称妻子为"夫人",商贾称妻子为"贱内",秀才称妻子为"娘子",文人把妻子谦称为"拙荆",雅士把妻子谦称为"执帚",庄稼汉叫妻子"婆娘",年轻人喊妻子"媳妇儿",老头子则唤妻子为"老伴儿"。在梁鸿安看来,他还是喜欢,或者说更习惯于"老婆"这种称谓。在梁鸿安老家,农村男人结婚,就叫"讨老婆"。而在城市,男人结婚则是"娶妻"。这两种说法,本身就是两种不同的生活模式。"娶"字,拆开来就是"取"和"女",本身就含着恭敬及匹配、平等的意思。而"讨"字,既有"治"的意思,也有"诛"的意思,还有"得到"的意思。这些口语上的习惯用词,即是当地风俗对伦理文化的巧妙取舍。

他一直觉得男人与女人的结合,其实最应在乎的还是情感上的相容程度——你中有我、我中有你,其次才是能够持家教子,再次才是勤劳能干,末位才是有知识和修养。农村泼妇般张狂的嘴巴,会直接减损婚姻的融洽;而高高挂起的"冷",则是婚姻中最致命的毒,多少爽利持家、勤劳能干与知识修养都无法解化这种毒。两口子,其实就是个伴儿,渴了有人帮你端水,饿了有人陪你吃饭,累了有人给你温存,痒了有人帮你挠背,甚至想发泄时有人陪你吵架。"老婆"的叫法,本身就含着相濡以沫的亲切,含着慈悲善良的母性,含着无私卑微的态度。

梁鸿安心里真正想要的是这样的老婆:离开你就不能过,离了你就不能活;不管你地位高低、老少丑俊,不管你是香还是臭,都任劳任怨,把你看作是自己唯一的世界,正如自己的母亲。

这一回,让梁鸿安下决心出此险棋的,也正是他的母亲,他那苦了一辈子的母亲,他那没享过一天福的母亲,他那已经不在人世的母亲。两三年前,父亲在书房的一席话,并没有让他痛下决心。但在他追出门去,送父亲去车站的路上,父亲老泪纵横着对他说:"因为你没儿子,你妈当年走时都没闭眼,你不能让我走时也闭不上眼啊!"

这句话打垮了他!母亲临终时,梁鸿安正处在博士答辩的关键时期,没见着母亲最后一面。等他风尘仆仆地赶回老家,母亲已永远变成一张黑白照片了。这是他一辈子无法弥补的遗憾,任何时候想起来都会泪湿眼眶。

母亲真正苦了一辈子,生了十个孩子,前两个都因病夭亡,直到第三个才存活下来,就是他的大姐。为了再要个男孩,母亲的大半生一直处在怀孕、生子、哺乳的过程中,有一年甚至年头生一个年尾生一个,就是他的四姐和五姐,直到有了他。母亲对他,那真是含在嘴里怕化了,握手心里怕碰了,什么都紧着他吃,什么都由着他的性子。记忆中,只要放学一回家,母亲第一件事总是先用温暖的手掌包裹住他冰凉的小手,送到嘴边,不停地哈着热气。他这个宝贝疙瘩吃母乳一直吃到七岁多。瘦弱的母亲那低垂干瘪的乳房,竟被一大窝孩子吮吸了那么多年,养活了那么多孩子,不能不说是个奇迹。梁鸿安至今还记得自己上小学后,放学回家总是先到厨房找着母亲,扒开衣服嘬上几口奶,才进屋写作业。其实那低垂干瘪的乳房早没几滴奶了。到后来,任他使多大劲,再也吸不出一滴奶了,吸出来的只是红色的血水,一点也不好吃,才算彻底断了。

已经七岁多的他,断奶时还任性地哭闹了一大场,母亲愧疚地搂着他一起淌眼泪,比他还要难过。母亲低声啜泣着,说特别对不起他,让他托生到这个穷家;当妈的没什么可给他的,唯一能有的就是自己的奶水,现在却连这个也给不了他了……

母亲那天的哭声,梁鸿安一直忘不掉。真正的记忆,是不用记的,因为它一直在时间的长河里,涤荡过来,涤荡过去。从那以后,母亲曾经丰沛的乳汁、低垂干瘪乳房里的血水、瘦小佝偻的背影、压抑无奈的哭泣,反而越来越清晰。

梁鸿安一直觉得最对不住的是母亲。等他后来终于有能力让母亲过上好日子的时候,天上的母亲却再也感受不到了。幸好父亲健在,梁鸿安只得把对母亲的思念都转嫁到父亲身上。虽然他年少时也恨过父亲,因为父亲脾气暴虐,经常为一点儿小事打骂母亲、孩子,但父亲毕竟是父亲,而且是衰老的父亲。衰老的父亲哆哆嗦嗦的再也握不紧的拳头,想打谁也打不动了,骂人也没人听了。虽强撑着凶悍的表情或话语,却经常泄露出乞怜的眼神,就像老家那栋破败的无人居住的祖屋,顾得了前面护不住后面,四处漏风。

"临死前,看一眼孙子。"这就是父亲现在活着的唯一动力,甚至是多病的父亲能坚持活到现在并且还将继续活下去的救命良药,也是他能对母亲所做的唯一补偿。梁鸿安已被逼上梁山了。无论如何,必须有个儿子!这已变成了他——这个老梁家唯一的男丁——对老梁家的责任与使命。

其实,梁鸿安何尝不想要个儿子呢!虽然在城市过了那么多年,但他毕竟生在农村,一直长到20岁考上大学,才算离开了那片贫瘠的土地。他深知在重男轻女的农村,没儿子的家庭总被人说成"绝户头",还会被那些有儿子的人家欺负,大事小事总被压上一头。毕竟农村干粗重活的时候多,犁地、种田、盖房哪样离了男人也不行。农村人几千年延传下来的传宗接代观念浓郁,一家若没个男孩子支撑门户,是要被人欺负的。男人是保护家庭的核心力量,只要有个男丁在家,很少受人欺负。在母亲没有生他之前,老梁家的其他亲戚经常借故打骂母亲,母亲挨父亲的打骂更是平常事。就连村里的小孩子也经常欺负姐姐们,骂老梁家是"绝户头"。在当地的方言中,"绝户头"的意思就是家里没有男孩子,这户人家从你家这代绝了。因为女孩子一嫁人就随夫家的姓了,是"人家的人"。母亲坚持生到四十岁,终于得了个他来撑门户。可他如果没有儿子,照样是"绝户头"。在他们老家,绝了户头的家庭跟犯了罪一样,被人瞧不起:说话也挺不直腰杆,大家都不愿意帮他们说话;

小事不找你,大事儿也没人想起你;在家族宗庙祭祀或抛头露面的时候,被永远遗忘在凄凉的角落。

残酷的方法也是方法。不然,他的后半生会被不孝的愧疚压得抬不起头;将来到了阴间,父母亲也不会原谅这个让他们绝门户的儿子。梁鸿安甚至有些嫉妒年轻的雷跃健,什么力气都没费,儿子、房子、妻子、车子都有了。

不,梁鸿安现在嫉妒身边每一个有儿子的男人,感觉他们都比自己幸运百倍。就好像真正需要房子的人现在未必买得起房子,不是不想买,更不是不需要,而是"年景不好"。梁鸿安也觉得这几年真是"年景不好":苏影好不容易怀上个男胎,又没保住;悄悄换个年轻健康的汪虹,偏偏生了个丫头。这老天爷,简直处处跟他作对。而且,买房子完全可以与劳动成正比,无非早几年住或晚几年住;生儿子却无法与劳动成正比,看不见也摸不着,有钱有力气也无处使。

他真是不甘心啊!梁鸿安愤怒地捶了一下方向盘,没想到碰响了喇叭。前方的一个人回过头来看了看,赶紧往旁边躲让,那人竟是胡海洋。看来胡海洋认识他的车。胡海洋的脸上瞬间已经堆满谦卑的微笑。原来,不知不觉中,他已将车驶回了校园。

胡海洋脸上那层谦卑的微笑,使得梁鸿安脑海中灵光一闪。他终于想到了一个主意。

3

儿时的天空总是蓝到透明,儿时的家门外开满五颜六色的小野花。在任何一朵花蕊上面,时刻会立上一只蜻蜓,或者一只忙碌的小蜜蜂。随便的一场小雨都可能让那些花瓣泥泞一地,但几阵山风拂过,一缕阳光穿过,那些小野花们又嘻嘻哈哈地摇曳出来,也并不见少。院内,几只适闲的麻雀觊觎着散落在鸡窝附近的麦粒和玉米,不断地向墙角的鸡窝跳近,被始终警觉的芦花公鸡张开翅膀一扑,就烟花般地四散开去……

　　偶尔,胡海洋会想起儿时那些简单、平静的生活图画,向往着如儿时那般,提着个草编的蝈蝈笼子也能嬉闹着玩上一天;向往着拿把小铁铲,随着性子挖出地道,筑起土堡。真是任意一片宽宽的土地都可以是快乐的天堂。对这些场景,这些隐藏在记忆深处的场景,胡海洋经常忙得顾不上翻开一页页找寻。城市的脸面就像个气球,需要不断往里面吹气才能一直撑下去。比起那些生在城市的同学、同事,他只能加倍努力。

　　胡海洋刚刚离开学院研究所会议室,还在回想着会前的情景。那群以博士头衔为起点的精品小众,那一个个由理工科训练出来的逻辑脑袋,在新学期课题会上讨论的焦点竟是雷跃健和米荔,还有那条群发的短信。加上他俩去年那场人尽皆知的"教室别恋"作背景,该短信的意义更显得非同寻常。

　　梁鸿安梁院长还在返院途中,课题会暂由副所长范博后主持。范博后大名范仲民,与"先天下之忧而忧"的仲淹前辈仅差一字,然其忧国忧民之心有过之而无不及,常当众发表世界各地的时事短评,还有个更频繁的口头禅——"我读博后时……如何……如何"——"范博后"据此得名。在这博士窝里,多个"后"字毕竟不是啥坏事。

　　"简直就是诱拐青少年,诱拐青少年啊!那雷跃健可是我看着长大的,读本科时还是系学生会主席呢,多老实多本分的孩子呀。我真不该介绍他来的,真是被摧残了,被摧残了!这又整出个小孩子来,两座大山,可是翻不得身喽。世风日下,世风日下呀!"

　　忧国忧民的范博后把两根手指都敲痛了。他这个资深副所长已经送走了四任所长,所谓事不过三,到他这儿都已经四了,扶正的路途依然是望山跑死马——路漫漫其修远兮!他显得激愤些大家都能理解。毕竟,范老祖宗那"不以物喜,不以己悲"的境界,可不是后世玄孙顶个"范"字就能继承的。况且,范博后不仅是雷跃健读本科时的老师,自家的女儿也在研究所有名的十三金钗之列。万万没料到全地球人都不看好的这场姐弟恋,不仅恋出了正果,而且破了研究所数年来阴盛阳衰的生育纪录——造了个儿子,这能不让那群博士(后)们的厚眼镜片儿跌得粉碎吗?

"您老别在这儿杞人忧天了。人家雷跃健算过账的,找个大他一轮的米荔,至少省去奋斗十二年,刚一结婚房子、车子全有了,再添上个大胖儿子,赚大发了!还有什么憋屈的?各尽所能,各取所需,算是提前十二年进入共产主义社会了!"

说这话的是今年新分配来的孟长春,哈尔滨工业大学的博士,油光可鉴的胖脸上带着讪讪的表情,似乎颇为遗憾为什么这等好事没落在自己身上。听说他刚被分手的女友卷了大半家产,现在是任什么事儿都要拿算盘珠子拨弄一遍。只有胡海洋心里清楚,孟长春号称的那大半家产,其实也就一万零一元钱,是孟长春偕女友一块儿回东北老家过年时,长辈们给未来儿媳"万里挑一"的见面礼。没承想俩人在回来的火车上就闹翻了,出了站便一个奔东,一个朝西,谁也不肯服这个软。见面礼自然还在女友身上。孟长春博士学位读了六年才拿到,哪儿还好意思再找家里伸手?毕业时想留京又没办成,勉强栖身在这省级的学院研究所,月工资才三千来元,新人又暂时没什么课题和科研项目,那一万出头可不就是他的大半家产?

"热闹,热闹,真热闹!研究所最近正愁没什么像样子的课题,大家干脆好好研究研究咱学院的'教室别恋'吧,群策群力,写篇论文贴到学校论坛,准能一夜上新浪、网易、百度点击量榜首。"温彩霞温副教授撇着一张薄凉的"八万"嘴,酒瓶底(指眼镜)后的眼珠子翻得只剩下鱼肚白了。

这段危险的舆论导向一刮出口,谁也不敢往下接了。博士(后)们也就是课余时间"务务虚",借个火点根嘴边的烟,谁也不想引火烧身。何况,对温彩霞的风凉话,大家早习惯了,也一向宽容。已婚的博士们各家有各家的事务,未婚的都在急急忙忙奔小康、准备结婚,谁有闲暇惹温彩霞这根老棒槌的麻烦?跨四奔五的"老处女",白日愁论文,晚上愁嫁人,已经快被博士帽压成"灭绝师太"了。估计她这个原始股的股东可以一直当到老。

"自古以来,谣言止于智者。只可姑妄听之,不可姑妄信之。只要人家俩人感情好,我看也没什么大不了的,现在社会上不是流行什么姐弟恋吗?据权威数据显示:从生物学的角度看,这样的搭配更适合人种的优势传播。现在生个男孩出来不就是证明吗?正好给我们研究所增添新生力量。大家还是议议正事吧!"

一向沉稳的吴老教授不紧不慢地开了腔。他是早年的留苏高才生,梁鸿安读本科阶段的恩师,退休后,又被返聘回研究所主持一个专项科研课题。

"就是,就是,吴老所言极是,这年月八十二的都能配二十八的,差个十来岁根本不算啥稀奇。继续开会,继续开会。"吴老教授的话得到好几个年轻博士的随声附和。

……

学院研究所会议室的杂音,米荔和雷跃健都听不见。他们正在医院怀抱着儿子,幸福着手里的幸福。那些无聊群众的"民主评议",他们如果在乎的话,也就不会有那条短信的诞生了。事实上,促使米荔下决心的,正是那场被传得沸沸扬扬的"教室别恋"。

女博士似乎已被单列为男人、女人之外的第三种性别。比如温彩霞,俨然一副"我是女博士我怕谁"的模样——酒瓶底眼镜、瘦高微驼的体型、智慧含量颇高的尖刻语言、褪色落伍的衣着、永远的低跟浅口黑皮鞋等等,使得男人们敬而远之,女人们退而观之。所以至今待字闺中,基本毫无悬念。可女人与博士之间的比例关系非常微妙:成反比时是"摩擦力",成正比时却可以变成"加速度"。米荔已完全颠覆了关于女博士的"UFO"(丑、胖、老的英文缩写)定义,亦充分验证了正比的结果。"就怕美女有文化"是米荔的网名,足见其自信程度。当然,人家也有自信的资本:读个博士不简单吧,女博士更是个中翘楚,再前缀个"美女"二字,所向披靡也就没什么可质疑的了。而且,米荔这个博士方向——GPS数字处理也读得颇有意味,与她的硕士专业——哲学简直风马牛不相及,何况本科是数学出身。虽然只有米荔自己清楚她这三级跳的背后原因,但这跨界巨大的三级跳,亦公开证明了她米荔是全能型

"铁人三项"选手。况且米荔不仅知识渊博,且涵养极佳,在任何场合都能使人解颐。哪怕领导形象再猥琐,再没文化,只要身份到了,她都能坦然地恭维。虽温彩霞们对此极为不屑,但梁鸿安的重点课题和重要项目(例如申报新的博士点)都安排米荔出马。

成语"幸灾乐祸",指的就是人对发生在别人身上的倒霉事,总会产生愉悦的快感——自己幸福不算幸福,别人不幸才算。这四个字能穿越几千年的文化流传至今,看来擅长吟风弄月的古人也高尚不到哪里去。这四个字,在一群博士身上自然不会失手——当研究所的博士群众听说米荔和雷跃健在试验室的桌子上被撞了个现形的时候,大家集体并同时感到了肾上腺素的加速分泌。毕竟,博士也是人嘛!

去年发生在眼皮子底下的那场"教室别恋",茶余饭后可是娱乐了博士群众不短时间。有些话大家早就在肚子里快憋出大肠癌了:就算米荔你是名校毕业的博士,就算你的论文被 EI 选了 N 篇,就算你工作能力出色,又比在座的男博士们高强多少呢?不就是因为性别、脸蛋、身材的优势,又被梁院长罩着,才会手气这么好吗?也不知道梁院长对这碗已成熟饭的米会作何反应。

不过,这后面的两句,得在嘴巴里悄悄咕哝,再赶紧蓄口唾液咽回肚里去。虽然大家对此都心照不宣,虽然知道靠精细演算和严密推理得出的结论也有其合理性,但毕竟没有"教室别恋"那样的真凭实据,不能乱讲——学理工的博士脑袋还是比较重证据的。梁鸿安梁院长可不是软柿子,如果被发现谁背后嚼他的舌头,领导会很生气,后果将会很严重。

但凡这样的语境,胡海洋从来都是不露牙齿地挑高嘴角,做出若有所思的微笑状。巧言令色,非君子所为,而且他自知尚不具备评头论足的资格。没有表情或者目露反感,会触犯众怒,异化自己的群众关系,何况评论与己无关的八卦新闻除了过过嘴瘾,不具有任何现实意义。反之,不做任何评论才能带来现实意义——梁院长对他胡海洋的信任都是被这样的细节反复描红的——不在场的证明才是最有意义的证明。

胡海洋生在农村，长在农村，被"身在农村心在城"的历任民办教师们接力棒般传递着，总算普及了九年制义务教育。那群委屈在原地"以身饲农"的民办教师们，强忍着被拖欠工资的无奈，给少年胡海洋们上着课，心情的悲愤程度毫不逊色于"以身饲江"的屈原。尤其是民办教师李国军李老师，身兼数理化三职，在破庙改就的村小教室里，在菩萨居住过的残垣断壁间，在苟延残喘的低瓦灯泡下，在"顾头不顾腚"的破黑板前，重复最多的话就是："你们这群泥娃子呀，一定要好好学，考出去！这直接决定你们后半辈子是穿皮鞋还是穿草鞋的问题！"

虽然，直到胡海洋考上大学，退休的民办教师李国军李老师也终于没能转正，但学生中毕竟还是出了一个穿皮鞋的，对他好歹算个心理安慰。

胡海洋是个知道感恩的人。大学一年级的课余时间，胡海洋几乎都用来做家教、打零工。终于在暑假前，挣到了人生的第一笔钱。这笔钱，虽远不能算第一桶金，但如果全换成一角的硬币，装个大半桶应该没问题。他拿着这相当于大半桶硬币的钱，买了四只烧鸡——正宗的道口烧鸡，这可是他精心惦记了十几年的愿望。第一只鸡当然是送给父母，第二只鸡送给了启蒙老师李国军，第三只鸡送给了故居内的菩萨佬，第四只鸡悄悄奖励给了自己。自己吃一只正宗的道口烧鸡，这个他苦读时最令他振奋的愿望，现如今实实在在地触摸和咀嚼到了，真爽快呀！

不过，那只烧鸡，吃起来并没有想象中的香，让胡海洋很感意外。

两年后，胡海洋又买了四只烧鸡，还是正宗的道口烧鸡，全数送到了恩师梁鸿安的家中，还在这四只喷香流油的烧鸡旁，给梁恩师讲了当年关于烧鸡的愿望，还添油加醋地讲了那四只烧鸡的故事。讲得梁恩师触景生情，眼眶湿润，不仅硬留下他吃了顿包含烧鸡的午饭，还当场允诺做胡海洋的硕士生导师。打那以后，胡海洋就把梁恩师的家当成了他的另一门政治选修课，没事就去干点杂活、打个下手。当然每次去都不空手。他把做家教、打零工的钱都集中用在这门选修课上了。哪怕只是一小袋新鲜花生或一个西瓜,都是一种表达心情的手段。他发现城市的关系需要精心喂养,就像在家里养鸡喂猪一样,逢年过节不能断顿,一旦断了顿,就很难再续下去。

这门特殊的选修课归纳起来就是两句话:化整为零,零存整取。其中利滚利的好处,胡海洋在博士毕业顺利留校时便体会到了。他知道,自己能一路走到今天,得以变身为今天的胡博士,有多么不容易。他更清楚,如果没有梁恩师的始终关照,这变身不可能如此顺利。

"能碰上我梁鸿安,是我们的缘分,也是你胡海洋的福分。"梁鸿安这样讲,胡海洋也是发自内心地这样想的。从他大学毕业考上硕士到博士毕业,又顺利留在省城重点大学重要院系,还破格住上了小两居(虽然是单位的过渡房,没产权,但能给他而不是给早于他进校的博士,显然是梁恩师力排众议的结果),哪一关没有梁恩师这尊活菩萨的佛指点化?因为尊敬的梁恩师、梁硕导、梁博导,不仅兼任本院系的院长,还在全国的学术界颇有影响力。据秘不外传的消息,梁院长的下一个目标将是冲刺院士。所以,想见梁院长越来越困难了。上次的院系年终考评会他也没来主持,据说继续在北京为冲刺做准备。

在中国,这样的城市化进程才刚刚开始。胡海洋还要娶妻生子,还要晋升副教授、教授,现在仅仅是跨过了起跑线,离既定目标还远着呢。他土里刨食的父母、他的不出水已见两腿泥的农民兄弟、他那仍在菩萨故居内苦读的众乡亲,他毫无疑问地永远爱他们,他们也毫无疑问地永远帮不上他。他只有在城市里混出个样子,才对得起他们,才有可能帮到他们。

当然,胡海洋也是梁鸿安从众多学生中筛选出来的。梁恩师挂在嘴边的一句话是"态度比能力更重要"。搁明处,这句话当然讲的是:做研究,态度是一种比技术知识更重要的能力。其潜台词是:忠诚是他选人的首要条件。态度忠诚,能力可以再培养;否则再有能力也是"他山之石",一不留神,就可能临阵倒戈"攻己之玉"。胡海洋的忠诚度很让梁鸿安满意。他也只能忠诚——自己别无靠山,只有死心塌地地跟梁院长干,才会更有前途。他读硕士时的两个学弟、学兄,能力毫不次于他,甚至更优秀,但毕业后反复跳槽,到现在仍居无定所。本来嘛,工作就像"一站到底"的游戏,你不行就让别人上。他胡海洋这么个农村玩烂泥巴的孩子,能有今天,没有理由不诚惶诚恐,没有理由不夹着尾巴,没有理由不庆幸。

4

晨光在窗格间,如超载的重车般一站一站地缓慢经过。

日历上的数字显示,应该是春天了,可寒冷仍延宕着,街头的人们照旧捂着厚笨的冬装。相比之下,植物们反而更信任春天,枝头添满新绿,那是一腔即将盛开的自信。那每一朵即将盛开的花蕾身后,都在珠胎暗结。

汪虹的肚子,在并不明媚的春光中,也弃暗投明了。彻底告别了曾经引以为傲的窈窕身材,也一天一天地变得鼓胀、臃肿起来,并且,诞生出一个活生生的孩子。但是,她直到最近才不情愿地感觉到,只有自己陶醉在结婚的想象中,没有得到来自梁鸿安的任何回应。也就是说,她这张暗房中的底片,如果没有梁鸿安出来显影,将可能一直敝帚自珍下去,甚至中途曝光。

怀孕之初,梁鸿安倒还提过结婚的计划。汪虹当时没怎么响应,孩子都有了,结婚还不是顺水推舟吗?过于着急反而有失身份。

那时的心情,紧张而雀跃。不过汪虹的这些情绪都来自于对婚礼的盼望,而不是准妈妈的欣喜。对于当妈妈,汪虹实在没有一丁点儿思想准备。她更熟悉的是以前声色并茂的单身生活:流连于各式各样的歌厅、酒吧和咖啡屋,见见老友,结交新人,逛街,喝酒,聊天,跳舞。对怀孕带来的丑陋,汪虹更无心理准备。曾经洁白光润的脸上出现了对称的褐色蝴蝶斑,曾经圆润流畅的腰腹出现了甲骨文般的妊娠纹,加上怀孕后期那臃肿变形的身躯、虚软肥硕的手脚,她以前是想也不敢想。汪虹最心疼的,还有那引以为傲的一柜子漂亮衣裙和与之配套的塞满鞋柜的细高跟鞋——它们恐怕再无用武之地了。

汪虹发自内心地无比钟爱那种奢华的美丽:玫瑰、香槟、大花园,还有红地毯,一切都像是华美的梦境——热烈的阳光透过尖顶教堂五彩的玻璃窗,折射出奇幻的光与影,美得令人心醉;她那优雅的王子,将在这样的背景中徐徐走来,在庄严的婚礼进行曲中走来,在红地毯的那端微笑着,手里拿着代表永恒幸福的大钻戒……好几次,她都在这样的梦中笑醒过来,醒后还意犹未尽地咂着嘴,试图重回到刚才的梦境中去。

"判断一个男人爱不爱你,不是看他有没有钱,而是看他舍不舍得为你花钱。"这是汪虹曾经在女伴们面前高调宣扬的爱情观点,这也确实是她的经验之谈。梁鸿安更是贯彻这一观念的楷模,高档衣物、手表、钻戒、皮包、汽车,全是大手笔。而且,自打发现怀孕以后,梁鸿安似乎比她还要紧张,每次去医院做检查都是他亲自安排,处处嘘寒问暖,着实让汪虹感动。不然,她也不会这么顺从他的安排。毕竟,他没有离婚。不,应该说,他没有离完婚。"还在办手续。"梁鸿安一直这么回答。当然,离婚是件伤筋动骨的麻烦事,她能理解。再说了,只要这男人的心在她这里,孩子在她肚子里,钱花在她身上,她着什么急?

可是,汪虹发现自孩子出生后,完全不是这么回事了。梁鸿安再不提离婚的进展了,也不提结婚的计划了。任汪虹怎么花样翻新地暗示过来暗示过去,梁鸿安就是不接茬。就连来X市的频率,也大大降低了。看着可爱的小女儿也总是一副心不在焉的样子。真让她想不通。

这个周末,梁鸿安来了X市。汪虹特意放了月嫂一天假,她必须开门见山了。关灯睡觉前,汪虹直截了当地问梁鸿安:"你直说吧,咱们到底什么时候去登记结婚?"

"不是说了吗?别着急,给我些时间,我会把事情都处理好。"

"那你也要给我个准数,我不可能无限期地等下去。说吧,一个月、两个月,还是半年、一年?"汪虹越说越气,一改平日的温柔,咄咄逼人。

梁鸿安揉了揉太阳穴,闭上眼睛,说:"不是说了吗?先买房子,把家安顿好,再从长计议。"

"别想着拿套房子就能打发我们娘俩儿,不结婚,这孩子怎么上户口?"

"慢慢来嘛,别着急,这根本不是着急的事,孩子户口的事我会解决好的,你放心吧。"

梁鸿安的表情从微笑渐变成假装沉睡。汪虹冷笑地望着他僵硬的表演,感到不祥的预感在心中黑烟一般愈散愈大。她真是后悔,千不该万不该,不该拿自己的身体做赌注,先把孩子生下来。原本必胜的一张牌,偏偏碰上了对方这样的不靠谱人。悲愤交加的汪虹跳到地上,一把掀开被子,质问假装沉睡的梁鸿安:"你睁大眼睛好好看看,孩子都快俩月了,你是不是想一直这样拖下去?"

梁鸿安一言不发地起身穿衣,动作毫不拖泥带水,这更证明他刚才完全是装睡。汪虹的眼泪像拧坏了的水管,再也关不住闸门。她已准备好大干一场,今晚一定要拼个鱼死网破,非把事情搞明白不可。可不待她把自己武装好,梁鸿安已经摔门离去。楼下很快响起的汽车马达的轰鸣声,由近及远,倒让她半天没有反应过来。这真好比做爱的动作还在进行,可是那玩意儿提前溜出来了。那么做到一半的动作,是继续完成还是提前结束?

人家是竹篮子打水一场空,她是竹篮子打水掉井绳,不仅跌破了市场价,配送新股以后,还不耽误逆势跌破发行价!再低头瞧瞧自己丑陋、臃肿的腹部,蔓延至大腿的妊娠纹,简直像个愚人节的大玩笑,更是对她当初自以为是的嘲讽。汪虹的脑子越想越乱。记忆中梁鸿安那些不计其数的温情脉脉和而今虚伪冷酷的陌生面孔,离散成一个扑朔迷离的混沌空间,令她百思不得其解。

如果丧失了身份的定义,这个孩子是谁?她又是谁?

在没有赋予生命之前,这个孩子只是寄生在子宫内多余的一坨肉,这坨肉与一个肉芽、一个囊肿、一个纤维瘤、一种寄生在肠道的绦虫,甚至一个肿瘤,又有多大区别呢?它固然是自己的血肉,那绦虫、那肿瘤难道就不是血和肉滋养出来的吗?人工流产又与切除手术有多大区别呢?可是,晚了,全晚了!自从孩子呱呱坠地,发出第一声哭啼,她就已经是个"人"了,不容任何人忽视的"人"了。

她该拿这个"人"怎么办?她怎么办?窗外黑着,窗内灯也黑着,梁鸿安还没回来,或者根本不打算回来。如果他不回来,她和孩子靠什么将生活继续下去?早知道,根本不该生下这个孩子。汪虹气愤地将手旁的小被子掷向婴儿床,倒在床上大哭起来。

哭声变得嘶哑,变得气若游丝,汪虹这才沉沉地昏睡过去。现实太丑陋,太让她失望。她宁愿昏睡,干脆就这样睡过去好了,最好再不醒来。

黑暗中,房间出奇地安静,静得像一架纸钢琴,像哑女唱歌的口唇。她感觉特别冷,仿佛在寒冬赤脚踏进冰冷的溪流。她蜷缩成婴儿的姿态,真希望能就此缩回子宫里去。或者回到盖着粉红色帷幔的婴儿床内,盖上轻柔的充满阳光香味的棉被,被温软的手掌轻轻拍打着疲惫不堪的脊背。棉被的周围,开始被彩色的小蘑菇和淡紫色的薰衣草填满。屋顶映出绚烁的彩虹,如广袤无垠的画卷,在眼前徐徐铺陈开来:一片是橘色,一片是海蓝,一片是西瓜红,一片是茄子紫,一片是芭蕉绿,一片是银杏白,一片是向日葵的明黄,一片是雨后的丹青,一片是月光下的碎银色,一片是麦田收割后的赭石色,一片是沐浴着夕阳的赤金……不知过了多久,无数个金色的小天使从彩虹的缝隙间飞落下来,被她的呼吸吹拂着,荡漾着,试探着,降在睫毛边,降在脸颊上,降在鼻翼,降在唇间,降在额侧,降在发内。它们越来越多,像飞舞着的金色雪花片,包围着她,掩埋住她。

就这样睡过去吧!让她和孩子都这样睡过去吧!屋顶、墙的四壁,巧克力一般融软落去。周围的一切,瞬间都不复存在了,只有越来越多的金色——金色的小天使们,托起盖有粉红色帷幔的婴儿床,托起床内熟睡的婴儿,伴着悠长悦耳的鸽哨,伴着若有似无的天籁圣歌,伴着轻轻飏飏的雪白的芦苇絮在满河的绿草上滑翔着。渺如空气般,无休止地旋转,旋入遥远的星空,越飘越远……

待汪虹睁开眼睛,胸前鼓胀的乳房逼迫她走到婴儿床边。一低头,竟看见孩子的小脸被她刚才随手扔的小被子盖着,一动不动。难道……血液瞬间停止了走动,她猛地拽开那个小被子,孩子没有动静。她哆嗦着将手指探到孩子的鼻子下面,感到有微弱的热气呼出来——孩子是在睡觉。她又将手指放在孩子胸口,感觉到了孩子的心跳。

感谢老天爷!汪虹浑身瘫软,大汗淋漓,就要站立不住,赶紧扶握住婴儿床的护栏。这动静惊醒了床间的小天使,这个天使般的孩子竟然微笑了。是的,这个不到两个月的女儿已经开始对她微笑,对她这个并不合格的妈妈微笑!那天籁般的笑颜,像一股清凌凌的山泉,每一次的涌动都涤荡去她心头悲伤的沙尘。这涌动,如同匍匐于荒凉戈壁的一丛野花,纤弱,却让她在蔓延无边的孤寂中,不致失去对希望的期许。

汪虹朝圣般地抱起女儿,望着怀中的她迫不及待地想吃奶的样子,骤然升腾起一团勇气。

5

一周后,当汪虹接到梁鸿安让她准备身份证明和照片的电话时,暗自窃喜,以为自己那晚的勇敢奏效了。待梁鸿安将她接到省城的一个区民政局、找到认识的熟人、在下班时间悄悄地把她和一个叫胡海洋的人登记结婚了,她才知道,自己低估了梁鸿安。在这个人情至上、金钱往来的社会,没有梁鸿安这种人变通不成的事。

除了结婚照片是电脑合成的,大红的结婚证盖着钢印,户口本上的名字赫然写着夫妻关系,孩子的户口也已登记,这个婚似乎真的结过了。梁鸿安再三安抚她,说这只是一时的权宜之计,为的是将她和孩子的户口尽快转入省城,还可以避免学校对他二胎的处罚;一旦他那边离婚手续办好,便可尽快结婚,还能再要个孩子。汪虹不得不佩服梁鸿安的缜密构思,大处、小处都考虑得周全。

但关键问题是,梁鸿安丝毫没有考虑她的感受。似乎只要把她的生活安顿好,其他的都可以忽略不计。这种应付的态度让她极不舒服。再对比起怀孕之初梁鸿安的殷勤备至,汪虹觉得像迈进了一个圈套。她忽然记起,梁鸿安在当时还立下了一张承诺结婚的字据,并当场刺破指尖在上面按了个血指印,这着实令她感动了一阵子。赌的就是他爱她,否则她真不愿意就这么没名没分地生下孩子。

没想到的是,一旦孩子生下来,她将被这种非正常的生活彻底套牢。

可她以前的生活就是正常的吗?汪虹很愿意让自己的生活从之前的那几年迅速滑过去,滑过她不愿意触及的那些暗夜,滑过暗夜中不断浮现的梦魇。

与梁鸿安学院里那些优秀的女博士们不能比,汪虹在学业上从来没有出彩过。脸蛋长得好,脑瓜也不算笨,就是学习不开窍,勉强在艺校混了张中专毕业证,学唱了一些流行歌曲,便跑到南方混社会去了。一个十几岁的女孩子混社会,还能有什么好选择,无非是到发廊或者歌厅里去。刚出道时,她到处打杂,很快便在男人们的纠缠中练熟了打情骂俏,从"公主"做到"小姐",学会了让自己待价而沽。这种不是正经日子的日子,什么都不想,倒是过得飞快。几年转瞬即逝的日月、黑白颠倒的作息时间,使年纪轻轻的她精神萎靡、脸色苍白。她开始惶恐和反省这种生活,是从一次意外的看房经历开始的。

刚进城时,汪虹租住的是都市村庄的一个小单间,除了一张床什么也放不下,房租确实便宜,每月只要250元。低廉的价位,使都市村庄变成了大多数打工仔流入这个城市的聚居地。汪虹当时住的地方叫圣岗村,那里鱼龙混杂的人群基本上可以分为小商贩、民工和无业游民。令人提心吊胆的治安、拥挤肮脏的环境,都让汪虹在每次回家的路上心生厌恶。圣岗村原本离市中心有段距离。可是城市越扩越大,宽阔的道路很快就把圣岗村包围了。圣岗村也逐渐接近了繁华的商业区。就在汪虹租住的出租屋对面,不经意间,已拔地而起了好几幢高层。现代建筑都是框架式结构,只见几台巨大的起重机日夜晃来晃去,似乎没多久便盖好了一幢大楼,简直如搭积木般神奇。

那天暴雨如注,汪虹站在路边等了很久,实在拦不到出租车,看到旁边豪华的售楼部,便拐进去躲雨,没想到被热情的售楼小姐引领着看了好几种户型。站在二十多层高度,从几个不同的角度,鸟瞰脚下的圣岗村,圣岗村简直就像个杂乱无章的大垃圾场。从那一刻起,她便暗自立下决心,一定要在这个城市里拥有一套像样的大房子。

正巧当晚有一档电视访谈类节目,一位成功的女老板讲述自己毕业之初关于租房的选择:收入并不高的她,没有选择便宜的城中村,而是与同学合租了高档小区内两室一厅的精装修房。她说,好的环境会直接影响到一个人的人生观和价值观,不仅能培养人高雅的生活品位,也会帮助自己更加清晰人生的目标与追求。这些话对汪虹触动很深。她认真考虑了一夜,第二日便从歌厅辞职去了 X 市。

汪虹首先在市区的高档小区租住下来。虽然预交的房租花掉了她大半存款,但她并无心疼。这是投资,更是鞭策,逼着自己朝着新的目标努力。而且,她很快便发现了住在高档小区的好处。周围的邻居大多是成功人士,他们言语礼貌、举止规范,这样的环境也对她起到了潜移默化的作用。那些在歌厅、发廊穿的袒胸露乳的衣裙,在这个地方根本穿不出去,虽然没人说你什么,但自己都羞于往人前站。就好比在一个干净优雅的地方,谁都不好意思随地吐痰或是乱丢垃圾。接下来,她又找了份售楼的工作。这种岗位门槛低,年轻漂亮会讲话就行,这恰是汪虹的强项。成功卖出去几套房子以后,汪虹从头到脚置办了白领的行头,言语谈吐也换了模式,卧室床头柜还像模像样地摆了几本营销类的书,算是成功地把自己洗白了。

焕然一新的白领小姐汪虹,在这个点上遇上了梁鸿安教授。不算偶然,因为即使不遇上梁鸿安,也会遇上李鸿安或者王鸿安。汪虹已经装扮好了,也准备好了,遇上谁,她都会把人生按她的计划向前推进。梁鸿安也算是合适的人选,除了结过婚。可是,但凡有像样身份、地位的男人,哪个不是人海游龙?断然不会被身边的女人所忽视。最重要的是,梁鸿安那时是真想和她结婚,他被她迷上了。

汪虹虽然年轻,毕竟是在江湖中混过的,尤其男女情事上,说是科班出身也不为过。梁鸿安梁教授哪经得起这种诱惑,几个回合便臣服裙下。当然,房租很快便转为梁鸿安定期汇款,梁鸿安还给她办了张信用卡的副卡。原来,恋爱中的美好词语除了"我爱你"之外,还有三个字同样神奇——"随便刷"。

没多长时间,汪虹便怀了孕。此后售房的工作辞了,改为各处看房。她原本的意见是直接在省城买房,就在圣岗村旁边的那几栋高层里选,以圆她当年住在圣岗村的梦。但梁鸿安说先给她在X市买一套,等结婚时再在省城买一套,房产证上都写成她的名字。这条件当然划算,有助于她安心养胎。至此,似乎一切都顺风顺水,朝着汪虹愿望的港湾里顺利航行。

可孩子出生后,她反而被绕在梁鸿安的漩涡内出不来了。

梁鸿安前后判若两人的表现,让汪虹匪夷所思、无所适从。尤其办过那个莫名其妙的结婚证以后,她更连他的面也见不着了。这令她甚为惶恐,难道梁鸿安就这么把她打发了吗?

不!不能!不能让事情滑往那个控制不住的方向!她得想办法从漩涡间挣脱出来。

6

运转了一天的城市,到处都显得颓败而肮脏。夜空笼罩着灰色的雾霾,月亮灰扑扑的,街道两边的树木落满尘埃。萧瑟的风,不断带起路面的灰尘,还有街角尚未清扫的垃圾。快车道上,一个白色的破塑料袋,打着小旋升上去再落下来,落下来再升上去,乐此不疲,像只试图飞离草垛的可笑的母鸡。

胡海洋的户口本,前几天被梁院长借走,还回来时才告诉他这户口本被借用了,它已经代表"胡海洋",与一位名叫"汪虹"的女人结过婚了,"汪虹"的女儿也登记在户籍上面。梁院长说,他是帮一位省里领导的忙,时间不会太久,等那边事情办妥当就找关系悄悄把结婚证换成离婚证就行了;只是借用一下"胡海洋"这个空名,对胡海洋的现实生活不影响丝毫。

面对梁恩师菩萨一般恩泽的目光,胡海洋什么也说不出来。这菩萨一般恩泽的目光,当然还得照亮现实,不然效果肯定大打折扣。梁恩师当场许诺胡海洋,今年就帮他提前解决副教授的问题。梁恩师还告诉他,学校即将新建两栋引进人才的高知楼,售价超低,配有房产证,到时一定想办法帮他落实一套。

最后,梁菩萨拍着胡海洋的肩膀,语重心长地对他说:"海洋啊,你能有今天,老师我很欣慰啊!比老师当年从农村出来,光杆儿打天下强太多了,有老师在背后撑着,到底是不一样。年轻人嘛,先立业,后成家,你自己的标杆拔高了,眼界也就放宽了。只有登高望远,才会发现世界很大,可以给你更多启发——站的位置不一样嘛!到时候,结婚对象的挑选范围必然大得多。你放心,等你这副教授解决了,房子解决了,老师好好帮你物色一个。年年有四季,季季现新红!何必急在这一时三刻?现阶段,你正是奋力一搏的大好时光,把心思都用在学问上,不要三心二意!你回去就准备资料,尽快写个报告递上来,我先想办法帮你申请个省里的科研课题。你要知道,有很多双眼睛盯着副教授的名额呢!你提前搞出些研究成果来,我在会上也好说话。好好干吧,将来我身上的这副担子,还是交给自己人放心啊。"

这席话,句句敲到胡海洋的心坎上,勾起了他无限的工作激情和征服欲望。他频频点头,连叩首谢恩的心都有。做男人,就得把自己建设得如梁恩师这般霸道、强悍,才不用在生活面前叹息贫困的悲哀,才有资格挑选——否则只能被选。在梁恩师面前,胡海洋口腔深处那根细短的声带,根本发不出任何声音。有阳光,就会有背光。那背光的黑洞就融于空气间,隐着形,却一直存在。

反正梁恩师说至多一两个月,事情处理妥当,立刻就把离婚手续给办了。仅仅是借用个"胡海洋"这个单身身份,又不疼不痒的,用就用去。身份这东西,不用的时候,搁那儿一点儿用没有。要真能帮自己换回点实惠的东西,倒不是坏事。令他没有想到的是效果立竿见影:梁恩师昨天已把批下来的科研报告转给他了。虽是个六万元的小课题,对胡海洋来说,已经算天文数字了,也着实令他兴奋了一把——这下子与女朋友窦豆豆结婚的钱就差不多够了!等钱拿到手,先去买个小钻戒哄哄她。

一想起窦豆豆,胡海洋的心就柔软起来了。窦豆豆是校医院的牙科护士,是胡海洋去年到校医院看智齿时认识的。那颗令他疼痛难忍的智齿被拔掉了,空缺的日子却从此被窦豆豆填满了。

自从见到长发飘飘、清纯活泼、惹人怜爱的窦豆豆,胡海洋就缴械投降、"手无缚鸡之力"了。即使窦豆豆只是个小护士,即使她头脑简单学问不高,胡海洋依然满心喜欢,依然拒绝了校内外几个或暗示或明示的适龄女博士与大龄女副教授,以及她们含金量颇高的附加值。学问就像内裤,是穿在里面,但人不能逢人就去证明自己确实穿在里面了,还是鲜艳精致的世界名牌!胡海洋搞不懂,那些既懂天下还懂全球化的女博士们,怎么就不懂毛泽东主席当年的"绝不称霸"的苦心呢?

那些女博士们根本没弄明白:想抓住男人,需要示弱,示弱复示弱;而不是旁征博引,据理力争,进行辩论再辩论——而辩论恰恰是女博士们的强项,任什么事都要搞透彻整明白,要明辨是非,要黑白分明。女人的复杂与可爱向来成反比,莫说恋人间、夫妻间,就是国家大事,又有多少绝对的是与非、黑与白呢?对男人来说,女人崇拜的眼神,才是最有效的催情灵药。

他真的喜欢窦豆豆,喜欢她温柔地依偎在他身边,哪怕安安静静的,什么也不说,什么也不做,只是彼此感受着彼此的体温。"最是那一低头的温柔……"只要窦豆豆那双凝脂似的小肉手往他脖颈里一环,那凸凹有致的腰身在他身边一贴,那飘柔洗过的长发往他脸上一扫,那完美的椭圆脸蛋朝他怀里一偎,那散发着无限妩媚的大眼睛冲他一眨,胡海洋所有的不快便顷刻间烟消云散,每一个细胞都魂不守舍。没办法,美丽就是女人的独门必杀绝技。

胡海洋到现在还清楚地记得,小时候的一个深夜,有一只小虫子爬入了他的耳朵将他惊醒。哇!那个声音和打雷、敲鼓没什么两样。显然,那只虫子在他耳膜旁乱蹦乱跳!他吓得要死,跑到爸爸身边哭。爸爸赶紧下床找手电筒,边找边叮嘱他:"千万别乱掏耳朵,越掏小虫越会向里钻,容易伤着里面的耳膜。"找到手电筒后,爸爸就在暗处用手电筒的光照射他的外耳道。不一会儿,一只小跳蚤探头探脑地爬了出来。虚惊过后,爸爸告诉他,蚊虫这一类小生物都有趋光性的特点,所以见到亮光后会自己爬出来。

谁不想往温暖的地方靠靠?人对人的选择,也有些像寄生虫选择宿主——在哪里能得到安慰和营养,就奔向哪里。

7

窦豆豆倚靠在床头,望着窗外的新鲜阳光。阳光透过微荡的窗帘,在床单边沿投影出一串串轻灵炫动的光斑,曼舞着,逐渐靠近她,勾起她绽开的唇角。

真的好美,这个干净宁谧的清晨!她起身拉开窗帘,打开窗户,让阳光争先恐后地挤拥进来。房间立时被盈盈暖暖的晨曦充满,被日常的喜悦浸润。她开始想有一个家,就像现在这样的简单的小家——有大大的窗和温馨的窗帘就够了!关上窗帘是一家人的安全港湾,打开窗户是阳光灿烂的美好天堂,这就够了!

这个美好的早晨柔如雀羽,将窦豆豆的不安抹去了大半。这个月月例推迟了一个多星期。她昨天悄悄买了验孕棒,刚才已经在卫生间证实了她的预感——她真的是怀孕了。

桌上放着两个新鲜的蛋挞,下面压着一张胡海洋写的纸条:

"豆,院里临时派我去成都出差,蛋挞放微波炉热半分钟再吃,小心别烫着。"

他,是爱她的!窦豆豆无比幸福地拿起那两个蛋挞,各吻了一下,舍不得吃掉它们。她起身冲了一杯甜牛奶,捧在手里,小口喝着,让带着温度的液体包装出甜蜜的体感。以什么方式告诉他怀孕的事呢?一定要给他一个不一样的惊喜。窦豆豆闲散着目光,在不大的卧室里慢慢踱着步,寻思着将来的小婴儿床放在哪个位置最适合。看着看着,她的目光落在书柜下一个半敞的抽屉上。那抽屉一向是锁着的,是胡海洋专门用来放钱和重要物品的,怎么开着?

窦豆豆赶紧过去把抽屉拉出仔细端详。锁眼周围并无被撬的痕迹,抽屉里的东西也不见乱翻过的狼藉,她放下心来。估计是胡海洋赶着出差,拿完东西忘了上锁。等他出差回来,一定要提醒他注意安全。她想顺便把抽屉内的东西摆放整齐,却忘了手里还端着牛奶,硬是把没喝完的半杯牛奶一下子倾洒到抽屉里。

她赶紧手忙脚乱地找来纸巾和抹布打扫战场。忙乱中,一个褐色的户口本掉在了地板上,敞开的那一页上,"夫妻关系"一栏印着:妻,汪虹!

汪虹是谁?难道这是别人放在胡海洋这里的户口本?

窦豆豆赶紧翻回首页,一个字一个字地点着辨认。没错啊,户主是胡海洋!名字、年龄、籍贯,都是她认识的那个胡海洋。这到底是怎么回事?她深吸一口气,哆嗦着手指,一页一页地往后翻。竟然还有更匪夷所思的——在子女那一页,赫然印着:长女,汪蓝蓝!再看出生日期,竟是一个多月前!

这到底是怎么回事?窦豆豆感觉脑袋里似乎有无数面巨鼓在擂响,她仓皇地抱着头原地打转,似乎抱着的是即将爆炸的原子弹!等眩晕感越来越难以忍受,她疾步奔向卫生间,把刚喝下的那半杯牛奶全吐了出来,吐得没什么可吐了,还在不停地干呕。

颓然地跪坐在地板上,望着马桶内令人恶心的呕吐物,窦豆豆很怀疑这竟是刚才喝下去的那杯牛奶——那杯雪白的、温热的、带给她幸福和甜蜜的牛奶。仅仅过了几分钟,这些二手牛奶已经如此不堪?她伸手按下冲水开关,马桶里发出海浪一般的抽水声。所有的虚假都令她无法忍受。她趴在马桶上继续干呕,又碰倒了马桶圈和马桶盖。它们轮流落在她的头上,一个接着一个。连它们也要来敲打她吗?

窦豆豆很想放声大笑。这一切,难道还不够搞笑吗?尚未结婚就莫名其妙地变成了二奶,而肚子里这个孩子刚怀上就已经是"老二"了。她感觉自己还真是"二"得可以。

她勉强扶着马桶站起身,一步一挪地来到洗手池前,把嘴伸进水龙头下漱口。冰凉的水流冻得她一哆嗦,牙根疼得像被钝锯拉来扯去。她拧开牙膏挤进嘴里,抽根牙刷就在嘴里来回刷。直刷到牙龈出血,满嘴都是红沫子。窦豆豆出神地盯着镜子,无法确认那是不是自己,亦无法确认那个自己到底是站在镜子的前面还是后面。

水龙头一直不停地流着。直到冷水溢出洗手池、淌到脚上,窦豆豆方从恍惚中惊醒过来。她关上水龙头,扶着墙来到窗前。太阳已高高升起,如针扎般刺目。她抬手遮住刺眼的阳光,眺望着远方喧嚣的浮华,心底不禁升起无尽的凄凉。以前的她,就像这片浮华下可怜的拾荒者,低垂脖颈,对每一个角落都再三张望,希望能碰巧捡拾到属于她的幸福。难道眼前的"二手生活",就是她拼命捡拾到的幸福吗?她微微仰起头,眼底笼上了一层浅浅的薄雾。

清晨那个为了美好的阳光而感动的小女人,瞬间已成了她的前生。她不知道该干些什么,便按下电视遥控器。电视机里回旋

出朴树低沉、寂寞的嗓音,唱着忧伤的词句:

我梦到一个孩子,在路边的花园哭泣。昨天飞走了心爱的气球,你可曾找到,请告诉我。那只气球,飞到遥远的遥远的那座山后,老爷爷把它系在屋顶上,等着爸爸他带你去寻找。有一天,爸爸走累了,就丢失在深深的陌生山谷,像那只气球,再也找不到。这是个旅途,一个叫作命运的茫茫旅途。我们偶然相遇,然后离去,在这条永远不归的路……我们路过高山,我们路过湖泊,我们路过森林,路过沙漠,路过人们的城堡和花园;路过幸福,我们路过痛苦,路过一个女人的温暖和眼泪,路过生命中漫无止境的寒冷和孤独……

窦豆豆一直不是个很有文艺情怀的人,但在这个时刻、这种心情听到这首歌,心底好似有东西弹跳了一下,堵在喉咙口。突然,她无法自制地感到深深的痛。那痛发自身体深处,不是心脏,不是胃或者肝,也不是子宫。那痛蹿来蹿去,找不到支点,也寻不到出口。

她艰难地折叠起身体,抱住自己。那痛就那样卡在那里,卡在深处深深地痛着……

8

梁鸿安将车拐进大学家属院时,忽然发现一个熟悉的身影,定睛一看,竟是汪虹。她在家属院门口的超市旁摆了个地摊,上面放着些毛绒玩具、电动小汽车什么的,地摊边还搁着辆婴儿手推车。

这明显就是冲着他来的。梁鸿安愕然过后,气不打一处来,没想到汪虹貌似柔弱的一个小女人还会使这样的损招。梁鸿安一脚油门踩到底,路虎轰鸣而过。他倒要看看,她能摆多久。

车是开过去了,人没开过去。梁鸿安在家吃了晚饭,坐到电视机前,不断地换着台,心里愈来愈忐忑,不由得反复掏出手机查看,没有发现汪虹打来电话,也没有短信。睡觉前,梁鸿安到底没憋住,下了趟楼,溜到超市侧边悄悄查看。超市关门了,汪虹的地摊也不见了。他暗暗松了口气。拨打汪虹的手机,竟然是关机的提示音。他真有些搞不懂她这葫芦里到底卖的什么药。

第二天傍晚,汪虹和她的地摊居然又出现了。

第三天,第四天,第五天……汪虹的地摊生意居然越来越好。她又进了不少有趣的玩具,价格也不贵。连梁鸿安的女儿都在回家的途中拐到汪虹的地摊上买了一个可爱的八音盒,追着梁鸿安放给她听。

一向才思敏捷的梁鸿安,在这件事情上却彻底没了招数。他原以为汪虹闹两天逼宫的小游戏,吓唬他一下也就算了,没想到竟然要长期驻守了。虽然学校里没人认识汪虹,但长此以往,国定将不国了。

梁鸿安本想着好好晾上汪虹一段时间,待她的心气往下落落,再给她点儿甜头哄哄,也就掌握了以后的主动权,万没想到汪虹放下身段使出这等苦肉计,他还真是小瞧了这个女人。这也给梁鸿安释放出了一个危险的信号,这个年轻女人可不像他以为的那样好糊弄。

因有了这些烦恼,梁鸿安还真是生出了对苏影的些许留恋。苏影和他十几年夫妻,没有背后算计过他,金钱上也无任何计较。他帮衬老家亲戚们的钱和物,苏影对此历年来从无二话。还有,对他事业上的理解与支持,对女儿的悉心教育,以及她那为人处世的大方大度等,都令他难忘。梁鸿安愈发回忆起苏影身上的种种优点来。结发夫妻毕竟不一样,就那种经年的信任,后来者很难居上。

其实汪虹摆地摊,较量的是两个人的心理承受力,看谁先扛不住,先打电话者一定会先妥协。梁鸿安是最反感被人威胁的,硬憋了一个星期没打电话。直到那天吃饭时,苏影有意无意地对他说女儿很喜欢在超市门口地摊上买的那个八音盒,他才惊出一身冷汗,感觉到了兵临城下的压力。这汪虹,还真不是一般的人!

梁鸿安装作才发现的语气给汪虹打了个电话:"我刚出差回

来,路过校门口怎么看见你在卖东西呀?"

汪虹回答得也极其自然:"哦,我是想自食其力挣点奶粉钱,孩子一天天长大,越来越能吃了,不提前想办法怎么能行呢?"

梁鸿安嗔怪道:"别瞎折腾,玩两天就行啦,奶粉钱根本不是女人操心的事。你这两天赶紧再去看看房子,确定合适的赶紧签合同,再考虑考虑装修的方案,尽快开工。"

"好,都听你的。"汪虹乖巧地应承着,挂断手机,便开始收拾那些玩具。超市旁边摆地摊的表演即将落幕。

9

梁鸿安当然无法知晓,其实打汪虹第一天在超市门前支起地摊,苏影就认出了这个照片中的主角。她是在不动声色地观察梁鸿安的反应。近几日,他倒是每天都按时回家吃饭,看不出明显的异样。但苏影猜得出,他俩之间一定是出了些问题。

他俩在明处,她在暗处。苏影觉得这出戏蛮有意思。她故意每次都在那地摊附近逗留一会儿,看汪虹讨价还价地卖东西,看她当街喂孩子吃奶,听她接打手机,看她茫然地望着大马路上的车流发呆。而且,苏影还看出来了,手推车里的婴儿是个女孩子。怪不得梁鸿安的态度、情绪会是那样。以苏影对梁鸿安的了解,她多少摸着了一点儿头绪。

这个小婴儿的性别,让苏影的心情立刻多云转晴起来,看来风并没有往梁鸿安希望的方向刮。如此下去,牌局的走向还未可知。自打那次鬼门关走过一遭,又切除了子宫,苏影感觉对很多事情都看开了。记得出院后不久,苏影有一次半开玩笑地对梁鸿安说:"我这残花败柳是彻底没能耐给你梁家续香火了,干脆你在外面找人代孕生个儿子吧,生下来我给你养,对外就说是抱养的,找关系上个户口。这样不影响女儿的成长,不耽误我工作,更不影响你的前程,一举三得。"

情绪沮丧的梁鸿安当时并无响应,还责怪苏影多是非,让她别再提孩子的话题了,还长声吟叹"命里只有七合米,走遍天下不满升"。打那以后,梁鸿安确实再未提过生孩子的事,还借口课题繁忙,搬到书房住,再未上过苏影的床。他和她,在这个家,看得到彼此,却再也不属于彼此。似乎,除去生孩子这个原因,性再无任何意义;切掉子宫的女人身体,也不再具备女人的意义。

梁鸿安的身体私密处多少有点毛病,而他偏又不愿意去医院做环切包皮手术。苏影原本就有洁癖,但任苏影怎么给梁鸿安讲解科学知识也没用。梁鸿安害怕万一手术中把哪根神经碰坏了,那可真成了废物一根,臭点儿怕什么,又不耽误用。手术的风险可不是单凭医疗知识便能绝对避免的。何况,梁鸿安根本不觉得它有什么臭味,还总说苏影的鼻子有毛病。现在,婚内分居,苏影反而觉得挺省事。她愈来愈觉得夫妻这种生活模式,对孩子的意义更大些。甚至是全部夫妻之间,如果剔除掉性的交换,就只剩下物种的延续了。

探流溯源,所谓夫妻的义务、家庭的责任、物质的供给,都是为了建构让人信服的理论,使物种的延续更纯,成活率更高,更顺理成章、理所当然,让两颗毫不相干的心在共同组合的DNA序列中找到长期安放的载体。

不知为什么,自从看见超市门前的地摊,苏影感觉心口一直堵着的那口浊气,居然不那么明显了。她甚至对梁鸿安生出了一丝同情——他也不容易,也从梁鸿安对那女人的态度中看出了他对这个家的留恋和珍惜。更有意思的是,她居然对那个女人也生出了一丝谅解。毕竟,对于女人来说,生孩子是件大事。这般弃妇般的境遇,站在女人的立场上看,确实令人难过。

对婴儿车里的孩子,苏影特意借着给女儿买八音盒的机会,仔细端详了。还别说,那个小女孩的眉眼还真挺像梁鸿安的,跟她女儿小时候的模样也有相似之处。不管怎样,孩子不能当牺牲品,而且这不仅是梁鸿安的孩子,还是女儿同父异母的妹妹。若是他俩因为那个女婴发生了矛盾,苏影还真心愿意收养那个孩子,视如己出,让她在这个家健康成长。

苏影忽然发现,一旦她愿意放自己一马,很多纠结的问题都可以释怀:梁鸿安也不再那么面目可憎,那女人也不再是她一直咒骂的"骚狐狸精"了。她有些后悔,不该找人在背后对梁鸿安那般精心调查。那些证据一旦亮相,哪一条都是致命的。幸亏,那些证据都在自己手里。如果梁鸿安不提离婚的事,就让它们永远石沉大海。

10

上个月,胡海洋去成都出差,顺道去了趟峨眉山。山道边蹲着个貌似道士的人,非说他乃贵人之相,要免费给他相面。他当时正好走累了,也就驻足听了听,无非是什么天庭饱满、地阁方圆之类。但有句话说得他心里一动——那道士说他今年命犯桃花。不过,他听罢也就一笑了之,给那人十元钱便走了。

正是在那次从成都回来的火车上,胡海洋巧遇了高中的女同窗陈戈澜。不过,他可没把个子瘦小、相貌平平的她当朵"桃花"看。但是,与他同龄的陈戈澜当年在班里虽成绩中等,如今居然在全国排行前十的房地产公司做副总,年薪好几十万,真让胡海洋汗颜!

一路畅谈,深觉相见恨晚。陈戈澜说,现在一线城市地价太高,而且很难拿到好位置的地块;公司去年便把开发重点放在二线、三线的中小城市,眼下她负责的X市就有个大楼盘正在运作中;他若有兴趣,可考虑辞职过去做个项目经理,每年至少能有一二十万的进账。陈戈澜还提议,待他熟悉了这一块的业务,可以一起合股注册个房产公司,专在中小城做;她早想拉杆旗出来单干,一直没找到合适的合伙人,到时她负责拿地,胡海洋专管工程,两个楼盘做下来就赚得盆满钵满了。

胡海洋被陈戈澜煽乎得热血贲张,恨不得立刻辞职跟着她走,似乎X市有座金山,只等着他拿麻袋装回家!可转念又一想,开弓可就再无回头箭了,学院里的位置也不错,梁院长还说要帮他解决副教授的问题,如果能做个兼职最恰当。他这才冷静下来,决定先去X市考察一趟,心里有底了再作定夺。于是,这趟从成都折返时,胡海洋直接买了去X市的火车票。

然而,胡海洋怎么也没想到,在陈戈澜那个楼盘的售房中心,他竟遇上了梁鸿安!

好在梁鸿安的注意力全在沙盘上,并未注意到他。胡海洋赶紧背过脸,悄悄潜进大厅后面的走廊,找到总经理办公室。门开着,陈戈澜却不在。办公室的窗户正对着沙盘。胡海洋迅速放下百叶窗,一边在窗后观察着梁鸿安的动向,一边寻思着万一被发现该怎么解释。

不待他想出结果,百叶窗外面的梁院长,已被胡海洋窥出了异样的端倪:梁院长身旁除了身着工装的女售房员,还站着一位年轻女人,女人手里抱着个裹了粉红色褪褓的小婴儿,而且状似亲密!

这究竟是怎么回事?胡海洋暗自揣测。梁院长的原配苏影师母,他可是很熟的。那眼前的女人和孩子又是梁院长的什么人呢?

再后来,那个年轻女人的声调越来越高,似乎很生气的样子,把臂弯内的小婴儿猛地塞入梁鸿安的怀中,哭着跑出大门。那小婴儿骤然受惊,更是扯开嗓子号哭不止。梁鸿安尴尬地四下望望,疾步追了出去。

陈戈澜闻声也到大厅探问情况。女售房员告诉她,刚才那两个人,因为买两室一厅还是买小高层复式的问题意见不一致:女的想一步到位买大的,男的不同意,女的说了不少难听话,还说要告那个男的……陈戈澜阻止住女售房员兴致勃勃的讲述,让她不要议论顾客的家务事,等顾客商量好了,再给他们办手续,以免将来出现纠纷。

胡海洋正犹豫着是否要把梁鸿安的真实身份告诉陈戈澜时,梁鸿安与那年轻女人又推门走回大厅,婴儿也重回年轻女人的怀里,安静得像是睡着了。这戏剧性的一幕,恰好阻止住了他的犹豫。

见刚才的两个人又重新进来,售房中心的人都会意地交换了一下眼神。刚才接待他们的女售房员赶紧微笑着迎上去,简单地交谈了几句,便满脸堆笑地去拿购房合同了。

陈戈澜推门进来,见胡海洋扒着百叶窗向外看,笑道:"你在高校工作,环境还是单纯得多。我初来房地产公司时干的就是售房员,各种稀奇事见得多了。像外面这两位,一看就是老板带着二奶买房。二奶想买大的,老板不想花太多钱。二奶一闹,老板妥协了。瞧,合同正在签,230平方米的小高层复式,一百多万呢!"

胡海洋心头一跳,梁鸿安还真是大方,可他又不是商人,哪来那么多钱?

幸亏刚才没挑明梁鸿安的真实身份,这种蹊跷事还是避远些为好。胡海洋有些滑稽地缩了缩脖子,正欲从百叶窗前离开,却看见那年轻女人心满意足地接过合同,又从皮包里拿出一张纸递给梁鸿安。梁鸿安打开扫了一眼,便几把扯得粉碎,然后丢进墙边的垃圾桶里。

陈戈澜拿出厚厚的一沓资料,准备给胡海洋详细介绍这个楼盘的施工和销售情况,还有将来的价格走势。但窗外的大厅里坐着的梁鸿安,使心神不宁的胡海洋只能做出倾听的样子,实则什么也没听进去。直到大厅里响起女售房员热情洋溢的告别声,他一直紧绷的身体才松懈下来,可仍有个小毛毛虫样的东西在体内爬来爬去。他也说不清是什么原因,但就是坐立不安。

胡海洋去了趟卫生间,膀胱排空了,可仍有隐隐的尿意。用凉水搓了把脸,他看到镜子中的他仍是萎靡不振的样子。今天也不知是怎么了,状态这么糟糕!他只得借口学校有事,与陈戈澜匆匆告别。

走过售房大厅时,胡海洋鬼使神差地提走了墙边那个垃圾桶里的垃圾袋。

没有人在意这个小小的细节。连他自己都不觉得手里多了样东西,直至上了火车看见那把应急锤。那把应急锤的形状是这样的；塑料把手部分为红色，长方环状，握手处有四处手指状的凹凸，便于握紧；不锈钢的柱体锤头顶端是圆锥形，圆锥形的尖部坚硬得精致。它被卡挂在车窗右上角的玻璃边侧，与一张红色透明标贴近邻。那张红色透明标贴上印着一行带惊叹号的红字：危险时请敲碎玻璃！还附有一张指导使用锤子的图示，那图示形象、明确。

登上这趟火车，胡海洋便一直站在那把应急锤的旁边，盯着那行红字和那个大大的惊叹号。也不知道为什么，下车前他取下了它，并装进裤子的侧兜。如同提走那个黑色的垃圾袋一样，没有一个人注意到或者试图阻止他这种偷窃行为。胡海洋也没有意识到这是什么偷或者窃，只是觉得自己或许会用到它，用完了再还回去。至于怎么用，用来干什么，他尚没想到。

11

窦豆豆发现胡海洋裤兜里的那张纸时，还以为又是他搞的什么猫腻，打开却发现这张被撕烂又拼粘在一起的纸，竟是梁鸿安写给汪虹的结婚保证书，签名处还有醒目的血指印。梁鸿安这个人她不认识，但汪虹可不就是胡海洋户口本上的"妻子"吗？既然汪虹与胡海洋结婚了，那为什么这个梁鸿安还要给汪虹写结婚保证书？

简直乱七八糟！她还以为像胡海洋这样的理科博士，生活肯定高雅而简单，哪儿想到会是这般龌龊的多角关系。若不是碰巧这个档口怀了孕，她一定毫不犹豫地离开胡海洋。窦豆豆心乱如麻，拿起手机把这张保证书悄悄拍了下来，又塞回原位。踌躇片刻，她又翻出胡海洋的户口本拍下几张照片。事已至此，最起码要让自己搞明白到底是怎么回事。

窦豆豆心烦，但胡海洋出差回来这两天，更是一副心事重重的样子。她决定过了这几天再找他好好谈一次话，自己也需要好好想清楚，即使怀孕使她格外被动，也不能把自己的将来搅和到这么一摊子烂泥里去。胡海洋欠她一个说法。

胡海洋这两天确实顾不上窦豆豆,院里又出了件蹊跷事:不知道谁把梁鸿安和米荔的旧情捅到校园网的论坛上了,还编了个抢眼球的名字——"一个美女博士的情爱自白"。虽然是匿名的帖子,但全地球人都知道,一定是那个"灭绝师太"温彩霞干的。原本这件事已是炒了几年的冷饭,没几个人关注,那文章文笔也很小说化,很多情节明摆着是杜撰的,但问题却从一些意想不到的角度不断冒出泡来。

电脑屏幕后面的梁鸿安脸色铁青,腮帮子上绷出明显的牙槽骨。见胡海洋进门,没有说一句话,只用手势示意他赶紧站过来看电脑。

胡海洋一看就傻了!这篇匿名帖子后面,已经有了上百则跟帖,帖子的数量还在继续增加。那些跟帖者,揶揄者有之,怒骂者有之,看热闹者有之,评论者有之,闲逛者有之,这些都还算正常。但有些跟帖显然别有居心,一看就是熟人趁机"杀熟"——把梁鸿安和米荔的真实身份给爆料出来,包括手机号码和家庭住址。他们还故意往黑处描,说什么米荔都已经打过好几次胎了;还说梁鸿安在学校里是公开的"一夫二妻",不仅有严重的经济问题,并且存在严重的学术腐败,民愤极大。

全是扯淡话,但这些扯淡话也确实扯得梁鸿安头疼!就像以前的匿名告状信,不管你有没有信中说的事,上级先把你查个底朝天再说!到了如今的信息时代,连邮票都可以省了,鼠标轻轻一点,全地球都能看见,哪怕是无中生有、恶意中伤,你又怎么能让大伙都相信你的清白呢?

怪不得梁鸿安紧张呢,又有谁的私处经得起光天化日之下的经久曝晒?经过紧急商讨,梁鸿安想了两个补救措施:一、他亲自找温彩霞谈谈话,争取花点钱,让她直接把原帖删除;二、胡海洋在网上化名注册多个马甲,在跟帖中反复说温彩霞患妄想症很多年了,还有忧郁症,暗恋好几个男老师,几次试图自杀云云。总而言之,争取引领舆论导向,使风朝着温彩霞精神不正常的方向刮。

12

胡海洋领旨到家,立即打开电脑忙乎起来。舆论这东西,时间节点极其重要,很像癌细胞,早期尚可消灭在萌芽状态,一旦扩散至全身,神仙也无回天之力了。

忙活到半夜,饭都没顾着吃。胡海洋被咕咕叫的肚子逼迫着站起身,准备泡点快食面充饥,这才看到设置成静音的手机有好几个苏影的未接电话。他拍拍脑袋,想起来答应帮师母修笔记本电脑的事情。苏影的笔记本最近总是死机,上周苏影就打电话让胡海洋抽空帮她修理修理。他一出差,把这事给忘了。也不知是为什么,此刻看到这几个未接电话,胡海洋感觉到身体内有根隐秘的神经抽动了一下,有种"风吹藤条藤铃动"的异样。

跟着那点小异样,胡海洋在电话中告诉苏影,他刚出差回来,如果师母着急,他完全可以远程修理好这个小问题,只要打开QQ的对话框,一步步按照他的指令做即可。

希腊神话中"特洛伊木马"的故事人尽皆知,但很多人不知道自己的电脑其实也相当于一座特洛伊城,电脑只要被"木马程序"潜入,就相当于被木马腹中躲藏的希腊士兵打开城门,沦陷只是时间的早晚而已。

不到半小时,胡海洋已经把苏影所烦恼的死机问题解决了,而且把一个名为"黑鸽子"的木马程序成功栽种进了她的电脑。从此刻开始,苏影的电脑在他眼中完全透明化了。即使近在咫尺,开启程序前,胡海洋还是犹豫了:这毕竟是不道德的行为,虽然看不见,但与偷窃没什么两样;师母一直对他很信任,偷窥她确实有点对不住。

思来想去,胡海洋到底没经住好奇心的蛊惑,还是打开了"特洛伊木马"的门,跳将出去。他宽慰着自己,只随便逛逛,没什么特别的就关了它。然而,他刚逛到第一个D盘,就呆愣住了——大量的照片和调查文件居然全是关于梁恩师的,远比他想象的还要多得多、详细得多。这些东西,如果转到法院,甚至连调查取证都可以免了。女人太可怕,即使是夫妻,一旦翻脸,什么事都做得出来。

胡海洋迅速将那些东西拷贝过来,终止并删除了木马程序。直到此刻,他的心脏仍在怦怦乱跳。这些威力无比的"定时炸弹"幸亏被自己及早发现,得赶紧告诉梁恩师,让他有所提防。胡海洋一边想,一边随手浏览着那些照片、文件。

看着看着,胡海洋竟然听见了自己不熟悉的怪异的笑声!可他丝毫没意识到自己在笑。没想到呀,没想到他一直仰慕的梁恩师,竟是他所不认识的"梁鸿安"。那个梁鸿安不仅包养了一个大肚子二奶,居然还有大大小小近十套房产——其中一套在北京,两套在海南——怪不得他经常去北京出差呢!海南这两套更让胡海洋憋气,自己至今还未去过海南,连飞机都没坐过,梁鸿安居然在海南都有两套房产了。他从哪里搞了那么多钱呢?

再仔细翻阅那些材料,"汪虹"这个名字很快进入了视野。一看见这个名字,胡海洋眼神都直了,恨不得把眼镜片贴到了电脑屏幕上。照片中的大肚子二奶竟然就是"汪虹",而他户口本上所谓的"妻子"也是"汪虹"!胡海洋又想起来裤兜里拼贴出来的那张纸,赶紧掏出来,看到上面的名字仍是"汪虹"!这个名字让眼冒金星的胡海洋呆愣良久。

他把电脑上的照片放大,端详了半天,终于确认那个在X市售楼大厅遇见的年轻女人,应该就是真实的"汪虹"了。这个汪虹,正是梁鸿安的大肚子二奶,也是自己户口本上所谓的"妻子",还是迫使梁鸿安买复式楼房的年轻妈妈。

这都什么事呀?怎么会拧巴成这样?胡海洋越想越气,这才明白,原来自己一直在被梁鸿安当枪使,还是成本最低的枪。自己可一直是梁鸿安最忠心耿耿的学生,还暗中帮他干了那么多见不得人的事。"他梁鸿安不仅隐瞒真相,还拿什么省领导来压我,用那些不着边际的空头支票糊弄我!"干革命,不怕抛头颅洒热血,就见不得不公平。怪不得那年月一搞"打土豪分田地",大家个个那么有劲——解气!公平!连他都想"打土豪分田地"了。胡海洋在心里暗自盘算:自己手头的这些资料能值多少钱?如何匿名向梁鸿安张口?要什么价?以何种方式安全地把钱拿到手?万一梁鸿安不同意怎么办?万一自己暴露了怎么办?

胡海洋又想起自己偷偷从垃圾桶里捡到的那封保证书,那应该算个像样的筹码了。为了安全起见,他应该先注册一个新信箱,再找到学校的举报信箱,预设一封定时发送的举报信,万一梁鸿安不同意,就拿这个威胁他(正如间谍影片里经常演的那个模式)。胡海洋高兴地想着:如果这个计划成功,至少少奋斗二十年,就有足够的资本娶窦豆豆了!

注册新信箱简单,一分钟就搞定。举报信要复杂得多,关键是不知道如何写。不过这难不住胡博士,因为网络上什么模本都有。待胡海洋精心编辑完举报信,尚未定时,手机又响了。担心是梁鸿安来问情况,胡海洋赶紧敛拢心情按下接听键。万万没料到的是,这个电话里的女声居然自称是汪虹。

他没听错,就是他的法定妻子汪虹。

胡海洋再次呆愣住!今天是什么日子?怎么像七星伴月似的,全凑到一起了。不过,汪虹带来的倒算个好消息:街道办事处只周三办离婚,通知他明日下午三点准点到场离婚,带上户口本、身份证原件,并提前写个放弃全部财产和孩子抚养权的声明。

接完那个电话,胡海洋发现自己已是大汗淋漓,刚才紧贴着耳朵的手机屏幕都被他弄得全是汗水。他下意识地用手指去抹,抹时才发现整个手掌也是湿漉漉的,便将手机在胸前的衬衫上蹭了蹭。蹭掉了汗水,可手机屏幕上仍有一层雾气,原来衬衫也是湿的。胡海洋都想不到自己接个电话能出这么多的汗,身边的节气还远没到真正的大暑。经过这么长时间,折腾出这么多事,这个汪虹居然自己冒出来和他离婚了,真让胡海洋哭笑不得。

莫名其妙地"被结婚",现在又突然"被离婚",这都是什么事儿?

"胡海洋"这个"人名"的意义就存在于此吗？他们把他当作有血有肉、一撇一捺的人了吗？不需要就在食物链的末端垫底，需要时就推在牺牲的最前线。他这会儿还真不着急离这个婚了呢，明天，好好去会会这个"妻子"，还有他户口本上的"孩子"。"胡海洋"，这个过期的面团，已经越变越硬了。

　　要么忍，要么残忍。胡海洋决心下定，拍案而起，却没意识到，自己是坐在电脑桌面前。这愤怒的一巴掌不仅拍到了他的电脑键盘，还拍到了那个 Enter 键。他刚制作好的那封举报信，尚未设置定时，居然已被发送了出去。电脑可不理会这个指令是不是偶然，它只严格地判断对错。只要指令无误，它就立即执行，哪怕是死刑。

　　待胡海洋发现这个偶然事件，电脑已执行完毕，界面上只剩下一个微笑的小浣熊，欢蹦乱跳地举着一面鲜红的小旗："发送成功。把心放下，做个好梦吧！"

　　只要操作一小步，必然会引出第二步，机械的电脑程序一贯如此。操作电脑的手指，也很难脱离这种惯性。网络，这个真正的潘多拉魔盒，一旦被打开，所有人的意识控制都消失了：它将机能自主，它将自动运转，它将不断升级，它将拳拳到肉……

　　胡海洋冒出一身冷汗，像是被人迎面打了几拳，头一阵阵地眩晕，在电脑椅上都有点坐不住了。他虚虚地靠在椅背上，完全被自己的行为给吓住了。他不是坏人，却似乎一直在做坏事。他下意识地把那只手插进裤兜，试图躲起来，却再次触到那把红色的应急锤。五根指头在暗中寻找着，摸索着，终于握紧了它。它像个努力探出头的小怪物，力图挣脱身边的一切束缚。既然拿出来，就干脆破坏点什么吧。胡海洋恢复了一些气力。行走半程的刀刃，想回头也是要带上血的。

　　一切才真正刚刚开始……

13

校园网 bbs 论坛跟帖摘录：

……

网友"蓝色的蓝"：

这场"真人秀"大多数观众都在笑,但他们并不知道自己为什么笑。

网友"愤怒的烧鸡"：

听说梁院长联系不上了。这年头的领导,超过三天联系不上就有麻烦了!

网友"杜甫很忙"：

经济问题不少,最好再查查学术腐败的问题,看看那些"火箭"教授的论文到底是不是自己写的。

网友"一万元美金加一欧元"：

要放手发动群众,依靠群众,相信群众,利用群众。哪些群众还有需要检举揭发的,请拨打 24 小时反腐热线 12309。

网友"wwwwww"：

马克思说,人类的最终解放取决于妇女是不是被彻底解放。中国人的最终解放取决于女博士是不是被彻底解放。

网友"我不是灭绝师太"：

不自杀,不他杀,不杀他。

网友"自由泳"：

严重同意楼上"我不是灭绝师太"的观点。不自杀,不他杀,不杀他——很经典,我们搞安全生产有个三不,叫作"不伤害自己,不伤害他人,不被他人伤害"。可见生产、生活的哲理有异曲同工之妙!

网友"面和心不合"：

灭绝师太不敢招惹呀,逮着谁灭谁!这梁鸿安真是倒了血霉了,碰上这个变态狂,可惜了!

网友"黑寡妇蜘蛛":

互联网是照妖镜,毒蛇猛兽都害怕。

网友"宝塔尖上的女博士":

其实我们的生活圈子很窄,三点一线为主的生活可以用"三位一体"来形容:一个狭小的床位、一个固定的机位、一个随便的食堂座位,加上一个瘦弱的身体。这种生活紧绷得就像一根弹簧,几乎到了崩溃的边缘。我真担心,某一天突然就断开了。我们也是需要关爱的弱势群体!

网友"玉帝老二":

网络反腐,妙到毫巅的杀人艺术。传统的道德观在高精尖的网络武器面前分外幼稚。

网友"花间一壶酒":

经济学有一个理论叫"破窗现象",任何一件事在被搞砸后,几乎没人会去往积极的方向看待它,而都会弃之如敝屣。

……

14

网络的迷人之处,还在于它像一个没有地域限制、没有时间限制、无须考虑成本的戏剧舞台,永远上演着流水席般的连载故事。观众可以即兴参与进来,随时上场,随时下场,高兴了就看一会儿,不高兴了就去忙别的。那些潜伏于网络间的散兵游勇,就像海里的鲨鱼,能嗅出几百米以外的血腥味。如果水里没有异样,那它就若无其事地游向别处;一旦有血流出,那远处的鲨鱼也会跟踪追赶过来,群起而攻之。电脑的鼠标就像孩童手中的积木,能按自己的意愿堆砌出属于自己的"虚拟宫殿"。每个网民都能在这个虚拟世界中定义自己的生存法则,犹如看名胜风景一样,"横看成岭侧成峰,远近高低各不同"。对于他们来说,结局并不重要,重要的是等待结局发生,观看结局发生,或者帮助结局发生。

那些"随风潜入夜,润物细无声"的众多跟帖,将蛰伏已久的触动终于释放开来,显然已经把这个开始的情爱事件,导引到奇怪的方向。而胡海洋,仅仅是这出戏剧的群众演员匪兵甲,或者匪兵乙,原本就应该与他干系不大。令胡海洋意想不到的是,在接下来的关键时候,又出意外了。在关键点的星期三,也就是汪虹约见胡海洋办离婚手续的星期三,在只办离婚手续的星期三下午,胡海洋并没有等来汪虹。而且,这个汪虹,就像她刚开始神秘地出现于胡海洋的生活中那样,再次神秘地消失在胡海洋的生活外。这次的消失,比之前的出现更让胡海洋揪心。

为此,胡海洋亲自跑了趟X市找同学陈戈澜,想查出当初梁鸿安给汪虹买的那套房的地址,结果发现那套房已被汪虹转手卖出去了,卖出时间竟在出事的前一周,户主登记的地址也是个出租房,早就人去楼空了。这让胡海洋倒吸一口冷气,看来那个半面之缘的"妻子"汪虹,根本无从寻找了。虽然汪虹打来的那个号码再无接通过,但胡海洋还是抱着侥幸的心理,给那个号码发了很多条短信,说自己有急事想面见她,所有的事都好商量,他愿意付诸经济补偿,云云。短信全部石沉大海。胡海洋照样时刻关注着手机的动静,像蹲在森林里狩猎的猎人,对身边每一个路过的响声蠢蠢欲动。即便洗澡时,他也用个塑料袋套上手机挂在卫生间,唯恐汪虹万一在哪个时刻联系他却无人接听。

胡海洋去民政局悄悄咨询过离婚的事,得到的回答是:任何人想办离婚手续,夫妻双方都必须亲自到场,还要两张结婚证原件,相关证件都得齐全,缺一不可。胡海洋也去律师那里咨询过起诉离婚的事,得到的回答是:要想证明汪虹失踪必须有确凿的证据,比如宣告失踪的证明。而宣告失踪又需要好几个条件,比如:要有下落不明的事实,要亲属亲自申请,下落不明必须满两年以上,必须经人民法院依照法定程序宣告失踪。

那个看不见摸不着的"汪虹",把"胡海洋"这个名字像壁画一般,永远粘到墙上了,真正是"此恨绵绵无绝期"!胡海洋没想到一个虚无的名字,威力如此强大,一个看似荒谬的户口本上的名字的去与留,竟直接牵扯到他的未来身份和未来中可能参与的其他人,比如窦豆豆。

窦豆豆竟然早就知道了这件事。胡海洋无从知晓她是通过什么渠道知道的,也没时间吃惊了,反正窦豆豆是以知情者的态度来与他摊牌的。事已至此,胡海洋干脆把事实和盘托出。

可是,那真实的事实经他的嘴巴叙述出来,竟然漏洞百出,根本无法自圆其说。比如:窦豆豆问他没有到场怎么领的结婚证,他无法回答;问他汪虹那个孩子的父亲是谁,他无法确认;汪虹如果不回来办手续该怎么办,他也不知道;汪虹如果找他要孩子的抚养费怎么办,他愕然。如果窦豆豆不问,他还根本没想过这个问题。将问题这么一罗列,胡海洋才发现,自己未来的生活还真是充满了未知和风险。"胡海洋"这三个字,是他,又显然不归他管理;不是他,却要他承担所有的经济后果和法律责任。这三个字几乎是个闭合的死循环,把胡海洋这个"人"堵在两头。

最关键的是,这件事导致窦豆豆丧失了对胡海洋的信任。简单的窦豆豆向来喜欢过简单的生活,对这份复杂的爱,不由得退避三舍。即使她仍爱胡海洋,愿意为了他忽略这次莫须有的婚姻,那么她下一步应该和谁结婚?肚子里的孩子出生后登记在谁的名下?父亲是谁?这些貌似莫须有的事情,桩桩件件都要落实到身份的实处,落到名字的下面。

身份这东西,不用时永远没用,如果需要还真是少不了。所以,到底要不要参与胡海洋前途未卜的未来,窦豆豆十分犹豫。不过,她必须在胎儿三个月内作出去与留的决定,替未来的孩子,也是替自己考虑。她暗自掐算了一下,还有将近一个月的时间来犹豫。

15

到 X 市寻找汪虹的,除了胡海洋,还有苏影。因为梁鸿安被检察院叫去协助调查,已经三天没回家了。

这三天,憔悴不堪的苏影头发急白了一半。她无论如何也没想到自己精心设计的陷阱,竟然套牢了自己的丈夫。这是她调查的初衷,又完全不是她情愿得到的初衷。当初,她只是一门心思想着千万不能让那个女人把财产拐走,却无论如何没想到这种不可收拾的局面。

搞成现在这个烂摊子,苏影后悔极了!真不知道是谁把那些秘密材料捅出去的,她怀疑是那个调查公司两面通吃。如果是为了钱,还好商量一些,她愿意付出全部的家当,来救梁鸿安。可当苏影哭哭啼啼地找上门去时,调查公司的联络人刘先生坚决否认,说绝对不可能是从他们这个渠道泄密的,保密是他们这个行当的职业道德,也是生存饭碗,泄密的事一旦被捅出去,哪儿还有顾客上门,谁也不愿意自砸门面。

最后,瞧着不成人形的苏影实在可怜,那刘先生动了恻隐之心,愿意免费帮她查找汪虹的住址和电话。就这样,苏影也找到了X市,但和擦肩而过的胡海洋一样铩羽而归。只是,她找到的情报更翔实一些:汪虹不仅提前卖掉了那套复式楼房,得到现金一百多万,还提前从梁鸿安的信用卡上转走了五十多万。最要命的问题是,汪虹失踪了,带着那个孩子一同失踪了,失踪的时间就在梁鸿安被带走之前。

难道,这事是汪虹捅出去的?

不大可能。苏影很快把这条疑虑给打消了,那些证据连梁鸿安都不清楚,汪虹又从何而知呢?再说,梁鸿安倒霉,对汪虹并无任何好处,她缺少动机。其实,苏影此趟寻找汪虹,并不是来兴师问罪的,而是想与汪虹结成统一战线。因为梁鸿安的好几套房产都尚未办理房产证,如果能说服汪虹把一些房产归属到她名下,说不定就能减轻梁鸿安的部分罪责。但这显然已经是苏影的白日梦了。

现在的麻烦还不在这件事情究竟是谁泄露出去的,而在于一旦泄露到网上便覆水难收了。是的,覆水难收,苏影到此时才深刻领悟到了这个成语的含义。

女儿一夜间懂事了很多,沉默着上学、放学、吃饭,连咀嚼的声响都没有,更不会发出任何笑声,像个装了消音器的机器人。但苏影也顾不得操心女儿了。她还是不死心,一趟趟地往检察院、法院跑。病急乱投医,到处托人打点关系,可根本没人敢接她的钱物。一旦变成公开的案子,也就开始变得公平了。那些屡次奏效的潜规则,都是诡异的"夜来香",只适合暗箱操作。

剩余的将来时,都将变得无比漫长。

失眠已是常态。黑暗中,孤独的苏影只能在回忆中徜徉。梁鸿安为什么会是现在的梁鸿安?是一夜的变异吗?苏影环抱双膝,头深埋在膝盖间,感觉到巨大的无力感从周围袭来,挤压得她喘不过气。对于完美的追求,人们都有点叶公好龙。其实,梁鸿安的那些旁逸斜出的苗头,苏影早有觉察,只是不愿意相信。好比她当年坐月子,母亲按照老规矩不让刷牙也不让洗澡,开始两天她都快急疯了,可是一周后就渐渐习惯了,身上不痒了,也不觉得气难闻了。待月子坐完,她已经能对这种近乎原始人的生活习惯泰然处之。

苏影紧紧地闭着眼睛,恍惚中觉得以前的梁鸿安就在她身边,从身后轻轻拥着她的肩膀。她涩涩地咽了口唾液,依着墙角,蜷缩成狭小的一疙瘩。似乎,现在的她没资格睡这张双人床。

生命中那些掉头远去的春夏秋冬,又被暗夜的咒语召唤而来。它们被漫无边际的回忆滋育出丰茂的枝丫,弥散在房间的角角落落。她徜徉在这些苏醒的春夏秋冬中,像个孤独的泅渡者,一步一步向深处行进。周围的水缓慢而有力量,从开始时她在主导,逐渐变成了水流对她的控制。她经常被湮没在回忆之下,无法辨识回忆的真假。

房间内,唯一有效的时间参照,是台灯旁立着的一张老照片。

那是一趟偶然同去秦皇岛的旅行,起早看海上日出时,梁鸿安用傻瓜相机帮她抓拍的。那时的苏影多年轻啊!从拍摄的角度看,一轮冉冉上升的新日,正毫无悬念地托于她的掌心,金色的光芒让人心旌摇曳,似乎所有的美好尽在掌握。不过,由于没有开灯,那个装照片的镜框根本没有人物显影。黑暗中的它,更像一块切割齐整的玻璃,透过轻薄的蒙尘,折射出微光。

我不是植物人(中篇小说)

1

在病房住到第五周,我才明白新月她妈为什么会抛下孩子出走。

医院的上午最繁忙,尤其是四楼脑瘫专科,治疗室一个挨着一个,每一个都挤满了脚步匆匆的家长,他们或抱着或用手推车推着一个个病孩子,出这个门进那个门。我抱着新月的手臂,由于用力,肌肉微凸,汗毛间渗出细密的汗珠。怀里的新月仍像往常一样安静,双目微闭,不发出一点儿声响。这孩子总不爱睁开眼睛,更不愿与人对视。我虽然是她的爸爸,但总感觉她对我似乎也和其他人没太大分别。

午饭后是病房里相对安静的时间。新月的妈妈乐鸶一直都挺爱美,虽然饭做得一般,但把自己和孩子收拾得衣着光鲜。乐鸶喜欢浪漫,性格活泼,住病房居然还有闲心在窗台上栽种植物。花盆是用大号塑料餐盒做成的,花盆里的植物长得还不错。那是我叫不上名字的两株植物,极普通的,长着肉肉的绿色叶子,不开花,也不见结什么果,就是好养。你两三天浇一点儿水,它便活得很滋润。

植物在阳光下伸展着枝条,绿意喜人。看新月睡着了,我起身给它们浇水。细细的水流经过,叶子慢慢地昂起了头,我的手指甚至能感受到那叶脉下流淌着的勃勃生机。植物有植物的世界,那个静态的时空异常玄妙,有着人类无法分享的禅意、无法感知的安详和一种自给自足的安全。

即便是植物,也能靠光合作用养活自己。而羸弱的新月却不能,她需要每天二十四小时的细心照顾:衣食起居,穿衣洗漱,吃饭喂药,大小便,还有各种治疗。她就像一株枯萎过的植物,仅靠着残留的一点点儿根,艰难地活着。

作为一岁九个月的孩子,新月显然太瘦了,个头又小,缺少应有的婴儿肥。而且,她的嘴角永远是向下的,看上去老是一副不高兴的样子。昨晚抱着她睡觉,无聊,就自拍了一张父女俩的合影,还给它起了个名字叫"没头脑与不高兴",用微信发给乐鸯。没有回复。

"对不起!我必须离开!请你来医院照顾新月!不要找我!"

这是乐鸯发给我的最后一条信息,短短几句话,四个感叹号。

之后,无论是我的电话、短信,包括发给她的照片,均没有得到回复。

不管她回不回,每日起床后,我都会用手机拍一张新月的照片,用微信发到她的手机上。毕竟她是新月的亲妈,我想用照片不断提醒乐鸯的母爱,最好能让她快点消了气,主动回医院。

可今早拍照片时,我突然想到一个问题,一个可怕的问题!

我已给新月拍了三十四张照片,今天是第三十五张。然而,这三十五张照片完全是一模一样的。照片上的新月闭着眼睛,没有表情,安静,非常安静,安静得简直不像有生命体征的孩子。那一刻,我猛然意识到新月可能会永远这样,这样安静地躺在床上。

我终于明白了乐鸯为什么走。——她害怕了。

乐鸯害怕面对新月可能永远也好不了的现实。——她受不了!

这,恐怕真的是现实。

出生三个月时,新月被诊断为先天性心脏病,好在医生说病情不算太重,建议等长大一些再做手术。新月长到六个月,我和乐鸯带着她到上海看病,找的是一家网络搜索排名第一的医院,没想到这家医院的专家建议立即手术,说及早手术更有利于孩子的心脏发育。我们就按照专家的意见,四处筹钱,在上海给新月做了手术。

手术做得很顺利,新月被推到重症监护室时,情况还挺稳定。可四十多小时后,一直守在重症监护室门口的我们突然接到病危通知书。医生说,孩子病情突变,非常危险,即使努力抢救过来,脑损伤的后遗症也无法避免,其中就包括脑瘫。他们再三暗示我们,最好放弃抢救。

手术前,新月刚满六个月,还在吃母乳,白白胖胖的,特爱笑。一逗她,她就咯咯地笑个不停,露出那两颗刚长出来的白白的小乳牙。一双水灵灵的大眼睛尤其机灵,睫毛又长又密,笑起来眼角微微上翘,显出一副可爱的淘气相。

一个好好的孩子,怎么能说放弃就放弃了呢?

面对死神,恐怕每个孩子的父母都会奋不顾身。我和乐莺意见一致:哪怕仅有一线希望,也要尽全力保住孩子的命。乐莺藏了一把水果刀,找到院长办公室,将刀横抵脖颈,说如果孩子没了,她这条命也一起撂在医院。看到她这种决绝的态度,医院只得用尽各种办法和设备抢救。

七天之后,重度昏迷的新月终于被我们从死神手里抢回来了。可是她无法自主呼吸,全靠呼吸机支撑,而且只能依赖从鼻饲管打进去的奶液维持生命。

这可是万万没想到的,没想到新月被抢救过来以后会成为这样的半"植物人"。我和乐莺都以为,抢救过来的新月会是和以前一样的孩子,像以前一样爱笑,像以前一样笑得那么可爱。我们怎么敢想脑瘫后遗症那些可怕的事?哪位父母在孩子抢救时不是拼命祈祷有个好的结果?哪怕仅有一线生机。

可是,望着如今的新月,我经常反问自己:假如当初知道新月只能被抢救回来半条命,或者明知道抢救过来也是植物人,我会不会放弃抢救?是否忍心亲手掐灭孩子那最后一缕生命的微光呢?

说实话,即使是亲生父亲,我也真的不知道答案。但乐莺当时一定会坚持抢救的,以她母亲的本能和当时那母兽般疯狂的情绪,一定会坚持的。可现在呢?当初愿意以命相挟的她,怎么说放弃就放弃了呢?

我想不通,真的想不通。

眼前的一切,我统统想不通!

可怜的小新月,活是活过来了,但我们再也没见过她的笑。当新月终于可以脱离呼吸机后,我和乐莺抱着她几乎跑遍了北京和上海的各大医院。那些医生们措辞虽各有区别,但得到的诊断结论一致:重度脑瘫。也就是说,在重度昏迷的那七天七夜里,干枯和死去的脑细胞、神经已经无法恢复了,只能依赖长期的康复训练使现有的神经功能强大起来,完善她的日常行为功能。

可现在的新月哪儿称得上有什么行为功能呢?

她无法竖头,无法翻身,而这才仅仅是三个月婴儿的神经健康标准。也就是说,新月现在的行为和一个刚出生的婴儿差不了多少。

哦,不,没有,她连一个刚出生的婴儿也不如。新生儿都有自主吮吸的功能,而新月却不会吮吸。新月喝奶时,我得用指头不断捏挤奶嘴,使奶液流进她的嘴里,她才可以吞咽。不仅如此,新月还有轻度吞咽困难,一不留神,就会被呛到。曾经有一次,她就因为奶液呛到了气管里而引发了肺炎,差点儿一命呜呼。

正束手无措之际,乐莺偶然在电视上看到了金庚医院的宋院长用祖传中药秘方治疗新疆脑瘫患儿的新闻,居然已有两例治愈出院的患儿。我们带着新月连夜出发,期望着宋院长的祖传中药秘方能在新月身上创造奇迹。

现在的新月,外表看上去甚为呆萌。在她耳边鼓掌,她也不会侧头;把毛巾丢在她脸上,她也不会扯下来。正常的孩子,脸上盖了毛巾,肯定会用手抓,但新月没有那个意识。假如脸上的毛巾真的覆住了口鼻,她被闷死也不知道将毛巾扯下。手的神经肌肉活动可以向大脑提供刺激,这是智力发展的源泉之一,但新月不能。她全身的运动能力都发育迟滞,智力更是受损严重。

也就是说,这个新月,除了身体是热的,会哭,能吃流质食物,会大小便,其实和一个布娃娃差不了多少:眼球不会追物,不认识人,连爸爸妈妈也不认识。不过,她的听觉倒分外灵敏,一点点儿响动都会吓到她,使她浑身猛然一惊,然后深深地叹一口气,就像活了大半辈子似的那样长长地、深深地叹上一口气。

2

乐鸯不接我的任何电话。即使换别的号码打过去,一听出是我的声音,也会立刻挂断。有一次,我想问问她把新月的旧病历放在哪儿,可她没等我说完就已迅速挂断了电话,仿佛我能顺着电话拽住她的手一般。

身处医院,远比以前心理脆弱。一点儿刺激,都会在内心延宕良久。好在,乐鸯的微信尚未将我拉黑,我还能继续看到她发到朋友圈的信息。对她发在朋友圈的每一条信息,我都会反复研究,琢磨她在想些什么。哪怕是她转发别人的文章,我也会认真地从头读到尾,思考她转这篇文章究竟用心何在。

与乐鸯热恋时,我也没如此上心过啊!而且,以前乐鸯独自带孩子在医院治疗时,我也极少主动打电话,大部分是乐鸯打给我的。我为什么没有主动打给乐鸯呢?我努力思考答案。应该是乐鸯打给我的电话太频繁了,还没到我想打给她的时候,她的电话已经先打进来了。还有时,她打过来,我正在忙工作,语气就会颇不耐烦。心情烦躁了,我也会直接挂断电话。

真的是因为工作忙?真不是借口?

要说忙,也确实忙,确实累。靠打工挣钱的男人哪个不忙、哪个不累?可也真没忙到电话都没时间打、没时间接的份儿上。外面那个正常的花花绿绿的世界,诱惑太多、干扰太多,有条件使自己假装忘记医院里还有个重病的女儿。肩头的担子太重,忘记一会儿,就能轻松一会儿。

还记得有一次,乐鸯晚饭后从医院打来电话,问我:"你说说,我的优点是什么?"

我当时正在与一帮工友们喝酒,哪有心思考虑她这个费脑子的问题,就顺嘴回了句:"你最大的优点就是没有优点。别天天瞎想这些没用的,把孩子照顾好就行了。"

乐鸢没吱声,把电话挂断了。

我现在明白了,那夜她一定会哭。这些点点滴滴,已经让乐鸢很受伤了。至于出走前与父亲的矛盾,只是压倒骆驼的最后一根稻草。

到今年,我和乐鸢结婚七年半了,据说到了"七年之痒"的阶段。其实,对于我们这些打工家庭来说,哪有那么多"痒"讨论?我们面临的每一个问题,都是扯骨带肉的"疼"!

打工家庭每天面对的都是真正的"生活"——干好这一天的活儿,一家人才能生存下去;躺倒一天没有进账,几口人就活不下去。乐鸢以前总怨我太实际,根本不顾及她的感觉。可我颇不以为然,老婆娶回了家,就是自己的一部分,自己跟自己瞎客气什么。过日子,人穷气短,不实际点能行吗?那些说不清道不明的感觉,能当饭吃、当力气用吗?

然而,当乐鸢出走后,我才明白女人那些虚无缥缈的感觉还真能当饭吃。有女人在,家才有活力。

给新月装奶瓶等生活用品的还是乐鸢留下的那个大红色手提包,因为挎在手推车上大小正合适,还因为里面存着乐鸢的味道。何止手提包,连新月身上、空气中都弥漫着乐鸢的味道。

我将乐鸢以前发在朋友圈的信息全部翻看了一遍,发现乐鸢早已表达了对我的失望,为什么我以前从没发现呢?其中一条是在她出走前几天发的,内容是这样的:"真想打个电话给老公诉说我的委屈。可他晚上不是关机就是在电话拨通后用梦呓一般的语调草草应答;还有时麻木不仁地不待我说完,就气急败坏地训斥我不知道他白天的辛苦,打扰了他的黄粱美梦。他咆哮得是那样的心安理得,是那样的没心没肺,就跟我是一个活在真空里没感觉的植物人一样。他这样的态度让我的心在流血,让我后悔我所做的一切,让我后悔我为之的坚守,让我重新审视自己的情感历程,更让我不停地问自己这样做值得吗?他那不耐烦的声音,就像一双无形的手轻轻放在了我的后背上,缓缓地把我推出自己曾经视之为生命并为之坚守的婚姻之外。看着怀中睡着的病女儿,只有在睡梦中才能依稀露出笑容的病女儿,我好想说:"女儿呀,妈妈是你的保护神,可谁是妈妈的保护神呢?谁能给妈妈一个温暖的臂膀,让妈妈安然入睡呢?"

唉!要是我早点发现这些苗头,早点关心她、在乎她,也不至于到现在这般惨境了。我总以为自己在外打工辛苦,只要把钱按时汇给她,就已尽到了天大的责任。但我忘了,女人是热的,得不停地焐;等她彻底凉透,什么就都晚了。

怀上新月的时候,乐鸯就不大情愿,说靠我们打工的工资,养活一个孩子勉强够用,养活两个孩子未免太紧张了。可在我们老家,评判一个男人是否成功的标准首先就是要有一个男孩,能在将来执掌门户。老大是个女孩子,等她长到两岁以后,父母亲便不停地催促我们尽快生个二胎。

我其实还有个亲弟弟,可他是个聋哑人,所以家里主要靠我。弟弟性格内向,二十七岁了,学了一门理发的手艺,在村里开了一家很小的理发店,还没处过对象,这一直是父母的心病。父母四处托人给弟弟介绍,想找个能结婚的女子。弟弟自身条件有限,对女方也就没什么要求,老实善良、会做基本的家务就可以,然而至今没有女孩子愿意与他见面。倘若新月身体好好的,我尚能在经济上帮衬弟弟一些,找个条件稍好点儿的女孩子。可新月现在这个样子,我不仅没有能力帮弟弟,还连累了弟弟。去年春节,弟弟还塞给我两千元,比画着告诉我给新月治病用。那时,我湿了眼眶,无言以对。

面对现实,我经常无言以对。

住在医院,几乎每天都能听见放炮的声响,刚来时,总以为是有新人结婚,还想着,这里的人结婚怎么不挑日子,每天都办喜事。几天以后,我才清楚,原来这旁边还有家大型的人民医院,炮声是从那里的太平间里传出来的。也就是说,每一阵炮响,不是一对新人即将制造新人,而是又一个生命离开了这个世界。

我还真有点儿羡慕那些升天的人,什么都不用想,什么都不用做,挺逍遥的。可是,我连这点权利都没有。

说实话,我最近不是没有想过升天的事,哪一天万一坚持不下去了就咬咬牙带着新月一起离开这个烦恼的世界好了。可是,又一想,我痛快地走了,父母亲怎么办?大女儿怎么办?总不能带着他们一起走吧?还有乐鸳,万一她想回来了,连个家都没有,怎么办?所以,想想只是想想,该苦还得苦,该干还得干。这种煎熬而无望的活,要比死艰难十倍、百倍。

在医院照顾新月,其实挺忙的。上上下下就我一个人,连生病的时间都不可能有。上周六晚上,我的喉咙又干又痛,浑身发软。我估计是感冒前兆,赶紧从开水房打了两大壶开水,一杯接一杯地喝,一直喝到将近二十杯,浑身大汗淋漓,觉得轻松了一些,才敢放心睡觉。要不然,我躺下了,新月明天的治疗怎么办?

现在,新月每天的治疗达到九项,有脑循环治疗、肌兴奋治疗、痉挛肌治疗、肌体训练、精细动作训练、口腔按摩、肌肉按摩,还有针灸和中药熏蒸。我还准备给她加上一种叫"鼠神经生长因子"的封闭针,希望密集的治疗能使新月在短时间内有个较为明显的进步。

新月要按时做完这么多项治疗,我和新月每天都忙得很,基本上从每天一睁眼就要忙到下午六点钟医院下班。间歇的空档,我还要给新月做点有营养的流质的饭,并耐心地喂她一口一口地吃下去。而我自己,两个馒头一碗水,草草地垫垫肚子了事。除了中午带着新月睡一会儿午觉,一天下来基本没有闲的时候。我算真正理解了乐鸳以前的不容易,也为以前无意忽视她的辛苦而追悔莫及。

带新月在医院治疗,可不仅仅是体力上的付出,还有经济上的压力和精神上的折磨。这里的治疗费用跟北京和上海比,已经便宜很多了。但每天都做多项治疗,费用还是很高的。前面九项治疗费加起来每天需要一百五六十元,而"鼠神经生长因子"封闭针一针就要两百元,一个疗程需要打十针。即使再省吃俭用,我和新月每月的伙食费也需要三百元。如此算下来,在医院每个月的基本开销都要在七千元左右。这两年国家政策虽然改善了不少,新农合可以报销一部分,残联可以报销一部分,但是,对于我这样的家庭,经济上还是很紧张的。由于新月需要的是长期的,甚至终身的治疗,而乐鸢杳无音信,我必须放弃工作来照顾孩子,所以没有任何经济来源,只能靠到处借债勉强支撑。

现在手机大都是智能手机了,即使是便宜的小米手机,也能联网,上微信,在朋友圈发信息。以前在郑州打工时,我还是很爱刷朋友圈的,瞧瞧朋友们有什么好玩的动向。可到医院来以后,我基本不看朋友圈了,上网也是看看新闻,或者研究乐鸢。

生活在医院,和一起治疗的家长们聊聊天,心情尚能轻松一些。都有生病的孩子,交流的大都是关于治疗和孩子的事情,彼此平等。而一旦打开朋友圈,看到那些家庭正常的朋友们正在正常的生活环境中游山玩水,或者享用各种美食,哪怕是发一些关于工作的牢骚,我都超级羡慕。而且,总感觉如今低人一等似的。

由于给新月治疗需要不断用钱,我打电话把以前欠工费的老板催了一个遍,有的答应给,有的说没钱。打电话的时候,我心里非常矛盾。我明白,如果说孩子生病了需要用钱,要账可能会容易一些。可我就是说不出口。我担心一旦把孩子生病这件事情公布于众,就像给自己打上了一个赤贫的烙印一样,会遭人怜悯、歧视,以后找工作的机会都有可能降低——不沾亲不带故的,谁也不愿招惹这些无休止的麻烦。

老家了解新月情况的亲友们已被借了个遍。他们借给我钱后,有的会唉声叹气,拿怜悯的目光瞅着我;有的便开始劝说我放弃新月,说:"孩子妈妈都放弃了,你一个男人怎么搞啊?脑瘫是治不好的,无底洞啊!干脆放弃算了,把孩子送到社会福利院里去,你也能早点解脱,再找个女人;如果拖着个病孩子,哪个女人愿意找你?"

我特别怕听到这样的关心,接到这样的电话,或者听他们谈这个话题。每每遭到,我的心情都会非常糟糕,而且会糟糕很久。

那些廉价的同情也都是废话，即便是善意的，我也不需要。

我现在只需要帮助，同情有什么用，担忧又有什么用，如果真的关心我，就帮新月付一些治疗费好了。不过，我还算是好脾气的人。无论是谁打来电话，我都能做到礼貌应答。毕竟，这是我的事情，我的家庭，我的孩子，谁也代替不了。

我真不是贪心的人，能过一种最普通的生活就很满足了。为什么偏偏是我落到这步田地？为什么？

为什么偏偏是我？

就在刚才，我用网上的"抑郁症自测表"测了一下，发现每一项的打分都符合严重抑郁的标准。这太可怕了！

那张自测表就是下面这个样子：

请在符合你情绪的项目上打分：没有得 0 分，轻度得 1 分，中度得 2 分，严重得 3 分。

1. 你是否一直感到伤心或悲哀？
2. 你是否感到前景渺茫？
3. 你是否觉得自己没有价值或自以为是一个失败者？
4. 你是否觉得力不从心或自叹比不上别人？
5. 你是否对任何事都自责？
6. 你是否在作决定时犹豫不决？
7. 这段时间你是否一直处于愤怒和不满状态？
8. 你对事业、家庭、爱好或朋友是否丧失了兴趣？
9. 你是否感到一蹶不振，做事情毫无动力？
10. 你是否以为自己已衰老或失去魅力？
11. 你是否感到食欲不振？或情不自禁地暴饮暴食？
12. 你是否患有失眠症，或整天感到体力不支，昏昏欲睡？
13. 你是否丧失了对性的兴趣？
14. 你是否经常担心自己的健康？
15. 你是否认为生存没有价值，或生不如死？

评分标准：

0～4 分：没有忧郁症。

5～10分：偶尔有忧郁情绪。

11～20分：有轻度忧郁症。

21～30分：有中度忧郁症。

31～45分：有严重忧郁症并需要立即治疗。

百度网页上是这样分析抑郁症病因的："各种重大生活事件突然发生，或长期持续存在，会引起强烈或者持久的不愉快的情感体验，导致抑郁症的产生。"

接下来，百度网页给出的建议是："快乐的心态能使人体神经系统的兴奋水平处于最佳状态，促进体内分泌出一些有益的激素、酶类和酰胆碱，把血液的流量、神经细胞的兴奋调节到最佳状态，提高机体的控病能力。"

读着这条建议，我竟然笑了起来，笑得眼泪都出来了！抑郁的感觉顿时轻了不少。这些建议都是那些站着说话不腰疼的所谓专家糊弄人的玩意儿。快乐的心态，谁不想有？

但是，对不起，鄙人做不到！

鄙人做不到他们所说的幸福、快乐，做不到宽容、心平气和，也做不到安贫乐道、颂赞盛世。相信乐观可以解决一切问题，简直和相信心诚则灵、六月飞雪、观音现身一样，都是愚蠢的幻觉。

在重病的孩子面前，在明知治疗无望仍不得不坚持治疗的医院里，鄙人如何能快乐起来？

我只想破口大骂！

跟以前那种正常的生活相比，医院的生活就好像活在了世界的影子之中。在这个影子里的世界，一切都是反着的，一切都是扭曲的：不正常的孩子，不正常的时间，不正常的心理和不正常的表情。我越来越理解乐莺为什么要逃走了，我也想逃走！

今天，自拍照片显示的数量是五十六。也就是说，我已经在医院里生活了五十六天。就在这一天，我慎重考虑了以前一个我不敢触及的问题：要不要放弃新月？

紧跟着的第二个问题是：如果放弃，如何放弃？

第三个问题是：放弃了以后，怎么办？

怎么办？怎么办？怎么办？怎么办？怎么办？怎么办？能怎么办？！没——有——办——法！

生活在医院，我就是社会的弃儿；放弃新月，我又成了良心的弃儿。反正，我左右都不是人。

做个人，太难了！

睡不着，就在手机上浏览新闻。看到一则新闻后，更睡不着了。这则新闻的内容是：一个出生时患有先天性心脏病和肛门闭锁的女婴的父亲放弃给女儿治疗，将未满月的女宝宝送到临终关怀医院，使女儿每日只靠一点点水维持生命，静待宝宝慢慢地慢慢地死去。

我忽然想到一个问题：那个主动放弃治疗的父亲没征得孩子的同意就放弃了，可是我们当初要求抢救新月的生命时也没征得新月的同意呀。难道新月愿意一辈子躺在床上被人照顾，就这样没有生活质量、没有生命尊严地活着吗？

3

凌晨四点多钟，我刚迷迷糊糊地睡着，就被一阵接一阵的婴儿啼哭声吵醒了。最近住在医院的病房里，我已经对孩子的哭声比较有免疫力了，晚上不管多么吵都能睡着。可现在的这个哭声不一样，声嘶力竭的，不见有停歇的意思，也听不见有大人哄孩子的动静。况且这哭声就在我临窗的病床正下方，窗户都敞着，想不听都没有办法。

我忍了一会儿，实在忍不住了。

新月的睡眠质量很不好，我担心这孩子继续闹下去，会把新月吵醒的。我悄悄地起身，准备把窗户关上。可是一阵嘈杂的人声传来了，其中一个清晰的声音像是值班的保安发出的。他大声骂道："谁又把孩子扔到这里了？真是猪狗不如！"

这声音好似当头一棒。联想到昨夜思索的那几个问题，我瞬间清醒了,抓件衣服奔至楼下。楼下已经站了几位被吵醒的家长,还有两个值班的保安,大家正围着一个红色的婴儿车指指点点。婴儿车里躺着一个小女孩,三岁多的模样,长着圆圆的脸蛋、大大的眼睛、樱桃小嘴,甚是惹人喜爱。这会儿,已有一位女家长把那婴儿车里的奶瓶放进了小女孩的嘴巴里,她含着熟悉的奶嘴,安静了下来。

那位女家长已经湿了眼眶,哽咽着说:"奶瓶里的奶还是温热的,估计她的家人刚把她放在这里,时间还不长。"

我暗自估算了一下,说:"根据哭泣的声音推断,大约有二十分钟。"

但保安的话反驳了我:"绝对不止二十分钟。她家长应该是趁她睡熟把她推到这里来的,醒来看不见人才哭的。唉,真是造孽呀,每年都有不少孩子被扔到这里,都知道我们宋院长是活菩萨,会免费救治孩子。可我们这里是康复医院,又不是社会福利院。扔来的孩子也需要先报警,送到社会福利院登记,然后筛选出需要治疗的脑瘫患儿,才能送到楼上治疗的。"

我仔细观察着婴儿车里的漂亮小姑娘,疑惑地问:"这孩子看着还不错呀,会是脑瘫患者吗?"

保安估计真是见多了丢在这里的弃婴,老练地从婴儿车上抱起孩子给大家看:"你们看,这么大的孩子连头都不能竖直,身子像软面条一样一点力气都没有,不是脑瘫是什么?再说了,如果不是脑瘫,这么漂亮的女孩子谁会舍得扔呀?"

那孩子被保安一摆弄,又大哭起来。这时,另一名保安从监控室匆匆跑来,说:"监控记录看不清人脸,只能看出是一位戴着帽子和口罩的中年男人。"

门口的保安把孩子放回婴儿车,说:"我就知道看不清人,既然敢把孩子扔到这里,早就做好了充分准备,根本没打算再捡回去。唉,真是造孽啊!快给警察打电话吧。"

那保安说:"已经打过了,警察一会儿就到。"

家长们沉默着散去。只有那位女家长情绪有些失控,不断地抽泣着，在病房走廊的长椅上坐着擦眼泪。我也心绪难平，犹豫了几分钟，终于从裤子口袋里掏出了昨晚失眠时出去买的香烟和火机，走到走廊的窗口边点着。

我戒烟已经六年了。这六年中，我一直坚定地拒绝着朋友们的各种引诱，最多放在鼻子前闻闻，从未抽过一口。可是，今天早上，我必须抽。

这家医院的宋院长，确实是个菩萨心肠的好医生。由于他祖传的中药秘方治疗脑瘫的效果好，近些年不断有患儿被丢弃在医院，他也就这样把患儿们陆续收留了下来，已经救了二三百个弃儿，病房楼的上面三层，住的都是那些可怜的孤儿们。

不过，我至今还没有上去看那些孤儿，没有那份勇气。我也不知道自己为什么害怕，但就是不敢去。我贪婪地呼吸着尼古丁的芬芳，一口气抽掉了大半支。我又点上了一支。有毒的烟草就是好，虽然有害于身体，但确实能缓解压力。我记得网上的资料似乎讲过，人的压力大了，也会产生一种毒素。与尼古丁的毒素相比，压力大产生的毒素说不定更可怕。我劝着自己，一口气抽掉了第二支。我又点上第三支。

这时，我听见背后有一个声音响起："你好，能给我一支烟吗？"

是那位哭泣的女家长，正眼睛红红地站在我身后。我沉默着，抽出一支烟递给她，并打着了火机。她显然并不会抽烟，姿势笨拙地点着，抽了一口，像所有的初学者一样咳了起来。我沉默地望着她。她咳了一阵子，小心地抽完那支烟，没有再咳，也没有再说话。刚才楼下的那一幕，是所有脑瘫患儿家长的噩梦，不敢谈，不愿意谈，也真的没什么好说的。

说什么呢？孩子生病可怜，家长没钱治疗不得已才扔掉孩子，这些不用说都知道。关键在于这孩子被遗弃的现实，吓住了还在继续治疗的我们，也吓住了我昨天冒出来的可怕念头。

一个脑瘫的病孩子，就是个苦难的黑洞、经济的黑洞、精力的黑洞、时间的黑洞。谁又愿意陪着她一同被吞噬呢？

新月现在快两岁了，仍然无法竖头。放在婴儿车上时，尚需用一个薄薄的小毯子两边支撑着脖颈,才能使她的头勉强竖在中间。一旦毯子移位,她马上就东倒西歪的,连婴儿车都坐不稳。如果在这医院治到三岁,治到这个被遗弃的孩子的年龄,新月还无法竖头,我能承受住这个结果吗?我会怎样做呢?

继续治疗?

放弃治疗?

放弃新月?

我被未知的将来吓住了,也被自己的想法吓住了。

这天过后,我记住了那位女家长的模样:长长的头发辫子斜摆在胸前,清秀的脸庞稍显苍白,衣着朴素。在治疗交替的间隙遇到了,彼此微笑着点一下头,也并不交谈。她的孩子齐齐是个男孩,很瘦,五岁多的模样,有时会笨拙地骑着一辆儿童三轮车在病房走廊里闲逛着,智力没什么问题,但就是不会走。家长们都各忙各的,照看自己的孩子,一睁眼忙活到天黑,确实也没有太多的闲暇时间聊天。即使聊上几句,也大都是发愁孩子何时能走路。

一周后的某个晚上,我又站在走廊的窗口旁抽烟。自从那天早上抽了第一支烟以后,我就再也离不开尼古丁的安慰了,迅速从一天抽半盒烟,涨到了一天抽一盒烟。我抽完身上那盒烟的最后一支,将烟盒捏扁,瞄了瞄,准确投进走廊对面的垃圾桶。这时,那位女家长走了过来,递给我一盒烟,正是我最近抽的许昌帝豪。

我惊讶道:"你也抽这个牌子?"

她说:"这是给你的,我就是想抽也降不住,一抽就咳,嘴里还苦,没有一丁点儿好的感觉。"

我说:"那就别抽了,烟可不是什么好东西。"

她笑了,说:"知道不是好东西你还抽?"

我也笑了:"那是因为我也不是好东西。"

她正色道:"不,你挺好的。自从新月妈妈走了以后,你一个大男人来照顾孩子,真挺不容易的。不过,这一个多月以来,你把新月照顾得不错。新月脸胖了,皮肤白了,精神头看着也好多了。你是个模范爸爸。"

我连忙解释:"她妈妈出去打工挣钱了,隔段时间就回来了。"

她意味深长地看了我一眼,没有接话。

我尴尬地撕开帝豪的包装,点着一支,这才想起来新月妈妈在出走之前发在朋友圈的消息。大意是:新月,请原谅妈妈,妈妈放下你也是不得已。看来,医院的家长也有她朋友圈的人,对这场出走事件都心中有数。再有数又能怎样?不过是平添谈资罢了,又有谁能帮忙解决问题?

她似乎懂了我的心声,叹了一口气,说:"我叫李霞,跟你们隔两个病房,如果你出去买东西或者做饭,就把孩子放在我那里好了。"

我感激地望着她,说:"谢谢你!我姓王,叫王俊强。"

在医院,我很少有使用名字的时候,除了签账单。医院的家长们平时大都使用以孩子为主的代号,比如新月爸爸、小宇奶奶、龙龙爷爷什么的,而她则是"齐齐妈妈"。在这里,家长们的个性和性别被尽数抹去,只剩下一个围着孩子生活的看护人的角色。

可家长们也都是健康的男人和女人,也都有着作为人基本的喜怒哀乐。时间久了,各种萌芽就会冒出来。

4

每天,当我抱着新月出这个治疗室、进那个治疗室时,经常会产生一种眩晕感,感到身边这一切不是真的,都不是真的,而是梦境,一场噩梦。我甚至会感到自己很快就会从梦中醒来,等我醒来的时候,会发现一切都恢复了正常的模样,洗洗漱漱就可以去上班了。

已经两个多月了,我仍然需要习惯医院这里的环境,还需要习惯欺骗自己,就像习惯呼吸含有消毒水味道的空气,习惯体内持续流淌的抑郁情绪,习惯欺骗自己——只是不想把血淋淋的那个自己展示出来。那个身体深处的悲惨世界,最好不要被挖掘出来。

新月还是老样子。按说她没有能力体察到成人微妙的情绪变化,但是特别奇怪,只要我一冒出不好的想法,她都会哼哼叽叽地扭动几下,难道她能感知到什么?这太玄幻了,我不愿意相信。从小到大,我没有任何宗教信仰。但是,现在的我很想问问上帝,或者任何一个神灵。如果他们真的存在的话,我很想问问他们为什么要把一个有缺陷的孩子给我、我应该怎么办。

　　我原本可以过更好的生活。我完全可以过更好的生活。我应该过更好的生活。我为什么不能过更好的生活?

　　人在绝望的时候,会经常在记忆的秘密花园里搜寻那些过去的美好,搜寻那种经年之后依然徘徊不去的芬芳。然而,在我的记忆中,大都不是温馨的爱的记忆。

　　我的父亲是一个地道的农民,母亲也是,都没什么文化,连自己的名字也不会写。父亲坚信棍棒之下出孝子,一言不合抄起手边的东西就扔过来,棍子、板凳、拖鞋,甚至是一双筷子。他总是说:"打是亲,骂是爱,越是亲爹越要狠打。"父亲的棍棒教育,也确实把我打进了一所大专院校,虽然是专科,但专业是电气化,用途广,毕业后我就到郑州顺利地找到了一家工厂工作。乐鸢是我在那家工厂的同事,我俩恋爱一年后就结婚了。

　　然后,就有了大妞。

　　再然后,就有了新月。

　　乐鸢这次出走,其实我父亲也起到了一定的催化作用,虽然父亲事后坚决不承认。但是,我更相信乐鸢的版本。因为父亲一向都是那种不撞南墙不回头的臭脾气,而且自去年母亲去世后,性格更是趋于古怪。

　　当时,乐鸢一个人在医院心力交瘁,给我打手机一直未通,便给父亲打了电话,希望他能来医院帮忙照顾新月。可能父亲那会儿心情不好,或者喝了点酒,鬼使神差地撂下一句话:"反正我没时间去,你要不想带这个病孩儿,爱扔哪儿扔哪儿去。"

　　乐鸢气得浑身哆嗦,大哭了一场。没想到,这通电话,居然成了压倒她的最后一根稻草。乐鸢很快拨通了我的手机,将刚才的情况简述了一遍,让我来医院照顾新月。结尾时,她语气平静地说:"王俊强,新月是你们老王家的人,你爹刚才让我爱扔哪儿扔哪儿去,那我就扔在医院了,你们老王家都不管,我才不要管。"

接下来,乐莺就消失了。

第六十五天早晨,我把给新月拍的第六十五张照片通过微信发给了乐莺,试探着留了一句话:"莺,我一个人带不了新月,也没钱治疗了,你要再不回来,以后可就看不到新月了。"

"你想怎样都行,反正我不会再回去了。"

五分钟后,乐莺回复了这条信息。

那一瞬间,时间仿佛凝固了。

我原本以为乐莺此次出走主要是因为赌气,气消了也就回来了;新月毕竟是她的亲骨肉,怎能舍得?但没想到她是真不回来了。我感觉心中的某种东西正在被杀死,不知道是什么,但是有些东西不复存在了,而另一些说不清楚的东西进来了。

一种很痛很痛的感觉在身体里渐渐弥散开来,似乎那里面破了一个大大的洞。我点上烟,任由烟雾在这个洞中自由穿行,连着抽了好几支,才缓过神来。

人都是这样:由俭入奢易,由奢入俭难。乐莺好容易摆脱了医院的环境,品尝到了外面世界的精彩,为什么回来?谁愿意在这里活受罪?

这一刻,我忽然开始怜惜乐莺。眼前出现了我俩第一次约会时,她那张圆圆的红彤彤的带着微汗的脸蛋。好吧,好吧,就让乐莺带着健康的大女儿享受那些正常和美好的生活吧。剩下的炮灰,我来当。

我使劲挺了挺腰,力图做出一个接近邱少云的表情。

就在这天下午,李霞来病房找我了,说她在医院附近租了个可以做饭的套间,请我和新月过去吃顿晚饭。

那个小套间清爽整齐,空气中飘散着好闻的花露水的气味,干净的小方桌上铺着印有玫瑰花的塑料桌布,桌布上是四盘荤素搭配、色香俱全的菜,桌角还放着几听罐装青岛啤酒——一看就是刚从冰箱里刚拿出来的,罐壁上起着朦胧的白雾,其中一罐还遗留着一个模糊的指纹。

看到那个指纹,我忽然有了一种久违的家的感觉。我扭头感激地看了李霞一眼,她羞涩地低头一笑。

住在医院那么久,这一分钟才仿佛重回了人间。就在这一分钟里,我感觉自己爱上了这个女人,爱上了她身上带有的那种家的感觉。人和人之间,有时就像超市的感应门一样,感觉到有感觉,门就开了。

不管是不是由于乐莺的绝情,不管是不是由于男人的空虚,不管是不是由于生活的孤单绝望还是困兽犹斗的烦躁……总之,我什么都不管了!晚饭后,李霞刚站起身准备收拾碗筷,我便一把将她拽进卧室,按倒在了床上。

冰镇啤酒带来的微醺,使得接下来的一切都带着一种梦幻般的美好。她脱掉衣物后判若两人的疯狂,使两人身体的纠缠一浪高过一浪,仿佛地球上仅有的两个人,终于遇到了。

也不知道过了多久,反正没有人来敲门。外面吃饱了的两个孩子——我的新月和她的齐齐,都不会走路,都没有过来敲门的能力。

终于,结束了……

可我们仍像两条章鱼般盘绕成一团,不愿睁开眼睛。似乎,这张床才是大海里唯一的岛屿。那种男人和女人之间肌肤相腻的温度,给了我和她极大的慰藉。根据她的反应,我估计她应该是很久没有和男人亲热过。住在医院那样的环境中,整日见的都是冷冰冰的器械、枯燥机械的肢体训练和孩子们痛苦哭闹的表情,家长们的性别和欲望都被孩子的病情掩盖住了。但,健康的身体难道不需要情愫的动力吗?在本能面前,任何粉饰都是虚伪的。

医院里,陪孩子住的大部分是妈妈,像我这样的男家长,只有少数几个。其实无论男女,长期住院的中青年家长普遍面临着性压抑的问题。男家长们偶尔去火车站找"野鸡"打个牙祭已不是什么秘密,而女家长们连这种简陋的出口也没有。

我没去过火车站,毕竟喝过一些墨水,有点儿自控力。何况来的时间不算很长,虽然自我感觉很长,但也就三个来月,紊乱的心思尚未调整到位。何况钱包也不允许,连新月的治疗费都还需要精打细算,哪有余钱出去打什么牙祭?

所以,我与李霞,李霞与我,还真是干柴与烈火,一次又一次,烧得风生水起,燎到天昏地暗。

谁也不愿意下床打开那扇门,打开那扇通往现实世界的门。

李霞告诉我,她离婚了,前年办的手续。儿子齐齐因为出生时难产造成了脑缺氧,出生后就在医院治疗,一直治到现在。快六年了,她一直带着孩子到处看病,基本上没有间断。但是齐齐的奶奶一直说孩子生病是因为她怀孕时乱吃了感冒药,说都是她的责任,还经常骂她是家里的扫帚星。齐齐的爸爸嘴上不说,行动上对她也日趋冷淡,除了按时付给孩子生活费,从没有来医院看过孩子。这个家让李霞越来越心凉,她主动提出离婚,条件是每月都要给齐齐生活费和治疗费,一直付到齐齐的生活能自理为止。好在,齐齐爸爸在外做生意,给的钱比较宽裕,所以她始终没间断过齐齐的治疗。只是治疗的效果她一直不太满意。按说齐齐早就该会走了,但是到现在仍然不会走。

没办法,家家都有一本难念的经,尤其再多个重病的孩子,更是难上加难。

或许,与苦难和平共处的方式就是努力活着以及相爱。

那夜过后,我和李霞悄悄地搬到了一起。两个人,总算彼此有个伴儿。

一个男人带着个病孩子住院,说没有生理上的需求,是骗人的。但比这更重要的还有内心的空虚:夜深人静时,总渴望身边有个伴儿,哪怕只是简单地聊聊天。

黑白的日子终于变成了彩色。白天,我俩一起去医院给孩子做治疗,晚上一起回家。虽然只是租来的小套间,但我和她都找回了久违的温情,有了家的感觉。我喜欢和她一起计划下一顿饭吃什么,喜欢我们的眼神碰在一起的片刻。哪怕只是一起推着孩子去超市买东西,在路上聊聊几乎不可能实现的旅行,也特感愉快。

李霞老家在信阳,厨艺了得,而我却毫无天分。于是,她承包了我和新月的每一顿饭。我的身体也在美味饭食的营养下能量激增。

她租的小套间是一室一厅,有单独的厨卫,客厅兼做餐厅。晚餐过后,把餐桌折叠起来,将客厅那张可以伸展的长沙发拉开,客厅还可以兼做卧室。我和新月就住在这张长沙发上。她的儿子齐齐快六岁了,虽然不会走,但智力没问题,已经初通人事。我和李霞要照顾孩子的感受,等孩子们都睡着后,才能在一起,有时在她的床上,有时在我睡的沙发上。

这无异于普通男女的性爱,其实每一次都得来不易。因为身边有两个生病的孩子需要照顾,每一次都是争分夺秒地尽心尽力。李霞性格内向,在任何场合都不动声色。想不到这样一个静悄悄的女子,一上床就变成了火热的另一个人。每一次,她都拼了命一般,让我很是着迷。相较之下,乐莺就乏味多了。

李霞身材匀称,裸体颇为诱人,乳房更美,还有种让我心平气和的魔力。只要一碰到她的皮肤,我就会闭上眼,忘掉周遭的一切。她滚烫活跃的裸体,似乎激发了我体内源自远古的雄性蛮力,居然每一次都异乎寻常的好。

我问:"你有爱情的感觉吗?"

她说:"当然。"

但李霞没有反问我。她就是这样一位懂事的女人,总能把持自己的情绪,控制住她的愿望。

这份突如其来的感情,如同吗啡一般,让我前段时间抑郁的症状缓解了不少。但是,使我抑郁的事情仍然存在——新月的病情仍然没有太明显的好转。李霞也有一个同样患有脑瘫的儿子。即便我俩在一起,又能有什么光明的前途呢?

相异于我一贯的悲观,李霞倒是挺热爱生活的。这从她对待食物的认真态度就能看出来。她做的饭菜,不仅味道好,颜值也高,硬是把这个临时拼凑起来的家,做出了一丝幸福的香味。

人世间最细碎的温暖,其实都落在洗衣、做饭、带孩子这些零碎的小事上。有时,听见李霞在厨房里边做饭边哼着流行歌曲,我会突然心生羡慕。望着她,多了一个观察对象,也仿佛多了一面镜子,我会不由自主地拿她和我、和乐莺相比。李霞一直是自己带着孩子,已经在医院间辗转了五年多,居然还能保持这样乐观的心情。而我,才在医院住了三个多月,竟已近崩溃。难道是我把苦难看得太重了,把苦难强加成了生命唯一的主题从而忽略了许多苦难之外的美好?

看来,让自己快乐起来还真是一种能力。

一个下雨天的傍晚,我和李霞推着孩子尚未走到家门口,便发现一只脏兮兮的小流浪狗正趴在门前的脚垫上一声不吭地舔着伤口。它的爪子有血迹,前腿的皮毛还被撕去了一小块,露出渗着血珠的白肉,浑身的毛都湿透了。李霞赶紧将齐齐的小推车交给我,俯身抱起小狗。小狗战栗着,哀号着,眼中充满了惊惧和焦虑。看来,流浪时那些痛苦的记忆,让它看见人类就想悄悄地绕着走。李霞轻声安抚着它,将它抱进家门。

经过仔细检查,原来是一小块玻璃扎进了小狗的前脚掌。李霞小心翼翼地用钳子拔出玻璃,又拿出家中急救箱里的碘伏和绷带帮它擦洗和包扎,接着用吹风机吹干它的毛,找了个旧纸箱将它放进去休息,然后把齐齐喝的奶粉给它冲了一小碗。小狗飞快地舔完牛奶,又瑟缩在纸箱角落,只要听到稍微大一点儿的响声,立刻吓得浑身哆嗦。李霞一直蹲在它旁边,温柔地望着它,抚摸着它。小狗慢慢地消除了恐惧,试探着舔舔李霞的手,似乎在感激她的相救。

真不知道这只流浪狗经受过什么样的虐待,竟被吓成这样。不过,它误打误撞地跑到我们这个家来,也算是不幸中的万幸吧。齐齐特喜欢这只小狗,我把他的小车推到小狗的纸箱旁边后,他就再也不肯离开了。连新月的眼睛也盯着小狗,似乎颇感兴趣的样子。

这只小流浪狗就这样顺理成章地留了下来。我还给小狗取了个名字,叫作"阿五",因为它是这个家里的第五个成员。齐齐用"阿五"唤它,它居然摇起了尾巴。

这个暂时的"家",就这样特殊地组合在了一起:一对不是夫妻的"夫妻",两个不会走路的脑瘫孩子,还有一只名叫"阿五"的瘸腿流浪狗。

5

李霞去市场买菜了,我站在家门外抽烟。

应该是要下大雨了。巨大的苍穹下,漫天的黑云紧逼着愈来愈细的阳光,让人也害怕会被那巨大的黑暗吸走。偶尔,云隙间一束强光乍泄,很快就又被绵延的黑云吞没。风也越来越大,刮得地面的浮尘和树叶不断地翻转,在或远或近的地方游走。豆大的雨点先是炒豆般噼啪地炸着,瞬间就变得倾盆而下。

我似乎被某种压倒一切的幻觉扼住了。万物之间的边界已然消失,天、地、动物、植物和我,似乎统统被抹去了岁月流逝的痕迹,共同组成了一首凝重惆怅的交响乐。一切生命瞬间有了更空灵的质感,不分优越或卑贱,甚至不再去刻意追求什么平等。我大口地呼吸着这湿润的带着泥土气味的空气,感受着这片刻超然的宁静。

等我回过神来,推门进家,忽然发现奇迹出现了!

但奇迹没有出现在新月身上,而是出现在了李霞的儿子齐齐身上。原来,齐齐迫切地想去和小狗阿五玩儿,家里又没有大人帮他,一着急,竟然自己从小推车上站了起来,走到了门口。我进门的时候,正好看见他独自站在狗窝旁边叫着阿五的名字。

我简直不敢相信自己的眼睛!

齐齐今年快六岁了,李霞从小便带着他辗转了好几家医院治疗,最后定在这家叫金庚的医院,也是冲着宋院长治疗脑瘫的中医祖传秘方来的。至今,娘俩儿已经在这里治疗了三年。齐齐好转了不少,可就是不会走路。康复师说,齐齐应该已经具备了走路的能力,但是他走路的意志力不太强,还有严重的恐惧心理,所以一直无法独自迈出那一步。没想到,意外捡回家的流浪狗,居然使他克服了心理障碍,自己迈出了这重要的一步。

我竭力控制住自己的激动心情,装作没看见齐齐走过来似的,将阿五从窝里抱出来,让它朝着卧室的方向跑。阿五的脚伤基本好了,只略有一点点瘸,很快便跑进了卧室。齐齐的注意力都在阿五身上,看见阿五进了卧室,也跟着歪歪扭扭地追进了卧室,完全没在意自己是走进去的。阿五进卧室转了一圈儿又出来了,齐齐居然也跟着阿五歪歪扭扭地走回了客厅。

正在此时,李霞回来了,一眼看到在客厅追阿五的齐齐,顿时泪流满面,手里刚买的菜掉落一地,扑上去搂住齐齐大哭,反而吓得齐齐不知所措起来。我赶紧上前拉开李霞,示意她不要让孩子紧张,然后扶着齐齐走到椅子边坐下,对他说:"原来齐齐早就会走了,只是今天想给妈妈一个惊喜,对吗?"

齐齐懵懵懂懂地点点头。我把阿五抱过来放在他的腿上,继续说:"齐齐你看,阿五的腿伤好了,已经可以走了;齐齐的腿伤也好了,也已经可以走了。对吗?"

这次,齐齐高兴地点了点头,说:"对。"

"好,齐齐真棒!今晚想吃什么好吃的,让妈妈给你做。"

说完,我用眼神暗示李霞配合一下。她已明白了我的意思,赶紧擦了眼泪回应道:"你看,妈妈都高兴糊涂了,今晚买的有五花肉,妈妈做齐齐最爱吃的红烧肉好不好?"

"好啊,好啊,我最喜欢吃红烧肉。也给阿五吃红烧肉。"

齐齐抚摸着阿五,应该已经接受了自己会走路这个心理暗示。看来,孩子与动物之间真的有一种天然的纽带关系,没有大部分成年人对待动物的那种界限分明的物种鸿沟。这种纽带关系真有一种令人想不到的神奇的催化作用。

我捡起地上的菜,拉着李霞进了厨房。李霞虚脱般靠在我身上,泪水再次奔涌:"谢谢你,今晚多亏你在!"

我说:"孩子刚才是急着追小狗玩儿,不知不觉站起来走的,心理这一关还有个接受的过程。你不能表现得太激动,那样会吓着他的;应该让他觉得自己会走路是一件自然而然的事情。"

"太谢谢你了,我真没想到这一点,有你真好!"李霞动情地望着我,勾着我的脖子将嘴唇缓缓地凑了上来。

我微笑着推了推她:"快给孩子做红烧肉吧,我出去买啤酒庆祝一下。"

李霞咬咬嘴唇,不好意思地笑了笑,说:"对,对,今晚确实值得庆祝!"

出门前,我拐进卧室看了看新月。她还是那样安静地半躺在婴儿车上睡着,没什么表情,也没什么动静。我的心头骤然涌上一阵酸楚,刚才的兴奋完全变成了沮丧。别人的孩子都会走路了,而我的新月却还不见任何好转的迹象。

有时候,一个人的不幸是从羡慕别人开始的,是被别人的幸福衬托出来的。

我突然感觉好疲惫,每天望不到尽头的忙碌、治疗,希望又在哪里呢?乐鸢走了以后,我独自承受着这一切。别人还以为我是男人就真的坚强不脆弱,连李霞也开始把我当作精神支柱了。可谁又明白那些表面的坚强和不累都是装出来的?

外面的雨还在淅淅沥沥地下着。我没有打伞,在雨中漫无目的地走着,发着呆,不知道该去往何处,不知道有何处可去,也不知道这个世界上是否还有第二个人如我这般悲苦。

直到手机铃声急促地响起,李霞问我怎么还没有回去,我才想起出门是为了买啤酒,为了庆祝齐齐终于会走路。

这么快就老了?

抑郁症还没好,又添了健忘症了?

这天晚上,李霞异常兴奋,做了好几个拿手菜,喝了不少啤酒,脸庞通红,话特别多,完全忘记了在齐齐面前掩饰和我的亲密动作,将头靠在我的肩膀上,一副深情款款的模样。

从未见过李霞这样,我有点不适应。新月倒没什么,反正也看不懂。可齐齐快六岁了,而且智力正常,看到妈妈与爸爸之外的男人有一些亲热举动,免不得会不舒服。而且,我已经在齐齐的眼睛里发现了那种不舒服。

我从餐桌下碰了碰李霞的腿,意思是让她收敛一点。可她完全没理会我的意思,反而媚笑着对我说:"你碰我的腿干吗?想了吗?着什么急呀,饭还没吃完呢。再开一瓶啤酒!"

餐桌对面的齐齐冷冷地扫了我一眼,扫得我浑身的汗毛都竖起来了。我直接把李霞连扶带拽弄进卧室,边拽边大声说:"你喝醉了吧,刚才就让你少喝点,你偏不听,开始说胡话了吧。"

"谁醉了?谁说胡话了?你才醉了呢,你才说胡话了呢。今天我儿子会走了,我高兴,我太高兴了。这是我有生以来最高兴的一天!你别拦着我,我还想再喝一罐啤酒!"李霞手舞足蹈地嚷嚷起来。

看来李霞是真喝醉了。我把她的鞋子脱掉,让她半倚在床头,出去收拾餐桌。齐齐刚把盘子里剩下的红烧肉都挑了出来,准备喂阿五。我赶紧把盘子、碗都端到厨房,将餐桌折叠起来,拉开客厅的长沙发,铺好床,打算让新月睡觉。

待新月睡着,我便给卫生间的澡盆里放水,准备给齐齐洗澡。李霞每晚都是这么做的,让齐齐在澡盆里泡半个小时,有助于腿部力量的增强。水放好了,我拿指头试了试,不冷不热刚刚好,就去客厅抱齐齐进来。

没想到我的双手一接触到齐齐,他便条件反射地向后躲。我再伸,他再躲。我明白了他的小心思,也就不再勉强。

后半夜,我睡得正沉,忽然感到有一双温暖绵软的手伸进了我的裤子,握住了它。我睁开眼,正看到李霞那对如醉如痴的眸子。她喃喃着:"快,快……想死你了……"

我的激情一下子就被点燃了,反身将她压在身下,却不行动,享受着她那越来越急迫的样儿。仍处于半醉状态的李霞,在我的撩拨下,从喉管深处发出阵阵母兽般粗重的低号,双手将我越箍越紧,越箍越紧……

我一把将T恤从头顶拽除,握紧李霞的脚踝,正预出击,眼角的余光中却出现了齐齐的小身影,顿时痿灭了。我赶紧将被子盖住李霞半裸的身体,自己三下两下穿整齐。李霞的酒也吓醒了,穿好衣服就牵上齐齐回卧室睡了。而我却再也睡不着,靠在床头,审视着房间里的犄角旮旯,直到第一缕晨光穿过窗帘照进房间,才勉强合上眼。

6

真是奇怪,自那晚以后,我和李霞之间便出了状况。有时,好容易避开齐齐,有个单独在一起的时间,千军万马正待万箭齐发。可一看见李霞的裸体,我就条件反射地想到齐齐,一旦感觉到齐齐在角落窥视着我们,就立刻不战而败。

李霞嘴上宽慰我,说别着急,等等就好了。可是那哀怨的眼神已经泄露了心里的失望。

而且,除了临阵疲软的问题,还有个更难张口的事——缺钱。

以前工作的时候,我虽然没多少钱,也一直没断过钱,可到医院来专职照顾新月后,完全成了坐吃山空的状态。况且,哪里有山吃啊?吃灰差不多!连新月的治疗费都是各处借来的,手头几乎一点余钱都没有。我自己带新月时,困难是困难,倒也没什么心理压力,可是和李霞在一起住,就会牵扯到诸多生活成本,如房租、水电、天然气、米面油、鸡蛋、蔬菜、肉食等,桩桩件件都是钱。

李霞从未和我提过钱,齐齐的爸爸一直按月汇给她生活费和治疗费,经济上蛮宽余。但是,我的心里越来越不舒服了。两个人同住在一起,我又是个大男人,于情于理都该负担一部分生活成本。没多也要有少,这是个尊严问题。

可我真的连"少"也拿不出来。新月每月的治疗费一分钱也缺不得;我和新月的伙食费原本就是可怜的三四百元,再克扣又能挤出多少?所以,我在这个所谓的家里越来越感到如坐针毡。尤其是坐在李霞变换着花样摆弄的餐桌前,真是难以下咽。

齐齐会走路了以后,李霞为了给他增加营养,每天不是杀鸡就是买鱼,牛羊肉也没断过,千方百计地让齐齐多吃点,好多长力气。而我,面对花样美食,总是找各种借口少吃或者不吃,匆匆刨完一碗米饭就赶紧离开餐桌。

自己没出一分钱的饭菜,我有什么脸吃呢?

刚搬来时,我和李霞都处在烈火与干柴的兴奋中,得空就黏在一起,没时间考虑这些细枝末节的生活问题。可是,随着时间的延长,需要花钱的地方越来越多,少不得牵扯到谁买单的问题。而且,又是临时"夫妻",钱都装在各自的钱包里,怎么好意思张嘴?

而且,那时我的身体正处于巅峰状态,几乎夜夜让李霞欲仙欲死,似乎也有吃喝的资本。李霞晚上快乐够了,白天也乐意伺候我,反正吃来的力气也都使在她身上了,她也不亏。

但现在,我仿佛中了魔咒,只要一和李霞准备做爱,就看到齐齐那双歪歪扭扭的小细腿正在慢慢地移过来。接着前一秒钟还生龙活虎的胯下活物,立刻就萎靡不振了。不管李霞采取什么方式帮助,都毫无起色。

刚开始,我也担心是阳痿。但很快发现,自己一个人看美女照片的时候,那玩意儿照样活色生香,尤其早晨,能把被子顶得似蒙古包一般。可偏偏跟李霞就是不行。我开始明白,这是那夜的惊吓落下的心理毛病。

我心里明白,可李霞不适应呀。

好在李霞近来一直沉浸在齐齐会走路的兴奋当中,注意力良性转移,不太纠结我的不举问题。在一起时,她总是不厌其烦地述说着关于未来的宏伟计划:如何让齐齐把走路的姿势练好看?如何能让齐齐上一所正常的小学?如何帮齐齐学好功课?如何能帮助他成长为一个有一技之长的男人?他只有长大后有本事了才能娶一个正常的媳妇……总之,她希望齐齐能治疗到走路姿势正常,并在将来上学、就业时不受歧视,因为这些都是作为一个人最基本的权利。

虽然我也真心地为她、为齐齐感到高兴,但是我真的不想参与到这些讨论之中去。这种高高在上的话题经常让我感到莫名的自卑，感到自己和新月都是那么低三下四。原本平等的关系，由于齐齐的突然会走，骤然出现了一道鸿沟，一道新月可能终身都无法逾越的鸿沟。

这鸿沟，迫使我再一次面对残酷的现实，那就是：新月可能一辈子也无法走路。

立秋了，漆黑的夜由于秋雨的降临，显得漫长而冰冷。雨点凌乱地敲打着雨搭，发出噼噼啪啪的响声。悲痛潮水般涌来，我就像一只挣扎的孤舟，忽而被潮水吞没，忽而露出水面……无边的恐惧将我层层包围。我的神经紧绷得如同被拉到极限的弓，哪怕稍微再使一点点劲儿，就会弓折弦断。

7

父亲打来电话，问："你媳妇回来没有？"

我没好气地回道："走了还会回来吗？想回来就不会走了。"

父亲沉默了片刻，咳了一声，说让我想办法回老家一趟，有亲戚给弟弟介绍了个对象，人家答应见面。

我想了想，答应父亲尽快回去。在医院治疗了三个多月，我手头的钱已经基本花完了。虽然河南的政策还算不错，新月的医疗费可以在新农合报销50%，但程序是先垫支，出院后再拿着单据去户口所在地的新农合报销。而新月的户口就上在我的老家商丘，所以只能回到老家去报销。

李霞正在厨房炒菜，我告诉她准备带新月回老家一趟。她立刻说要给新月准备两套新衣服，把新月打扮得漂漂亮亮再回去。我心里很感激她的细心，但苦于囊中羞涩，只能投桃报李，搂着她亲了几口，没想到，身体有了强烈的反应。我反手插上厨房的门，在抽油烟机的轰鸣声中，在洗碗池旁边，居然成功地与套着围裙的李霞狠狠地欢乐了一回。

看来,换个时间、地点就能破了那个夜晚的魔咒,我得意地想。

李霞捶了我一拳,说:"讨厌,菜都糊了。"

但,那表情完全像个娇羞的小女生。

按照新农合的报销程序,需要先办理出院手续,才能拿到单据回老家报销。我只好停了新月这两天的治疗。如果不是必须回家,我一天都不想停,量变才能引发质变,坚持非常重要。不过,我已跟着治疗师学会了一些基本手法。即使不去医院,我也能在家里给新月做一些简单的康复训练,希望所有的点点滴滴,都能对她的健复有所促进。

在医院,脑瘫患儿的家长们在一起交流时,对孩子最大的期望就是,孩子能治疗到将来可以生活自理的状态。但这也是轻中度的孩子经过长期治疗才能达到的最佳效果。齐齐就属于较轻的脑损伤,而且李霞从齐齐出生就一直带着他不间断地治疗,治了将近六年,所以恢复的效果良好。但新月属于重度脑损伤,即使我坚持带她再治疗六年,她能像齐齐那样站起来走路吗?

医生们的回答永远是:走一步看一步,每个孩子恢复的情况都不一样,谁也不能给孩子打这个包票,但可以肯定的是治比不治要好。

这可真是"此路绵绵无绝期"!而且,都是钱堆出来的路!

而悲苦如我,又上哪里去抢那么多的钱?

我简单地收拾了行李,带着新月坐上大巴,灰头灰脸地回到了老家。

如果老家的人不知道新月的病情还好些,可已经传开了,免不得会对弟弟找对象的事有影响。弟弟本身聋哑,一旦女方知道家里经济负担重,更不愿意来蹚这趟浑水。可乐鸯出走前在朋友圈发的那些消息,早已搞得人尽皆知了;再加上她和我父亲生气、离家出走这件事情,搞得局面难收拾。

父亲比我上次见面时更显老了。母亲去世后,他真的老了。脸上的皱纹像无风的海面,在平静中此起彼伏;嘴角边那两道深深的法令纹,使他那张又瘦又长的脸,简直像一株空心的老树,随时都可能原因不明地垮塌。

我心头一阵难过,很想伸出双臂拥抱他一下。我还很想在拥抱时说一句"我爱你",或者类似的话。可是,我到底没有动,双臂没有动,嘴巴也没有动。

我也不明白是什么样的力量阻止了我。我只是像以前一样,朝父亲走了两步,说:"爸,我回来了。"由于眼眶潮热,我迅速低头进了房间。从小到大,生长在农村的我们,一直都羞于表达自己的感情,尤其是"爱"。我太木讷。以前乐莺也不满意这一点,责怪我从不向她表白爱情。没办法,农村的孩子就这样,土坷垃里长大的,脱不掉身上的土腥味。

这次回来,我发现父亲的身体状况不太稳定,看上去虽算正常,但有时说话语无伦次。我觉得他有点老年痴呆症先兆。但我不准备提醒他这一点,即使确诊了也没钱治。农村人对待疾病大都是扛着:小病扛扛就过去了,大病扛不过去也没办法;从观望到希望,最后是绝望。

弟弟个子比我高,身板强壮,二十七岁的小伙子,饭量大,力气足,见到所有人都是微笑的,眼神清澈明亮。如果不是聋哑,这样的帅小伙儿哪里会发愁找媳妇?可是,由于迟迟找不到媳妇,他体内躁动了二十七年的荷尔蒙岂不变成了一种折磨?

弟弟出生时很健康,一岁多时因为生病打了支青霉素,导致聋哑,目前只对震动有感觉,基本听不到声音,更不能说话。那时,家里经济条件有限,没有送弟弟去特殊教育学校读书。所以,弟弟也不懂盲文,只能通过自创的手势,比画着与他人进行有限的交流。

我比弟弟大六岁。他小时候一直是我的跟屁虫,我干什么他都爱跟着。由于我从小学习好,一直是弟弟崇拜的偶像。过年时父母给的压岁钱,弟弟从不多花一分,都攒着留给我。弟弟虽然聋哑,但极聪明。有时我的一个眼神,弟弟就明白了全部的意思。后来,我考上了县城的初中,大部分时间住在学校,也就渐渐和弟弟少了交流。

上个月在医院,偶然看到电视上的一档真人秀节目,是聋哑艺术学校表演的舞蹈——《我想要怒放的生命》。聋哑学校的那群孩子们,虽然听不见激昂的音乐,但是眼睛一刻不离舞台下提示动作的手语老师,准确地跟着音乐尽情舞动。表演结束后,那群聋哑孩子用手语一个个打出他们的梦想:我是聋人舞蹈演员,我的梦想是当一名老师……当一名空姐……当一名歌手……当一名播音员……最后,四位只聋不哑的女孩在台上喊出演出结束语:"虽然现在梦想不能实现,但我们还是选择坚强。"观众们全体起立,掌声雷动!

电视机旁的我看得泪流满面,感觉我们这个穷家太愧对弟弟:小时候没能让他上聋哑学校,导致他现在连字都不识一个。

晚饭后,我和父亲在院子里闲聊。瞅他精神头不错,我便问了一直想问的那个问题:"爸,弟弟的聋哑,你那时怎么没想办法给他治治呢?"

"咋没治?那时家里穷,只能趁着麦收时多卖点儿粮食,才有钱带他去医院看。洛阳、郑州都跑去看了,但是没啥效果,瞎花了几趟钱,也就没再继续看。"

"那后来咋没想着让弟弟上个聋哑学校呢?"

"那不是为了供你上学嘛,就咱这个穷家,咋供得起俩学生呢?而且,十聋九哑,你弟开始还能咕哝几句话,到后来一个字也不会说了。所以,我就想着让他学门手艺,长大了饿不着,这才跟着你三表舅学的理发手艺。"

"这回给弟弟说的对象咋样,能中吗?"

"你五婶子介绍的。女方没啥残疾,虽然结过一次婚,但是没生孩子。你弟弟挺满意。女方也来咱家看了,觉得你弟弟还中,就是得让咱家出彩礼。"

"多少彩礼?"

"五万。"

"五万?咱家哪有那么多钱!"我倒吸一口凉气。

"唉,就是没办法,才叫你回家商量。"父亲叹了口气,干咳了两声,"那啥,乐莺咋说的?"

我实在不愿意谈论这个话题，但也回避不开，说："她不回来了。"

"啥？不回来了？那新月咋办？"父亲吃惊地望着我。

"大妞她带，新月她不管。"

"啥？新月她不管？有病的孩子她不要，没病的带走。她想得倒挺美。你咋说？"

"我没啥意见。她不要了，我要，我给新月治病。"

"你给新月治病？你哪有钱给新月治病？那个病，就是个无底洞，多少医生都说看不好了，你还往里头砸钱，连个响动都听不着。治了恁长时间，花了恁多钱，有啥好转？我看一点儿好转也没有！瞎花钱！你弟都恁大了，好容易碰个愿意嫁给他的全活人，我觉得你这当哥的也得出点大力，毕竟是你弟一辈子的大事。"

"弟弟的婚姻大事，我当然要帮。可是新月，不给她治病，咋整？"

"咋整？搁到福利院去。那么多治不好的病孩子，不都搁在福利院了吗？听说现在福利院条件都不错，房子装修得可漂亮，说不定比在咱家还享福呢。"

"爸，你别再说了。弟弟的事，我会想办法再借点钱。可是新月，我留着。"

父亲从胸腔里发出一阵排山倒海般的咳嗽。

我默默地站起身，进屋去看新月。屋角的新月还像往常一样，安静地躺在小车里。她不明白我们在说些什么，也不知道自己接下来的命运将是什么。我第一次庆幸她的呆傻，庆幸她不明白这个世界都在发生些什么。作为一个残疾孩子，或许傻就是对她最大的保护。

弟弟从他的小理发店回来了，看见我，咧开嘴，发出无声的笑，脸上显露出兴高采烈的表情。他的生活如此绝望，却还能如此兴高采烈地活着，真让我羡慕。难道聋也是上天对弟弟的保护？

看到小车里的新月，弟弟更高兴了，从口袋里掏出一袋牛奶糖，比画着告诉我是他给新月买的，让我剥给她吃。

我一直忍着的眼泪终于夺眶而出。弟弟他不知道,新月连吃一颗糖的能力都没有。

8

新月的治疗费报销了一万多元,我全部把它给了弟弟。当年,我能顺利读书,亏欠了弟弟,我不能再让他耽误了今后的人生。

可是,新月怎么办呢?我已经没有钱再返回医院给她看病了,只能暂时在家待着。

李霞打来电话,问我何时回医院?

我不能说没钱回去,只好说家里有事,忙完了就回去。

李霞说,她想给齐齐报名上小学,可是他们的户口都在信阳,所以必须回去报名。讲完这些,她顿了顿,说:"齐齐的爸爸听说齐齐会走了,很高兴,希望他今后能回信阳生活,在当地治疗,也好有个照应。"

我说:"好。"

听筒里,李霞的声音略有哽咽,说她想留下和我在一起,可齐齐想和爸爸在一起生活,她只能顺从孩子的意愿。

我说:"好。"

她问:"你还有什么要说的吗?"

我说:没。

她说:"哦。"语气有点失望,但并不明显。

最后,李霞说房租已交到三个月以后,水电费也预付了,钥匙她藏在门口的脚垫下面,我和新月回医院后可以继续住;不过她准备把阿五带回信阳,因为齐齐特别喜欢它。

我说:"好。"

接下来,李霞沉默了一会儿,似乎在等我说些什么,却听不见我有任何动静,就挂断了。

我举着没有声音的手机,呆愣了好半天。

乐莺走了，李霞也走了。我能走吗？一个身无分文的男人，还拖着个病孩子，能走到哪里去？

父亲的精神时好时坏，有时表现正常，有时又像老年痴呆。他的身子骨倒还硬朗，除了经常咳嗽，吃喝都算正常。不过，我发现父亲最近经常待在新月身边念叨："新月，我的好孙女儿，你就死了吧。我看你还是死了得好。像你这样的病，治也治不好，你不死就是全家的累赘。"

父亲有时是抱着新月念叨，有时是搬个板凳坐到新月的小车边，如同和新月拉家常一般不停地说："新月，你咋还不死了哩？我看你还是自己死了吧。死了就清静了。你清静了，全家也就清静了。你看全家作的这个难，你叔等着钱结婚，你妈也不要你了，你爸为了照顾你也不能上班。你爸不上班，咱家就没有钱，没有钱日子就过不下去。你说咋整呢？你要是死了，咱家的事情都能顺利了。你要是死了，你爸就能挣上钱，那你妈说不定就回头了。你妈要是回头了，说不定还能给你生个弟弟。那样的话，你也算死得值了。新月，你就行行好，早点死了吧。反正爷也活不长了，爷死了以后去那边照顾你。不过，你如果死了去到那边儿，病不用治就能好。我听说，那边儿的日子可好过，爷也盼着哩，盼着能早点过去享福哩。可是你叔还没结婚，我这眼还闭不上，等你叔结罢了婚，爷就能放心死了。好新月，你最听爷的话了，你先死，到那边等着爷，咱俩过好日子，啊……"

有一回，我还看见父亲掰着新月的小手看手相，边看边说："新月，我的好孙女儿，爷看你还是死了吧。你看，你连手心的掌纹都比人家少一条，都没有生命线，你还活个啥呢？人家手心都是三条纹，你却是两条纹，这不就是命里该死吗？不过，新月，你也别害怕，爷也快死了，咱俩一起去那边儿，还能有个说话的。爷这一辈子太长，太艰难，实在是活够了。你才来这世上两年，虽然遭了点罪，毕竟时间短，这是你的福气啊！新月，这世上真没啥留恋的，爷早就看透了，没有一点儿意思。你叔小时候打针给打聋了，爷带着你叔到处看病，也没有看好，你叔落了个终身残疾。现在又轮到你了,你爸带着你到处看病,还没有看好,你妈就跑了。新月,你说,这是咱家的命不是?新月,你的命真的不好呀,就你这个病,花多少钱都难治好,长大了连你叔都不如,你叔好歹还能走能跑,能学个手艺养活自己。你能干啥哩?新月,你要是治上一辈子,花上恁多钱还不会走,那不是赔大本了吗?还把咱家给拖垮了。新月,我的好孙女,爷看你还是死了得好,早死早托生。再托生时,你可得长点儿眼啊,千万别再托生到咱这样的穷家了,过穷日子,老难了,爷下辈子都不想当人了,当个猫啊狗啊牛啊羊啊的,省心多了。新月呀,我的好孙女,你死了以后,记着给爷托个梦,等你叔结罢婚,爷就找你去……"

不管父亲如何颠三倒四地念叨,只要一瞅见我,立马就不念叨了。我不知道父亲是装的还是真有点儿痴呆,也不好说他。但是,不知为什么,在父亲不断地念叨下,不,是在父亲的诅咒下,我能感觉到新月身上渐渐弥漫出淡淡的死亡气息。孩子的眼睛是这个世界上最神奇的语言,她一言不发,却能传达出千言万语。忧郁,本不该是属于孩子的表情,可她的那张小脸,真的是充满了忧郁的神情。

我能感觉到她很发愁。她又能怎么办呢?她那么小,动也不能动,即使想死,也没有那个能力。

我对自己也很愁。昨天偶然扫了一眼镜子,里面的形象把我吓了一跳。那个蓬头垢面、胡子拉碴、面容晦暗、眼神阴郁的中年男人,是我吗?要知道,我从小到大,一直没断被女生青睐,就是因为高大帅气,怎么如今混成了这副模样?

光阴快得像饿汉嘴里的面条,刚刚还是长长的一截,一回头,就剩嘴边半寸了。我当年那阳光的面容和纯净的眼神哪里去了?为什么长着长着,眼睛里的光亮就不见了?生活中遭遇的各种折磨、忧愁与恐惧,反而在脸上留下了深深的刻痕。

再这样下去,我也只有死路一条了。

难道真的只能放弃新月吗?

放弃她,真的是生活中最小的成本吗?

这天晚上,睡到半夜,我突然听见新月在我耳边说话。我原本怀疑是幻觉,但当我坐起身,却看到确确实实是新月在对我的脸说话,她在叫我"爸爸"!

咦,新月怎么也能站起来了?小狗阿五不是跟着齐齐回信阳了吗?怎么又回来了,还围着新月的腿绕来绕去?

我再仔细一看,不对呀,新月的双脚是悬浮在半空中的,像一个长了翅膀的天使一般悬浮在半空中。我惊诧地望着新月,望见我熟悉的那张小脸突然闪着满月般圣母的光辉,那光辉越来越亮,越来越亮……

我听见新月清晰地对我说:"爸爸,请你把我扔了吧。我知道你爱我,我也知道你很难很难。我的身体不好,即使长大了也无法回报你,只能拖累你更长的时间。爸爸,我今生对你最大的回报,就是早点离开你。请你帮助我离开,我心里会很快乐。我厌倦了这个世界,请你把我送走!送我走,我真的会很快乐。"

我还看见,新月在对着我笑。那张闪着光的小脸,像一朵花一样,从缓慢的微笑,绽放到开心的大笑,露出来八颗白白的小乳牙,一双大眼睛笑得眼角微微上翘,显出一副可爱的淘气相。但是,不知为什么,我无论如何也听不见新月的笑声。我怀疑是耳朵出了问题,使劲揉了揉耳朵,依然听不见。

难道我也聋了吗?可我明明看到新月在对我笑啊!而且,还能听到她越来越清晰的说话声:"爸爸,请你送我走,送我走吧!爸爸,把我送走,我真的会很快乐,送我走,送我走吧……"

我感觉胸膛如刀绞一般疼痛难忍,喘不上气,也说不出话,只有眼泪哗哗地淌个不停。我的新月,我的小新月,我的好宝贝。她那么小,还不满两周岁,却像神一般仁慈,那么懂事,那么宽容,那么爱我、疼我!

我中了蛊一般,抱起新月发足狂奔。我无法控制自己的脚步,就像是被魔鬼控制了似的,不停地走,不停地走,不停地走……走得越远越好。尽管这双脚违背我的本性,但是我无法抗拒,我也不愿抗拒。把新月送走,我们才能好好地活下去。

不知道走了多久,我感觉已快喘不过气来,才穿过那条狭长逼仄的山路,走过一大片隐匿无涯的黑暗,走向山外。

眼前骤然开阔了起来,太阳也出来了。我猛然一怔,仿佛第一次看到这么澄澈的蓝天,这么碧绿的田地,这么厚实的庄稼!黄澄澄的玉米压弯了枝头,樱红的玉米穗随风摇曳,还有满地的豆子和谷子,简直美不胜收。我呆呆地站在那里,感觉它们把我从地狱带回了人间。我心头一紧,猛地意识到:我在做什么呢?我真的疯了吗?

忽然间,我泪如泉涌,抱着新月跪倒在地。

这些强壮的植物们,每一株都在收获时捧出来一颗完整的心,如初生的婴儿般圣洁。而我那颗残缺的心,也需要被埋进这泥土,重新生长。

我将双手深深地深深地插进这片泥土中,如同一株在黑暗里费力寻找阳光的向日葵。我愿意相信,在黑油油的泥土深处,世界将会与它再次深情相拥。

伤停补时(短篇小说)

如果不是昨夜阿根廷队的梅西在伤停补时阶段进了一个球,赢了那场比赛,唐晓米和他绝不会发生那种关系,至少不会进展那么快。从暧昧到床的距离,就好比中场抢断到射门的距离,遥远着呢。

世界杯足球赛确实精彩,尤其是这场F组的小组赛,夺冠热门阿根廷队遭遇异军突起的伊朗队定有一场苦战。为了熬夜看这一场比赛的现场直播,她们这一小撮业余女球迷提前买了一大堆炸鸡、薯片、花生和瓜子,冰啤酒更是必不可少,早早守候在酒吧包厢的电视机前。遥远的巴西世界杯足球赛,只是个由头,但给了这几位后青春期的女人们一个疯狂的理由。平日里,大家按部就班,各在各的岗位上,如同工蚁般在单位和家庭日夜劳作。好不容易借世界杯足球赛的东风尝试几日花蝴蝶般的招摇,她们如何甘心放过?

在这群女球迷之间,掺杂了三位职业男球迷,他们随机在女球迷之间落座。唐晓米的身边来了窦浩,应该不是窦浩刻意的选择吧,唐晓米想。但她确实感觉到了窦浩在门口看到她时意味深长的眼神。待他真的绕场大半周走过来坐在她旁边时,唐晓米的心跳还是暂停了一小下的。

天热,人多,短袖,又都在嬉笑着闹酒,偶然的肢体碰触不可避免。唐晓米的胳膊几次与窦浩汗毛浓密的手臂切肤擦过,那种异样的微痒居然令她几次心旌摇曳。足球加啤酒,还有如此近的热气腾腾的氛围,使得从前的那点小暧昧,又从记忆深处漾荡上来。

大叔年纪的窦浩依然是西部愤青的扮相。晚报的才子窦浩分管财经版,却是一位狂热的足球爱好者,写了近十年的足球专栏。

犀利幽默的文风和专业的足球素养,让他坐拥了一大批忠实"粉丝"。唐晓米倒不是窦浩的"粉丝",对足球也不怎么喜爱,他俩真正的缘起却是唐晓米的另一个笔名——"逗号"。唐晓米一直用"逗号"写诗,用唐晓米这个名字生活,连老公都不知道她身为"逗号"的那一面。直至唐晓米去年获得《冰河》诗刊评选的新人奖,这才为众人所知。正是在那次颁奖晚会上,写诗的"逗号"与爱球的窦浩碰在了一起。

唐晓米承认,窦浩纵使大她十多岁,还是颇能吸引她的。她也爱屋及乌地开始关注足球。这位大叔的祖辈可能混有突厥血统:窦浩不仅个子高大,蓄着络腮胡,细麻质白衬衫的领口处还若隐若现出浓密的胸毛,浑身上下散发出一种异族男人的雄野之气。而"逗号"神秘、空灵的诗歌也颇令窦浩赏识,何况现实中的唐晓米又是这么个赏心悦目的可人儿。有这么点同音的缘分,似乎真的近了不少。虽然谁也没刻意去经营这种缘分,可命运盘中的骰子很有意思,他们居然又很快被偶然选中。

那一日,窦浩参加大学同学聚会,老同学多年未见相遇甚欢,不知不觉便喝了好多酒,所以没敢开车,打算走回家,顺道醒醒酒。他循着酒店旁侧的马路信步向前走,双耳塞着耳机。黑豹乐队的老歌他都喜爱,一首不落地下载在手机里,此刻随机播放的是《靠近我》:

> 时常感到疲惫
> 辛酸和劳累
> 镜中变消瘦的我
> 忍受不平的折磨
> 我也不愿去体会
> 那种苦涩滋味
> 又有谁能告诉我
> 该怎样去做
> ……

窦浩边走边跟着年轻的窦唯默喊着。歌曲的情绪似乎带他短暂脱离出凡体肉胎，变成了另一个他。不知过了多久，走了多远，窦唯的节奏忽然被欢快的"噪声"扰乱。窦浩驻足一看，原来他来到了一个大广场边，跳广场舞的大妈们正随着舞曲，前仰后合地扭动着、哆嗦着。窦浩关上手机音乐，绕着广场闲逛。

四下都是音乐声，并不统一，各成一派。有两拨儿统一服装的大妈们在操练整齐划一的扇子舞：一队舞红扇，一队舞蓝扇，展示着城市大妈们的青春活力。间或有几小撮，像是教拉丁舞和探戈的，喊着口号，还有老师在现场纠正姿势。最远、最大的队伍，则是广场中央巨石旁边的那一堆，密密麻麻的全是人，跳的是男女混搭的交谊舞。密集的人群仿佛迁徙中的鱼群，音乐一响，便涌入了中间位置的所谓舞池；音乐暂停，便游回原位，绕成圈站着。

窦浩的眼神很快被一个身影所吸引：一个系着长长的鹅黄色丝巾的女人，正在舞池内独自跳舞。那姿态，是独舞，又不是独舞。因为她的身姿显示出来的是交谊舞的特征，手的位置也是女舞伴特有的手势，但她显然又是独舞，像被一个隐形人搂着并且操控着。窦浩会下盲棋，而这个女人此刻跳的就像是"盲舞"。盲棋是自己与自己战斗；而这个女人的盲舞则像是灵魂附体，被一个隐形舞者引领着，时而华尔兹，时而探戈，时而伦巴，一曲不落。几曲过后，微醺的窦浩才豁然发现，这女人不就是那个写诗的"逗号"唐晓米吗？

此时，一阵微风袭来，将那条鹅黄色的长丝巾旌旗般吹展，紧紧裹贴在正旋转着的唐晓米身上。亮丽的鹅黄色长丝巾将唐晓米凹凸有致的身形突显在暗夜中，使她如被打了聚光灯一般，从人群中脱颖出来。窦浩喉头一紧，视线黏上了唐晓米。待最后一首曲子《友谊地久天长》响起的时候，他悄悄靠近唐晓米，踩准一个节拍，融进那个隐形舞者内。唐晓米吃了一惊，很快便认出了窦浩，一笑释然。

两个人虽是第一次合舞，却分外默契，每个鼓点都琴瑟相和。舞曲的最后一个音符终于消失干净，两个人才不得不分开。窦浩还处在酒精带来的兴奋中，昏昏沉沉，看到转身欲离开的唐晓米,冲动之中一把拽住那条鹅黄色的丝巾,低喝道:"跟我走吧!"

一阵掠夺的风带过脸庞,唐晓米双颊滚热。她被这种单刀直入吓了一跳。

而且,他怎么就敢……

唐晓米羞恼地扯过丝巾,觉得这话太轻易、太突兀,未免太不尊重她了,却又略略隐含一丝窃喜。窦浩还是对她有感觉,正如她对他有感觉一样。男人和女人之间会不会来电,其实在见面的前三秒就已经决定了。即使不经营,也存在着,好比炉膛底部发红的余烬,吹一吹,就能着火。但这位突厥大叔,也忒胆大了,难道连一点前奏的耐心都没有吗?把她想成什么人了?唐晓米心烦意乱地琢磨着。

散场的人群杂乱拥挤,他们被动地随着人流走到广场边缘,走到马路边。

唐晓米双颊的灼热消退了不少,也想好了必须得拒绝,便转头给了他一个微笑,接着说:"不,再见!"然后迅速穿过马路,站在对面,向马路那边的窦浩挥了挥手中的黄丝巾……

"球进了!球进了!梅西!梅西刚刚在禁区前用左脚打出标志性的弧线球,现在场上比分是一比零!"

解说员狂喜的声音打断了唐晓米的回忆。满屋的男男女女都沸腾起来,尖叫着,欢跳着,互相拥抱着。待唐晓米回过神来,发现自己正被窦浩紧紧地箍在怀里,自己的脸颊挤贴着他的胸口,能直接感受到那薄棉的T恤下胸肌的起伏,听到心脏狂跳时的震动,嗅觉亦被异族男人出汗后霸道的体味占满。一种异样的感觉骤然腾起,升入心房的制高点,笼罩住唐晓米,并迅速辐射开来,蹿得她浑身发软,双颊也变得赤红滚烫。窦浩显然接收到了怀中的电波,低头看了她一眼,并无刻意延长拥抱的时间,但在放开她时,附在她耳边悄悄说:"这次,跟我走好吗?看完球,我在车上等你。"

此刻,已是下半场的伤停补时阶段,唐晓米和大势已去的伊朗队一样,没有多少反抗的时间了。关键是,这次她根本不想反抗。

好吧,就任由自己醉上一次。

大家都在为拥戴的阿根廷队和梅西干杯庆祝。唐晓米却与足球再也续不上电了。啤酒帮她赤红滚烫的脸颊解了围，她用不胜酒力的借口申请提前走。窦浩也接上话茬说要回报社赶稿，正好开车送她回家。然而，手把方向盘的他，却把车开进了附近的一家宾馆。

天，正在亮。

就这样，他和她在轻薄的晨雾中，开始了，发生了。

唐晓米忽然想起了什么，轻呼一声："不行，危险期呢！"

可是已经开始了，就像刚打开瓶盖的啤酒瓶，泡沫已经溢满瓶体，哪儿是想按就按得住的。但这个问题显然构成了干扰，窦浩还是停了下来："哦？那怎么办，你包里有吗？"

唐晓米身体骤然降温，语气有些愠怒："怎么，你以为我应该随身携带吗？"

窦浩轻咳一声，略显尴尬："你别多想，我的意思是已婚女人在这方面应该懂的。"

"你的意思是已婚女人上了床就应该负全责吗？"唐晓米恼了。

"不，不是，关键这点钟上哪儿去买呀？"

"那就算了。"唐晓米欲翻过身去。

"你们这些文艺女青年真是难搞，伶牙俐齿的，这么凶猛，还是直接咬死我最解恨……"他扑上来，直接用武力解决了这场口舌之争。唐晓米来不及挣扎，便迅速忘了危险期的干扰，身不由己起来，每一个部位都如多米诺骨牌般次第倾倒。

终于，和喜欢的男人在一起了，难道因为少了那个小小的橡胶道具就要终止吗？窦浩确实有男人自信的资本，唐晓米只得由着自己任性下去，不再抵抗，也愿意忘记危险期。

反正……反正，总还可以找到亡羊补牢的办法。过后，唐晓米怔怔地想着。但很快，又忘了想。他俩特别能聊得来，各种各样的话题，总也聊不完，也不觉得厌倦。大叔确实有大叔的魅力，与她又如此合拍、默契、一触即发……哪儿还有时间琢磨那些怀孕不怀孕的问题，多扫兴致。

父母离异时，唐晓米还不到十岁，被法院判给了母亲。一个女孩子没有父亲是很残酷的，就容易不由自主地喜欢上年长成熟的男性，不是一般的"大叔控"。她最终没有如愿嫁给最痴迷的那位已婚大叔，只是被曾经的同桌男生坚持不懈的追求所感动，勉强在三十岁的门槛前结了婚。有句话说，婚后流的泪是婚前脑子进的水，这个婚结得确实勉强了。同龄的老公自顾不暇，忙于工作忙于挣钱忙于供房，根本顾不上多关注唐晓米。而且老公性格的软弱令他在很多事情上磨磨唧唧、优柔寡断。这些都让敏感丰富的她颇有点螺丝拧滑的感觉。无人可诉，只得对着电脑日夜倾吐时间，没承想倒是倾诉出了一大批爱情诗歌，阴差阳错地撞上个诗歌奖，又撞上个喜欢的大叔。唐晓米确实有点晕。

那一整日，窦浩也没回家，在手机上写了篇梅西的稿子传给报社。唐晓米躺在他身边，自下而上地望着他，望着阳光中的他写作时专注的神情，真希望时光在这一刻永久停留。什么都不去想，她就这么望着他，从这个角度望着他，望着他狮王般强健的体魄，望着他上臂活动时肌肉的走向，望着他浓密的体毛在阳光下反射出细小的光晕，望着他的络腮胡子在大笑时微微的颤动，望着他眼角对偶的几缕皱纹，望着他鼻梁上凝成小颗的汗粒们，望着他眼神中时而泄露的沧桑坚定的冷意。她，愿意什么都不去想，就这么望着，从这个角度望着。

有时，爱情就在那么一瞬，真的会产生。

就在那么一瞬，真的，是真的。

第三日是周一，正常上班。刚到单位，昏头涨脑的唐晓米突然记起了危险期的危险，立即清醒了，趴在办公室的挂历上，用铅笔圈点着仔细算日子。记忆是准确的，昨天果然是危险期，并且是危险高峰。这可怎么办？老公一个多月前就去了外地出差，如果她在这期间怀了孕，如何是好？近期与老公一直在闹别扭，将来何去何从还未成定局，所以她近来并无要孩子的打算，何况是偷情的副产品。

偷情，这个令女人香汗淋漓、呼吸急促、欲仙欲死的词，这个包含着探秘、好奇、兴奋、忐忑甚至内疚的词,只是身体发热的短暂迷途,是瞳孔放大时荒诞的模糊,是不期而遇的一顿野餐,是一杯令女人妩媚的睡前红酒,怎么可能留下来一个孩子?

但诱惑越强,风险越大。在偷情时会因为做贼心虚而考虑不周,会由于兴奋过度而导致避孕失败。何况危险期没有采取任何措施,不怀孕才怪呢。子宫哪里会具备大脑的理智,只要是能闯进门的勇士,它一概"英雄不问出处"。它不会明白女人错误怀孕的代价有多高,尤其还是婚外怀孕。

雄狮子一天到晚只忙一件事——巡视自己的领地并用体味加以标识。如果入侵者不仅进入自己的领地,还抢走自己领地的雌狮子,那么雄狮子必然奋起反抗,杀个你死我活。男人们也像雄狮子一样有领地意识及攻击性,因为父亲在抚养儿女时会在经济和精力上投入巨大。倘若不是自己的遗传基因,岂不血本无归?又有哪个男人会允许别人的基因来鸠占鹊巢?

唐晓米越寻思越坐不住了。她知道有一种药可以用于事后补救,但她也知道那种药有不小的副作用——会引起内分泌失调和月经紊乱——轻易不能吃。但相比怀孕的风险,副作用的风险显然必须要承担了。唐晓米在网页上搜寻着那种紧急避孕药的使用方法,网上的资料显示该药应在72小时以内服用,并且越早服用效果越好。她立刻坐不住了,准备下楼找家最近的药店买药。偏偏这时部门主任推门进来,说马上开例会,要她准备新项目的汇报材料。唐晓米忽然一阵气恼,在心里使劲埋怨窦浩,更痛恨自己明知故犯——"许褚赤膊上阵,中了剑是活该"。

唐晓米在会议室心急火燎地给窦浩发短信告知险情,让他赶紧买药送来。窦浩却回复她"在外面采访"。唐晓米望着短信上的这五个字,冷笑了一声。这声冷笑是对自己的嘲讽。她其实清楚,对窦浩的盼望,就像打开大盒套小盒的礼物一样,随着包装一层层地撕开,期望值虽越来越高,而结果却早有预料——除了失落还能有什么?如窦浩这等"红尘尤物",根本不可能拴在一棵树上吊死。如果不是久经沙场、千锤百炼,哪来的一身好功夫?所以,这位突厌大叔只能是夏季里的雷阵雨——风雨过后,阳光依旧灿烂。

阳光灿烂的前提是绝对不能怀孕!

唐晓米在会议室如坐针毡,好容易挨到会议结束,赶紧冲下办公楼,顾不得脚下穿着五厘米的高跟鞋,飞奔着寻找最近的药店。药刚买到手,唐晓米就争分夺秒地撕开包装,硬吞下去。幸而药片不大,干涩的喉头滚了几滚,勉强放行。这才放松了心情,慢慢踱回办公室。可是,待她仔细阅读完说明书,心又悬了起来。原来这种药只有85%的成功率,还有15%的失败可能。万一她不幸在那15%里面,可怎么办?而且,说明书上写着,越早服用越有效,现在已经过去了三十多个小时,那15%岂不是又增加了几分概率?

唐晓米越思忖越绝望。目前,她唯一可商量的人就是窦浩那个同谋者。可是对方打电话不接,发短信不回,真让她火冒三丈。凭什么,这件事情的恶果该她一个人承担?男人事后可以拍拍屁股走人,豪无后顾之忧任意逍遥,女人却需要小心谨慎地处理这么多倒霉事。

还有更倒霉的。由于从早晨到现在一直空腹,那药吃下去一个多小时候后,唐晓米只觉胃中恶心难忍,刚冲进卫生间,便呕吐了出来。这下完蛋了!唐晓米顾不上胃内翻搅的难受,赶紧回办公室研究说明书。还真有这一条:"如果在口服紧急避孕药后1小时内呕吐,应该尽快补服1次。"可她是吃了一个半小时后呕吐的,那么到底该不该补服呢?

恶心,难受,纠结,悔恨,愤怒……真是五味杂陈!在冷气十足的办公室,唐晓米难以自控地流下了冰冷的眼泪。早知今天,何必昨日?与昨日的痛快相比,这反面的代价真的痛苦。就像镜子永远照不见自己的反面,谁又愿意照?背后那层水银,实在毫无美感。

怕被同事看出异常,唐晓米迅速擦干眼泪,强打起精神下楼重新买药补服。去他的副作用吧,哪还顾得着。怀孕这种事,可存不得一丝侥幸。

直至傍晚即将下班的时间,窦浩才回过来短信:"药吃了吗?"

唐晓米一看就气不打一处来：真省字啊，直奔主题，没有任何关怀的温暖和同谋者的愧疚不安。便回了句："没吃，不想吃。"

这次，他的回复挺长："一直在忙，报社准备出一期世界杯足球赛的专刊，由我主笔，马上要去北京采访，最近应该都会很忙，很难安排见面的时间。吃药这事不能任性，还是按时按量服用，万一捅出什么篓子来，受罪的还是你啊。"

馒头出锅时丝丝缕缕香气四溢，冷了轻轻一掰就满地掉渣。看来，大叔标志性的强壮只表现在床上，遭遇这件小小的麻烦事便轰然坍塌。唐晓米的眼泪又不争气了，按短信的拇指都有些哆嗦："没错，受罪的当然是我，该准备工具的当然是我，该吃药的还是我，该承受服药副作用的还是我。那么，大叔你呢？"

"别生气，我不是那个意思。主要是心疼你，怕你的身体受到伤害。两害相权取其轻，与手术的痛苦相比，服药的副作用几乎可以忽略不计。还是尽快把药吃了吧。"

唐晓米冷笑一声。到底是大叔啊，经验丰富，连这方面都很内行。可他语气中那种置身事外的冷静实在让她愤怒。

"老公一个多月前就去外地出差了，这次如果真的擦枪走火，DNA将证明大叔是唯一的嫌疑人。"

"哦？那更不能冒险了。乖乖买药吃了，没必要把事情闹大。等我把手头的事情处理完毕，就去看你。"

唐晓米满腹的委屈翻搅上来，像一颗巨大的药丸哽塞在嗓子后面，堵得她喘不过气。她把手机狠狠掷在脚边的纸篓内，就像丢掉一个她不愿相信的谎言。谁稀罕他来看！看也于事无补。意外的种子已经埋下，谁又能左右它的隐秘生长？

真是悔不当初啊！这趟"欢乐谷"的冒险之旅，残酷的麻烦大大抵消了脸红耳热的心跳和途中的心醉神迷。为什么这次她没有拒绝？为什么不能如上次那般优雅地与他挥手告别？为什么在踏上车的瞬间，没有跟从犹豫的直觉掉头而去？为什么明知是危险期，却放任自己在危险的道路上越滑越远？为什么故意忘却自己的已婚身份，放纵情欲的触角肆意妄为？

这一连串问题的答案在何处,唐晓米不知道,也不愿继续深究。幸福和痛苦,就像一枚硬币的正反面,在抛出去的那一瞬,根本无法预测掉下来的会是哪一面。或者,她根本不愿意去想,她更愿意昨天的时间彻底失忆掉,附带那些后遗症一同消失。但现在,此刻,她实在不愿意承认自己还是希望窦浩能放下一切马上赶过来。

女人就像个对爱的渴求永远也不会满足的宠物,需要男人的呵护,需要男人的重视,需要和男人的身心达到高度的合二为一——尽管唐晓米很清楚这是多么天真的幻想,但她还是希望他能来。哪怕只是看看她,什么都不做,坐在对面忧伤地望着她;哪怕只是任她把眼泪和鼻涕蹭在他的衬衫上;哪怕他只是把她按在前胸揉乱她的头发。那么,所有的痛苦都将是值得的,所有的一切都将由她一人承担。

如果,这个他能心疼地问上一句:"还难受吗?吃东西了吗?"或者帮她倒杯开水,再或者从口袋里拿出一块藏着的巧克力——被他的体温煨着、煨得有点融化了的巧克力。哪怕融化了,哪怕只是一小块,她也会把爱情献给他,全部献给他;会毫不犹豫地将自己一剖两半,当作神台上的献祭品。

换作是她,一定会那样做。只会做得更好。唐晓米被自己的想象感动了。窦浩刚才说忙完了过来,万一他真的要来,还不一定找得到地方,那么一定会提前打电话的。她止住眼泪,从纸篓中捡起手机,翻来覆去的检查是否摔坏了,唯恐误了打进来的电话。

办公室的同事们陆续走得干干净净,偌大的空间只剩下她自己在窗前呆坐。她望着十六楼外的黄昏被夜幕一点点舔舐干净;望着街灯篝火般被瞬间点燃;望着大楼外侧的景观射灯集体狂欢的反射光映射进玻璃的缝隙,一频接着一频,闪闪烁烁,像个业余DJ(唱片骑士)在自娱自乐。她望着楼下马路上熙熙攘攘的人流和拥堵的车辆,望着每个人从人群走进人群,从这个人群走进另一个人群,一个人群慢慢会成另一个人群,另一个人群又分流成很多个人群……像看蚂蚁搬家一样,打发着时间。

唐晓米其实明白窦浩只是说说,不会真来的。大叔毕竟是千帆过尽的大叔,怎么可能像热恋中的小青年一般。是她在想象中把他描摹得过于完美了,是她希望自己遇上的是那样一个有情有义的沧桑男人,把沧桑留给全世界,把仅剩的爱的火种栽种在她的身上。

手机到底响了,吓了唐晓米一跳,马上惊喜地蹦了起来!还有点不敢相信。不会吧,他真的来了?他真的在乎她?

待看清来电显示,唐晓米当场无语了,竟然是老公的号码!老公怎么会在此刻打来电话?她稳了稳心神,滑开接听键。真的是老公,老公告诉她外地的项目提前结束,刚坐上高铁,午夜左右到家。

老公!此刻她才不得不记起自己是有老公有家的女人。在此种状态下,唐晓米真不知道该用怎样的神情迎接老公,她又该怎样把自己从大叔的纠结中拉出来呢?不过,今夜,总算还有一个男人陪伴她,好歹算点儿安慰。

唐晓米拾掇好自己,下楼回家。电梯即将下到一楼的时候,手机又响了,这次是窦浩。虽已错过了盼望,她还是接了。窦浩说,五分钟后到楼下。

五分钟,一首舞曲的长度。最近忙着看世界杯足球赛,唐晓米有阵子没去跳舞了。她很喜欢一个人去街头广场跳舞,自己和自己跳。她喜欢在人群中那种特殊的孤独感,被围观的孤独感。就像粉蝶围着藤架上的蔷薇起舞,只为喜欢,而不是像蜜蜂那般为了生计辛苦采蜜。在喜欢面前,所有的理由都不再是理由。就像她此刻站在街头等窦浩,只为喜欢。

军绿色的切诺基越野乘用车和窦浩粗犷的气质很是绝搭。一看见他,唐晓米便像被施了魔咒般,微笑不由自主扯动嘴角。没办法,谁让她是"大叔控"呢。

窦浩却是一副来去匆匆的模样:"走吧,去吃饭,吃完买药。"

唐晓米撅起嘴:"大叔匆匆赶来,原来只是监督我吃药呀。"

"这种事可开不得玩笑。你知道我为了赶来推了多少事吗?

世界杯期间,稿约都堆到天上去了,再加上一期专刊,大叔真快忙散架了。从早晨到现在,只吃了一份难吃的盒饭,还有点感冒先兆。看在大叔昨天为人民精心服务的情面上,考虑下大叔的身体好不好?"

"少贫啦,我可连盒饭都没吃呢,头晕恶心,中午还吐了一次。"

窦浩略显紧张地瞅了她一眼:"不会这么快就生根发芽了吧?廉颇老矣,火力哪会如此强健?"

唐晓米讨厌他那话里有话的语气,似乎中了什么圈套,说:"我重申最后一遍,近一个多月,他一直在外地出差,今夜才从外地赶回来。而且,在那之前,因为闹别扭,因为写诗,我一直睡在电脑房。"

"你呀,你呀,好好过日子才是正经,别整天胡想八想的。诗歌又不能当饭吃,写诗更需要正常的生活来给养。等你老公回来,好好沟通沟通,力争双边关系正常化。"

"大叔真是语重心长啊!我终于明白了。"唐晓米揶揄道。

"你明白就好,别总是任着性子来,婚姻更需要经营。知道你家庭和谐正常,我才放心啊。"

"可不是嘛,找块合法的挡箭牌,大叔就可以从主办方变成协办方了,成本骤减,风险共担,就安全了,就没有后顾之忧了,就不会引火烧身了。是吧?"

窦浩略显尴尬:"你这丫头哪儿都好,就是嘴巴太厉害,别总曲解我的话,咱们都心平气和一点儿好不好?你想想,大叔这把年纪怎么可能没有家庭呢?真的无法承许你什么,不告诉你实情,才是欺骗。"

毕竟,此刻距离昨夜那么近,甚至呼吸中都还夹杂着金丝绒般的浑浊,怎么能迅速撇得这么干净?唐晓米越想越不舒服。

"假若如大叔所愿,大叔你当真不吃醋?"

窦浩对这个问题没有丝毫准备。他不易察觉地在座位上蠕动了一下,又清了清嗓子,这才斟词酌句地说:"是这样的,男人嘛,对自己的女人总有不能排除的占有欲。但你今晚是和老公在一起,特批的,大叔会把这理解成第三种忠诚。"

"第三种忠诚?什么意思?"唐晓米冲他翻个白眼。心里勉强滑过一丝小欣慰,他说她是自己的女人。

"也就是如果二者不能居其一,便只能暂居其中了。套用个足球术语解释,有点像是'造越位'。"

唐晓米被气得笑出了声:"大叔真不愧是个中老手,连足球都能拿来当枪使!"

"你看,笑出了八颗牙吧,目的达到了。瞧瞧大叔我这把年纪容易吗?杀敌八百,自损一千,只为博得美人一笑。"窦浩也笑起来,笑容灿烂,笑声浑厚爽朗。

此刻,如果有人从车窗外拍下来他俩的笑脸,谁又能猜到车内讨论的竟然是那种不堪的话题。

真的很不堪,很难看,很不体面。唐晓米的情绪又跌入冰点,恨自己被愚蠢的冲动逼至这般不堪的境地,眼泪夺眶而出:"昨天,真不该上你的车……"

"好了,好了,你别哭了,有话好好说,都是成年人,咱别动辄那么'琼瑶'好不好。饿了吧,想吃什么呢?这附近有几家饭店还不错。"

"不吃了,直接送我回家吧。"唐晓米恨恨地刮去眼泪。

"你看看,你看看,又撅蹄子了不是。我的意思是以后时候长着呢,别把第一步棋走歪了。两情相悦是件单纯而美好的事,如果掺杂太多的附加条件进去,就变味了。"

"我也不想掺啊,谁又料到偏偏撞上危险期呢?"

"难道仅仅因为你是生理危险期,就可以站在道德的制高点上吗?难道我强迫你上车了?难道那天不是两情相悦?难道那天的美好是虚假的吗?好吧,就算这事我有六成的责任,你最起码也得占上四成吧?"

窦浩这一连串理直气壮的问话,将唐晓米的眼泪直接逼退回原点。哪一句,她都无从反驳。确实,窦浩站在男人角度的理解还真不能说有什么错,他确实没有强迫她一丝一毫。从头到尾,她都是清醒的,自愿的,不是主犯,也是从犯,甚至带着预谋的故意。他这般四六开,还真不算冤枉她。可是、难道、难道、可是,他和她之间、男人和女人之间,真的可以如此这般清算吗?

眼眶干干涩涩,再流不出半滴眼泪。唐晓米深吸一口气,拢了拢头发,语音平静:"大叔高看自己了,五五分,才公平。走吧,去买药。"

"这才乖嘛。女人就该管好自己的麻烦事,你可是第一个这么抱怨的。"

前方是红灯,窦浩踩下一脚刹车,把胳膊伸过来,试图揽一下唐晓米。唐晓米觉得,他这个姿势,有点古怪,有点刻意,有点挽回,有点如释重负,还有点说不清道不明的小得意。她扭过脸,躲开了。原以为将是一段爱情中间的逗号,没想到只是一个爱好后面的句号。唐晓米发现,最后没念出声的这句,还有点像诗。

红灯绿了。窦浩熟练地换挡加油,在拥挤的车流中一步不落地跟随着。唐晓米被车内空调的冷风吹得猛然打了个寒噤。她茫然地在肩头拽了拽,却发现没有一件可拽的东西,丝巾、披肩都没带,只得缩紧肩膀,用力挤靠在车座间。对面的车灯轮流扫过,她怔怔地望着窦浩轮廓分明的侧脸,望着那张侧脸背后黑暗的剪影,真猜不透这位大叔心里到底在想些什么。

意外的收获,却是老公。那个午夜,在唐晓米蓄谋的温柔下,老公迅速进入预设的程序,一鼓作气,满血冲过全关,这倒是远远刷新了他有史以来的最高纪录。唐晓米也很诧异,老公怎么像换了个人似的。品尝胜利的果实确实让人心情愉快,唐晓米和老公芥蒂尽释。她已经明白,日子不是诗歌,还得往正常里过。

科学家用实验数据告诉我们,人体细胞会新陈代谢,每三个月会替换一次,旧的细胞死去,新的细胞诞生。如此轮回,将一身细胞全部换掉,会历时七年。也就是说,在生理上,我们每七年就是另外一个人了。科学家还告诉我们,女人的子宫每个月会更新一次,脱落旧的,接迎新的。也就是说,在生理上,女人每一个月就会被"解放"一次,变成另外一个崭新的自己。

可是,这个月的"旧社会"也忒长了点,迟迟得不到"解放"。

同时,还是会想窦浩,因为禁忌,因为担忧,因为偶然,因为偷,因为坏,因为这场他引起的战争,因为抑制不住。

又是凌晨三点的世界杯足球赛时间。对足球毫无兴趣的老公早早睡了,唐晓米一个人在家中的电脑前戴着耳机看网络直播。世界杯足球赛仍旧如火如荼,已经踢到冠亚军争夺赛了。曾经点燃火花的梅西,正面临是否能夺冠的煎熬。面对绿茵场,面对足球,面对梅西,唐晓米又想起上次对阵伊朗时梅西在伤停补时阶段的决定性进球,以及那位突厥大叔窦浩看足球赛时脸上兴奋的表情,还有弥漫着啤酒花香气的那个凌晨,还有那个庆祝阿根廷胜利的深度拥抱,还有该发生的和不该发生的后来……

"伤停补时"是足球比赛独有的术语,指的是在比赛中,因球员受伤、换人、球员犯规、球被踢出界等造成比赛中止而被耽误的时间,在比赛时间结束后裁判给予的补充时间。这短短的几分钟,有时是天使,有时是魔鬼。尤其在双方势均力敌、比分胶着的情况下,这危险的几分钟将决定一切。而偷情之后这尴尬的"伤停补时"呢?何时能等到终场哨音的吹响?又由谁来宣布这场比赛的胜者是谁?……唐晓米悲从中来,再也无法将视线集中到梅西和足球上。

QQ上窦浩的图标是暗的。凌晨三点,唐晓米不能打电话,也不能发短信,犹豫再三,还是心情复杂地点开了灰暗的图标,发了一句:"大叔,可好吗?"

顷刻间,那灰暗的头像竟然亮起来,并且回话了:"你是谁?我认识你吗?请不要胡乱发消息,会引起我老婆不必要的误会。"

唐晓米愣住了,知道捅了娄子,只有在QQ上拼命地道歉,说自己只是无聊发着玩。他那边又飞快回了很多诸如"现在的女孩子要自重,更不要给别人惹麻烦"之类的话。

好容易蒙混过去了,唐晓米已全无观看冠亚军争夺赛的情绪,手忙脚乱地关上电脑,对着黑黑的屏幕呆愣了很久很久。幸好只是QQ,电脑也插着耳机,老公的鼾声没有变化,也没有人看得见她窘得通红的脸。

第二天一早,窦浩发来短信,说昨晚老婆一直陪着他在网上看冠亚军争夺赛直播,QQ隐身挂着,在消息框弹开的瞬间老婆看见了内容,他是不得已才回了那些话,希望她不要多想。

唐晓米其实想了一夜。一夜乱梦,梦里樱红满地,像是浅短而间歇奏响的音符,一片,一片,又落下去一片。在窦浩回QQ消息的那一刻,他选择了保护他老婆的情绪,向她责难。什么重要,难道还不明白吗?唐晓米知道他有老婆,也能猜到他的反应。他的反应她当然能理解。但当这种事情真实来临,还是让她很难面对。

唐晓米及时回了短信,有礼貌地道了歉,说只是想问候一下,没想到这样也会给他惹麻烦,以后再也不会了。

刹那刹那,都是变化。

唐晓米相信,遗忘是人的天性。她相信,总有一天,她会不再想他。她相信,自己的躯体在日复一日地清空着,记忆同样无法逃过。

那就去跳舞吧! 唐晓米真的热爱广场舞,在陌生人群的闪躲中,有一种深海深处的安全感。她没有化妆,这里没有人认识她,没有一个人知晓她的故事,没有一个人知道这半个月来她经历了什么,没有人好奇她的独舞,没有人来追问她为什么会一个人跳舞,更没有人再像窦浩那样直接闯入她隐形的另一半。

下一首曲子是汪峰的《飞得更高》。唐晓米喜欢这首歌,喜欢它的节奏,喜欢那种无拘无束的嘶喊。她将大红色的丝巾披上肩膀,双臂横伸,用指缝夹紧丝巾的双角,甩动长发,如同一只盘旋在人群上空的飞鸟,旋转着,滑翔着,俯冲下来,又拔地而起……她的脚下,是她的城、她的海、她的云、她的虹、她的天空。

跳着,转着,唐晓米感觉双腿之间忽然有一股热热的暖流决堤而出。一阵涌过,还有一阵。她知道,那件事情,这下子是彻底过去了;窦浩那篇,也一同翻过去了。只有她自己看见,喜极而泣的新崭崭的她,流出的其实是忧伤。

汪峰的高音正飚至激情处,她不愿停止,她还要飞,继续飞!

她紧闭双眼,平伸双臂,大红的长裙盛开在她红色的身影中,越转越快。她在自己旋起的气流中,终于喊出了声:"我要飞得更高,飞得更高,狂风一样舞蹈,挣脱怀抱……"

疼痛骤然袭来。倒地的瞬间,唐晓米仍在喃喃着:"我要飞得更高,飞得更高……"红裙下,一缕暗红悄然溢出,越来越大,像是一朵玫瑰独绽在初夏的玫瑰丛中,摇头摆尾。

(首发《时代文学》2015年第5期,后被《长江文艺·好小说》2015年第10期转载)

国王的疆域(中篇小说)

> 我被你们的世界驱逐,
> 被骄傲造就,被骄傲欺骗,
> 我是国王,却没有疆域。
>
> ——黑塞

1

柜台角落那双中国蓝织锦的手工拖鞋,卓文琦一眼就喜欢上了。蓝色中隐着蝴蝶样的暗花,鞋面左右各缝了三个同色的手工盘扣,很适合他儒雅、知性的长衫气质,颜色亦暗合他的姓。她目测过他的鞋码,应该不会差多少。

等待一位优秀男人的出现,就是所有的等待都会自动升级,变得极富钻石感。可这份等待也实在太久了些。除了他,对待任何一个男人,她都不会有这样的好脾气,包括女人。

卓文琦终于失望地掩住门,门却被轻轻叩响了。

如此近的距离下,他那张线条简洁、刚硬的脸多少有点陌生,皮肤看上去稍显黯黄,眼袋也有了松动的痕迹,像本卷了角的线装书——卓文琦想,不过依然觉得满心欢喜。

"临时有篇稿子要赶,晚了些。"这是他进门的第一句话。

"能来,就好。"

卓文琦倚门莞尔,目光却聚焦在他的一双手上。那双手细腻、修长,手背嫩滑饱满,指甲光洁整齐,甲根处粉白的月牙儿明朗健康,仿佛专业弹奏钢琴的女人的手。那么多奇妙的文字竟全是这十根指头制造出来的!她用目光反复摩挲着它们。

关门时，卓文琦顺手挂上了防盗锁旁的铜链。这个小动作显然没避过他的眼睛。他没换鞋便径直往里走，似乎只要穿着他自己的鞋即可随时逃出去。她提着那双蓝拖鞋追过去，在他脚前半蹲下，要帮他解鞋带。他紧张得连连摆手："自己来，自己来，我自己来。"

拖鞋果然大小合适，正配他的白色袜子。换上这双拖鞋，面色沉静的他却略显不安，仿佛双脚被她贴了标签。见卓文琦正在茶几旁调配饮品，他便信步走到窗边，带着一丝不被觉察的紧张向外张望。

余晖翩然退尽的天空像一域谢幕的丝绒，淳黯的深蓝消隐过日下的姹紫嫣红，尚未出演夜晚的繁盛奢华。从十七层的高角鸟瞰楼下的华灯初上，市井江湖沙盘样小巧精致，芸芸众生穿梭往来于十字路口，像雨前蚂蚁般琐碎、忙碌，观者却生出些许隐遁桃源的边缘感。

这套公寓的装修是卓文琦亲手设计的，只有她才懂得何种风格最适合自己的生活方式。除了亲自设计这套公寓的装修，还有就是她自己的穿着打扮。比如今晚，卓文琦特意选了条深咖啡色吊带长裙，半低胸，项前垂一款细长的朱红色流苏藏饰；齐腰长发用一柄黑色的牛角梳斜挽于脑后，前鬓遗漏两三缕，荡在脸颊、耳后；肩窝儿与脉搏处的香水已浸揉入皮肤，伴着她的体温，徐徐飘出香奈尔5号中调处玫瑰、依兰和鸢尾的组合香氛。这身装扮使她显得典雅妩媚，随意又不失从容。卓文琦想让这些精心准备的细节暗示他，金融专业的自己在审美品位上毫不逊色。

俄罗斯歌手维塔斯高绵空灵雄雌莫辨的金属嗓音，珍珠奶茶温柔滑腻的甜香，卓文琦暖熟玲珑的躯体蒸腾出的女人芬芳，不约而同地从各个角度起飞，缓慢翱翔，环绕他，包围他，却又恰到好处，浅尝辄止。

先香夺人，亦是一类奇妙的占领！满室悠扬的暗香馥郁，润物无声，靠近他，渗透他，湮没他，宠辱不惊。节制的魅惑令他遐想万千，在沙发靠垫上放松下来，开始欣赏这女人的房间，还有房间中的女人。

整间房的风格非常像卓文琦刚端给他的那杯茉香奶茶:细碎的泡沫中,茉莉花茶馨雅沁人,匀合奶品特有的鲜浓醇香;几缕半融的桃色果粉荡漾其间;杯底深紫色的糯米珍珠与透明西米若隐若现、似隔非隔。整个房间,弥漫着小布尔乔亚式的适闲。

客厅夸张的橙色壁纸与深橄榄绿的树叶相互渗透,不张扬却非常惹眼的红色果实镶嵌其间,被射灯橘黄的光线调出神秘的原始风情。橡木沙发上散落着大小不一的玫红色棉布坐垫,搭配一套根雕茶几,一款造型现代的台灯。整间客厅没什么多余的造型和装饰,只在角落斜伸出一丛苍郁的文竹,让人耳目一新。

卓文琦显然对自己设计的家也很得意,引领他继续参观餐厅和厨房,继而驻足在书房门前,打开落地灯,让他自己走进去。

一整面墙的浅色胡桃木书架很快吸引住他。它错落出不规则的几层,各自独立又浑然天成:最下方是近四米长的DVD柜子,里面是成排的影碟,高层放置的是卷轴类的画册和大开本的资料;挨近窗户的角落却依墙嵌进一个果绿色的藏式小柜,玻璃拉门后是几瓶洋酒和大小不一的高脚杯;书架下方是两个果绿色的英式小沙发、藤条茶几和一套可遥控的投影设备。投影仪的光束刚好打到对面墙上卷帘幕布的位置,既节省了空间,又有影院般的视觉效果。取下书本,或者选择一部心仪的影碟,再调上半杯鸡尾酒,就可以坐在沙发里慢慢享受时间了。

他由衷地赞许卓文琦匠心独具的家,包括她别有风味的奶茶。看得出,卓文琦是个爱自己并且有能力爱自己的女人。

卓文琦悄悄将书架上方的射灯开关打开,他果然将视线移了过去。没想到,中间的一层书架上竟摆满了他的书,各种版本的,甚至比他自己书架上的还齐全。两侧是他的照片和一个大十六开剪贴本,收集的都是纸媒体、网络对他的各类书评和访谈。

桌角一盘静焚的印度香忽明忽暗,交合着书本的墨香,诞出奇异的香谧,掩埋住他的鼻息。这一切都是美好而罗曼蒂克的,完全主宰了他的意识。中枢神经系统被集体调动起来,新鲜、灿烂、跃跃欲试。

他愣了片刻，眼底刹那的神不守舍，没有被她忽略过。

2

自从一年前读过他的那本书，卓文琦的生活就完全被那些神奇的文字改变了。他的文字豁达、灵动，直抵人心。在她最痛苦最孤独的时候，是他的文字慷慨解囊，充实了她，拯救了她，用字里行间的智慧帮她打开了另一个世界的窗户。套用个时髦词，他的文字就是"心灵鸡汤"。像童话里小王子驯服骄傲的狐狸一样，她的心也甘愿被他的那些"鸡汤"浸酥了，煨化了，仿佛是干涸的河床被一道清流穿越般欢跃。

很快，卓文琦便被一个朴素又强烈的愿望折磨着：既喝下"鸡汤"，她便想见识见识那位传说中的"养鸡人"。如果再能嫁接上他那品种优良的"鸡蛋"，岂不两全其美？

这有些走火入魔，她清楚。

可为什么很多年轻时的想法总要等到老得牙都掉光了才敢讲出来？干吗对自己假装？即使明知没什么结果，做过了总是不后悔。

想到即做一向是卓文琦的风格。工具就是生产力，年轻就是行动力。第一步，搜集他的所有信息。卓文琦转遍大小书店寻找他的书，只要能找到的都被她成箱搬回家摆在书架上；报纸上每一则关于他的新闻或者访谈都仔细剪贴下来，收录在册；打开谷歌的搜索引擎，输入他的名字，逐项浏览、研究，可以下载的复制保存，不能下载的添入收藏夹。

再后来，卓文琦开始用貌似无意的故意打入他的生活圈。仿佛一只辛勤的小蜜蜂，上飞飞下飞飞左飞飞右飞飞，不动声色地跟在他身后，将他的点点滴滴精卫填海般悉数收藏，集腋成裘。一直耐心到那瓶寡淡的水变成了酒，才让他在无意间揭开瓶盖嗅到了它的浓郁、芬芳、潋滟。

这个男人,此刻正站在她的面前!

与他将会发生点儿什么的念头潮水般来势汹涌,烧得卓文琦脸蛋绯红,竟有心跳加速的亢奋。

借故准备晚餐,卓文琦急急躲进厨房,差点碰洒一瓶番茄沙津。她按了按胸口,稳住心神,开始按菜单装点碗碟。不能慌,千万不能慌!美好的东西,好比炉上那罐煲足了火候的鲜汤,从来就不是让人一饮而尽的。

晚餐精致、丰富,样样可圈可点。饮下一小杯开胃的陈年花雕后,他的味蕾彻底苏醒了,夸赞卓文琦厨艺一流,煲汤的水平更是无与伦比。卓文琦向来善于经营细节,也最容易被细节打倒。好男人和美女一样,细节之处要经得起挑剔。她欣赏着对面这个他吃饭喝汤时含蓄节制的品相,发现并不是自己难以容忍的那种仪态。

这才对得起她的用心良苦——他哪儿知道这些菜其实都是她下午在酒店预订的成品,只在厨房重新加热装盘而已。五星酒店的大厨手艺,味道能差得了吗?

就是他了!卓文琦放下心来。

饭毕,卓文琦顺手将一个小丘比特的雕像推到他手边,原来这个小爱神的箭篓是个烟灰缸。他惊讶于她的细心,殊不知这全是她精心做足了功课的结果,包括即将到来的电影甜点。

《命中注定》也是卓文琦刻意挑选的,法国新浪潮电影大师路易·马勒的作品,故事与表演都是上品:"英国内阁要员斯蒂文,偶然邂逅美丽性感的安娜,一见钟情。后来,他才发现安娜是儿子的未婚妻。两人的命运并未因此而改变,反而继续疯狂偷情。直至有一天,儿子撞见他们在一间公寓做爱,震惊之余,坠楼身亡。失去爱子的斯蒂文悲恸万分,他和妻子的关系也由此破裂。从此,他避世独居,在对往事的回忆之中渐渐地老去……"

但这些都不是卓文琦选择的原因。他与男主角杰瑞米·艾恩斯外形的神似,才使得她对这部经典情色电影爱不释手、浮想联翩。英国演员杰瑞米·艾恩斯是那种从头皮到脚趾都有"戏"的男人,一个眼神或者手势,都会让女人中了巫蛊般失去抵抗能力。

而她今晚则是要让他自己入"戏"。

随着影片情节层层推进,空气变得黏稠起来,一种情绪开始在他和卓文琦之间斟询、交换、蔓延。

两张沙发里的他们谁都没碰对方,却清清楚楚地知晓自己和对方的想法。卓文琦起身拉开酒柜,斟上两杯波尔多红酒。有时,酒可以起到非常规的短路作用,帮助自己把自己的某个开关打开。

递给他酒杯的时候,卓文琦似是无意地把手指也一并递了过去,多少带了点恨铁不成钢的幽怨。

他接了,不仅接了,还顺势盖上了他的另一只手。他的掌心很暖,细密绵潮,姿势却显得僵硬,泄露出些许犹豫。

干吗紧张?说明心里有事——有事就好。卓文琦不动声色地等待。

那双手小心地坚持了一会儿,很快借着饮酒的动作悄然撤退。背着光,他的五官看上去界线不甚分明。但卓文琦已可猜到今晚的谜底,正如她知晓这部电影的结尾一样。

而他,却没有时间看完结尾。

佛家云,心动即身动。但心动的男人还得找到正确的电钮。卓文琦悄然站起,伸出一根小手指,由他腮侧轻轻划过,拭去唇沿挂着的半粒酒珠——好比一根火柴从火柴盒边轻轻擦响。

哧!她离开时,明显感觉到身后的男人脸庞泛着微醺的红晕,镜片后的眸子在背后灼灼地注视着她,喉结蠕动着,唇角挑起淡淡的褶。

冲完澡,卓文琦选了瓶神秘而具诱惑力的圣罗兰"鸦片"香水,向空中喷了片香雾,再迅速走进入雾中,旋转一周,让香分子均匀撒在身体的各个角落。女人的美能使男人的视神经紊乱,而诱人的女人香却能直接攻占男人的大脑。

然后,她小心地拿出排卵试纸验了小便——阳性,这才放心地推门而出。

一瞬间,她的眼睛对书房幽暗的光线有些不适应,仿若又回到了儿时阴暗的客厅,母亲紧紧裹住的黑纱巾,父亲冰冷的眼神在忽明忽暗的烟头后面闪烁……

不!不!卓文琦使劲摆摆头。不能走神!不能出"戏"!一定要把这些危险的情绪彻底甩掉。花开堪折直须折,优良的父系遗传基因近在眼前,绝对不能半途而废。卓文琦将眼睛微闭片刻,努力想象着自己就是影片中的女主角,这才将眼神重新温柔起来。

他的眼前忽然白得耀眼:一尊雕像活生生地就在眼前!

神秘的东方香料挂满肌肤,宛若一件流动的锦裳,将光影中的女人形容得纤尘不染、超凡脱俗,而且正款步移向他!湿潮、润泽、黏稠、精雅的女人芳酽扑面而来,仿佛是一段音乐在舞动,形如柳浪、柔似水袖、落英缤纷……而那裸露的身体就是承载五线谱的一页素缟。

意识脱身而去,拉拽着他直抵那香气浓溢的深处。而椅子上的他,已完全对自己的肉身失去了控制力,好不容易寻到口袋里的烟和打火机,点了一次、两次、三次,才点着。

卓文琦静待他深吸两口,吐尽,才按下了投影仪的暂停键。

男女主角汤匙样叠扣的身体瞬间烙刻于她裸裎的胸前,像个完美的休止符。

3

暗夜静好……

她仔细倾听他走进来的每一个微弱的声音,想象着他很小心的样子。那双拖鞋领着他的躯体,陆续在红木地板的每根木条连接处踩出轻微的"咯吱"声,慢慢向她的床靠近,再靠近。

他的脸单薄冰凉,挨上去感觉就像贴着冬天染了霜花的窗玻璃。如此接近的阅读使她眩目。她捧起他冰凉的脸,藏入柔软的胸脯间。

卓文琦欣慰地长出了一口气。此刻,他是她的了。

他让她惊喜,但毕竟年龄不饶人,呼吸中已杂了深深的倦怠。一根烟抽完,她感觉他似乎想说什么,却几次欲言又止。

拧亮台灯,他的脸瞬间淹没在灯光里。卓文琦眯着眼,向那片光影竖起食指:

"嘘。今晚这张床上没有名字,仅是一个男人和一个女人的对话。"

他身体的线条明显平缓许多,陡然放松的神情像是得到了某种救赎。优美的钢琴手又夹出一根烟,点火的时候,悄悄翻腕看了看手表。

他戴着表!

刚才的他竟然一直戴着表!

一小缕失落的阴凉,顺着卓文琦的脚心悄悄往上蹿,仿佛下雨天错穿了双漏水的鞋子。

又一根烟很快燃完。他再次看了看表。这一回,他故意泄露这个动作。

他确实要走了,正试图轻轻抽离他的手臂。卓文琦没有动,敬而远之的闭目,一呼,一吸。隔着眼皮,她感觉他在低头观察她是否睡熟。确认后,他小心翻身下床,匆忙罩上衣衫,寻找腰带、手机和钥匙,还对照光源反复检查毛衣上是否粘了她的长发,忙乱得近乎狼狈。

他一定没穿拖鞋,也没找到袜子。卓文琦确认他走路的声音是光着脚的。他光着脚走到大门边,窸窸窣窣地研究如何打开那扇防盗门的密码锁,终究没有成功。

"对不起,我得走了。"他无功而返,讪讪着,耐心抚摩她的脸。

卓文琦的脊背松懈下来,眼窝有点潮酸。她咬了咬嘴唇,翻身下床,拿起那双蓝拖鞋,套到他脚上。

脱离她房间的感觉像龋齿,空洞洞,黑黢黢,夹了点虚甜的疼。

不管怎样,需要的种粒已经如期而至,就看能不能在她这块土地上顺利开花、结果了。卓文琦抱着刚才被碾压过的大枕头,垫高腹部,匍匐在床中央,竟很快睡着了。

4

秋天是种粒们的伊甸园。东南西北的风、百转千回的雨,轻吟浅唱、漓漓荡荡地过秋冬春夏。循序生长的种粒们终于在日渐凋谢的绿意中攀延至成熟的刻度——它们轻轻地绽裂、翱翔、坠落,紧紧地蜷缩住身体,像一群刚刚脱离母体寻找温暖的小兽,像倦怠的候鸟飞回故乡。

它们太小,它们只能借风迁徙,它们狡猾地借挂在别物上暗度陈仓,它们反复被脚掌碾踩却无力挣脱,它们被路过的鸟兽吞下充饥更是寻常。有的甚至在巨石下压挤了上千年,却仍可以病菌一般顽存。只需要微薄的水、土壤和阳光,它们就变成了生命!要知道,发芽的种粒可以将一切机械力量都不能分开的头盖骨完整分开。

生命的力量不得不让人敬畏!

一个女人一生只能制造四百颗左右的成熟卵子。虽然她在胎儿期体内有七百万的原始卵细胞,但出生时已经锐减到二百万,长至青春期就只剩五十万了。温暖的卵巢中,这五十万颗卵子们安然沉睡,选择将来的某个月,破蛹而出,成为某个精子哥哥的新娘。但漂亮的南瓜马车只吝啬地给这五十万的它们四百次机会,而且每次机会小于或等于二十四小时。

一个男人每次射精能排出约二亿至四亿个精子。身长六十微米的精子,以每分钟二至三毫米的速度向卵子快步前进。但有些体力不济中途就泄气了,有些没有干劲的老早就放弃了,还有的迷失了方向,个别的则困在原地打转,能坚持到最后、一直游到输卵管的仅有数十条。

每条精子可以存活七十二小时以上,但最佳授精能力只有二十个小时。即便在这难得的二十小时内,精子突破重重阻碍与卵子鹊桥相会、握手言欢,依然存在很多让它们结合的障碍。比如,疾病、心理、抗体等所有可能的因素。

即便这对卵子与精子顺利结合了,能不能在子宫内着床又是个问题。假如不能,宫外孕的死亡率绝不在妇科肿瘤之下;即便这颗受精卵在子宫内顺利着床,它能不能在子宫内挺过头三个月也是个不小的问题,因为三个月后这颗受精卵才能与子宫建立一条营养通道——脐带,以保证自己不被大自然淘汰,顺利地长成一个小胎儿。

然而,这仅仅是万里长征的第一个脚印,小胎儿的后几个月更是危机重重:大脑的发育是否正常,神经系统是否有障碍,四肢有无畸形,免疫系统健全完善与否,有无潜在的遗传疾病,等等。哪怕十万分之一的出错概率被碰上,后果将不堪设想。

如此运算下去,每个人的顺利出生其实都是偶然的。从一男一女在茫茫人海中相知,到几亿分之一的精子和卵子结识,概率微乎其微。如果继续上溯的话,几千年前一个部落成功地沿河迁徙,一个聪明的北京周口店人学会钻木取火,或者几万年前两只公猴在一场猴王争霸战中的输赢,甚至一种海底生物在进化时的幸免于难,都是"我"出生因素的孕母。

没办法,在一个个蓄谋已久的偶然中,人们自身根本没得选择。包括身为一颗受精卵的时候,上帝也没有施于"我"一个挑选命运的可能——做男人还是女人?

一次次柳暗花明的际遇,未尝不是一轮轮输赢未知的轮盘赌,"我"只能将自己的希望押在某个位置,然后将一切交于上帝之手,等待概率先生的缺席审判。

那个秋夜六小时,卓文琦卵巢内最新成熟的一颗卵子,盛装以待,终于在合适的时间、合适的地点遇到了勇敢的精子。在风险如此之大、概率如此之小的恶劣环境下,它们正在彼此试探,探询未来人世之旅的种种可行性……

在它们的小世界里,卓文琦就是上帝。

是的,她要选择自己想要的生活,而不是被任何人左右。

5

卓文琦进入这个都市打拼近十年,换了近十种行业,搬了十余次家,终于挤进"白骨精"(白领、骨干、精英)的行列,开始了养车购房的良性循环,才听说当下的新新女人又提出了更新的口号:早日实现现代化!所谓九个现代化是指三围魔鬼化、收入白领化、家务甩手化、快乐日常化、情调小资化、购物疯狂化、爱情持久化、情人规模化、老公奴隶化。老天啊!简直是一个都不愿少!

卓文琦可没那么贪心,三十四年的经验告诉她,能保持前六项就不错了,后面那三项简直是自欺欺人、痴人说梦。在身边这个并不童话的社会中,仍旧等待王子来拯救自己的女人太过时了。要知道,现代流行的童话版本是这样的:"骑白马的不一定是王子,可能是西天路上的独身唐僧;有翅膀的不一定是天使,更可能是生物试验室偷跑出来的变态鸟人。"

年龄可不是糖果,拥有越多就越甜蜜。女人一过三十岁,就好比台风过后的果园,可供挑选的果子越来越少。虽然与闺中秘友夜煲电话粥时,也夸口过上玩四十岁、下玩二十岁,但很清楚那仅仅是过过嘴瘾而已,毕竟自己不是仙女下凡。

生个自己的孩子,而不是为某个男人的姓氏延续香火,是卓文琦近两年才萌发的念头。这其实是个较自慰的说法,换个角度也可以说是被"逼上梁山"的。一次,一次,又一次,她厌倦了总把爱情作为吸取生活教训的代价。她没必要当男人手边的纸杯,口渴时顺手拿起就能解渴。

谁不想与心爱之人一见钟情,结为秦晋之好,生个聪明漂亮的孩子,从此欢闹一生?那些高举自强自立口号的女人,大部分是因为确实无人可依,或者是靠上前才发现所谓的坚实臂膀不过是麦秸扎的稻草人。没办法,还是左右交叉双臂,抱抱自己得了。

三十岁生日过后,卓文琦对有个"家"越来越向往,那种内心深处的孤独远比外界的压力大,虽然"家"这个词一直让她非常排斥。舒适自由的现代生活并没能刷新她童年的灰色记忆,漫天的灰鸽子依然不定时地欺压过来,她依旧经常看见镜子里七岁的自己瞳孔中无边的绝望⋯⋯

可是,有个家,下班后就不用找借口呼朋唤友在慢摇吧、K歌房流连忘返,周末不用一盏孤灯、一杯红酒那般"对影成三人",不用"每逢佳节倍思亲",不用"寻寻觅觅,冷冷清清,凄凄惨惨戚戚"。她想要的这个家,不是舒适的房子,不是婚姻的形式,也不是某个男人的怀抱,而是一种温暖的牵挂、一种脚踏实地的安心、一种无论怎样都不会舍弃的珍惜、一种原谅、一种宽容、一种任性、一种陪伴、一种她愿望的永远,就像儿时记忆里外婆温暖松弛的乳房。

说实话,为了这个家的愿望,卓文琦确实积极过。

女人一过三十五岁,高质量的卵子将流失大半,生育风险会几何倍增长,卓文琦清楚自己已没有时间再细细挑三拣四了。前几年,她尝试了很多种为婚而婚的相亲约会,还高价加入了红娘征婚公司的VIP会员,参加过各种各样的单身交友俱乐部、白领自驾周末游等针对性非常强的联谊活动,跟若干不同职业的男人吃过饭、喝过酒、聊过天、看过电影。还真不断有成功的范例在眼前诱惑着,怎么就在她这一亩三分地开不了花呢?

红娘征婚公司的马经理总结卓文琦的失败教训就是两个字:挑剔。如果等待动心即为挑剔的话,那她确实认可这个评语。

以卓文琦的条件,找个条件适合的婚龄男士不是件难事。可满足条件易,动心难。如果说在金融投资中百分之七十的人赔本,百分之二十的人不赔不赚,百分之十的人赢利,那这个比例也可以解释爱情的受惠者。尽管这个比例或许缺乏科学依据,尽管所有人都认为自己应该是那百分之十的获利者,但卓文琦深谙其间风险,知晓"入市需谨慎"。

与其作茧自缚,不如宁肯一人。

在垂死婚姻中狼狈挣扎的情景,卓文琦太熟悉了:那种郁郁寡欢、那种针锋相对、那种不择手段、那种冷漠、那种羞辱、那种同归于尽……令她心寒。

一个周末的凌晨,卓文琦满身冷汗地惊醒,她又进入了惯常的梦境:七岁的她拽着父亲的衣袖哭喊,头包黑丝巾的母亲大力地推搡着,漫天的灰鸽子落在头顶啄她的眼睛,尖利的脚爪刺痛她的头皮……七岁的恐惧与绝望,并没有随着身体的成熟而结痂蜕落,它们狡猾地躲藏起来,如影随形,经常在最不设防的梦中偷袭她,绑架她。

知道手上有伤口,就千万别去碰毒药。

是的,她怕,怕极了。

6

在窗边逆风而立,卓文琦松开汗津津的拳头,立时感到满手清凉的绕指柔。她忽然想到一个问题:谁规定必须和一个男人恋爱结婚方可生子?

当然,那样会比较体面。可究竟是要体面,还是要幸福?虽说女人一生最好为爱情结一次婚,再有个爱情的结晶,但总不能为了结一次婚而草率爱情吧,更不能为了结婚草率生出个孩子吧。

只需一颗小小的精子,女人就可以脱离男人,圆自己的梦。不需假爱情之手,不需对婚姻妥协,不需老公分担责任,自然也不用担心自己年华已逝焦虑不安,不用为老公衣领的唇印而忧心如焚。剔除孩子生物上的父亲,她依然可以将孩子抚养成人。连人家圣母玛利亚都是单亲妈妈呢。

对,生个孩子!

房子加孩子,不就等于家了吗?很多的离异家庭不也是这个结构吗?卓文琦为这个创意兴奋起来。

当然,想当单亲妈妈需要很多客观条件,一个重要的前提就是养得起孩子。养孩子可远非简单的购物行为,必须投入大量的财力、精力、心力,必须鞠躬尽瘁,也必将挑战她的心理极限。这些,卓文琦倒有足够的自信和思想准备。

可是,到底给孩子选择一个怎样的父系遗传基因呢?

直接到精子库挑个优良品种?简单,易操作,可还是像隔着布袋买猫——心里没底,存在未来的伦理隐患。找个基因优秀的男人吧?那可远比嫁个老公难度大,且风险重重,一定要权衡再权衡。

一个细菌经过二十分钟左右就可以一分为二;一根葡萄枝剪成十段就可能变成十株葡萄;一块仙人掌切成几块,每块都能落地生根;一株草莓依靠它沿地爬走的匍匐茎,一年内就能长出数百株草莓苗……唉!人类如果能像这些生命力旺盛的植物般"无心插柳柳成荫",或者像蜜蜂、蜥蜴、珊瑚虫那些动物一样有孤雌繁殖的能力,传宗接代的问题可就简单多了。

神话故事《西游记》里的孙悟空,拔根汗毛就能瞬间复制出无数个小孙悟空,也算人类最早的克隆创意吧。凡人卓文琦没这个能力,也没那个财力走克隆自己的科技路线,只能从寻找适合的男人开始。

心虽年轻,感情却被过早用老。历经几次恋加爱,对男人,卓文琦已修炼到了"不以物喜,不以己悲"的境界。她也当然不是处女。这点不用羞羞答答、"犹抱琵琶半遮面"。女人如果没有性的滋养,缺乏高潮的体验,根本不可能酝酿出性感的女人味。就像枯槁的花朵散不出花香,没有花香的花如何能吸引蜂蝶的眷顾?值得庆幸的是,虽经生活历经层层盘剥,卓文琦姣好的容颜尚未缩水太多,还有可能让她的造人计划得以顺利实现。

恋爱和婚姻生活都会给人机会伪装,难得的只是一装到底不露马脚,真发现不合适了,大不了揣着离婚证一拍两散。但遗传密码 DNA,则好比瑞士银行的账户数字,半点水分也掺不得。只要进入生殖循环,就将结成"3.1415926……"那样永远未知的结果。三十多的大女人,或许不甚清楚自己到底要什么,但已必须明晰自己不要什么了。

首先,二十郎当的小男生要排除。这样的男人,傻根儿似的,一穷二愣,日日只为稻粱谋,除了青春壮硕的身体,空有一腔情话和三分钟热忱。他们像未封顶的毛坯房,地板和墙面粗糙无比,连门窗都没有,麻烦费工是肯定的,成本也颇高。虽知道天鹅都是从丑小鸭阶段变过来的,可谁就能不走眼地判断出枕边人将来一定变天鹅而不是只愚钝的家鸭呢?如果愿意冒这个险,如果有的是时间消费,不妨持久战下去,尽可能按照自己的喜好改造和培养,知根知底,用来顺手,一旦真变成了天鹅,自己还有成就感。

　　三十多岁的男人也不理想,貌似成熟,第一脚刚踩稳,另一脚还悬而未决,正是瞻前顾后的半瓶子醋阶段,怀疑所有与其示好的女人都动机不纯,觊觎他那套按揭三十年的郊区小户型房子。找这种大龄未婚男,也确实像挑选简装小户型房子,省时省心,什么都是现成的,样样都有计算好的位置,就是得试着习惯他。而且,只见其表不知其里,恐怕要承担劣质装修甲醛超标的风险。这类人一般都有自恋嫌疑,难伺候。搞不好就沦为围着锅台打转的家庭怨妇,日日在浓烈的油烟中声泪俱下。

　　五十岁靠上的呢?"夕阳无限好,只是近黄昏。"自知没了多少悔棋的日子,免不得带出"人生苦短,只争朝夕"的袋囊羞涩。这一类,基本算是毫无悬念的出租屋了,周遭什么都不是自己的,只能是得过且过,搭帮过日子,凑合着不出娄子了事。

　　挑来捡去,还是四十多岁的男人性价比最为合适,能否混入一百〇八条好汉早无悬念——江湖选拔赛正免费帮女人们进行层层筛选:实力匮乏的早被逐轮PK淘汰,有功底、有路数的才能在生活的浊流中长出强劲的根系。这年头,剔除掉"柴米油盐房车卡",才能奢谈生活质量。那些包含爱情、修养、品位等的上层建筑,唯有扎根物质基础,才能不用假装。用不着怀疑了,此君一定就是那套高价位、地势优、楼层理想、质量上乘的名盘精装样板房了!

　　况且,男人的美,也要过了四十才看得出分明来。人不挣扎,才有底气,才有心情优雅。何为底气?腰包鼓胀气自华,再加上经纶满腹。"钢琴手"的出众已与容貌身高关系不大。但要想借他的精子一用,这些外部条件也不能忽略。幸而他接近卓文琦的审美,更为这场"爱情制造"锦上添花。

如果不是那块手表,或许真就爱进去了。

不知为什么,卓文琦总会无缘无故想起"钢琴手"那夜抬腕看表的细节。那种感觉很难形容,就好比左右两只鞋子,一模一样,却是反的。

男人常会后悔没跟某个女人上床,而女人则后悔不该跟某个男人上床,或许就是女人容易卡壳在男人不留意的细节中。但卓文琦不后悔,她本就不是冲着爱情去的,只是借了爱情的东风而已。

不,更精准的表述是借了男女之情的东风。

五百年前,弗洛伊德就已把男女性活动的爱情外衣残酷剥除——以性活动为基础的力必多是所有心理活动成立和进行的原初力量。人为什么进行性生活?说白了就是原始的生殖冲动,像植物或者动物为了延续自己的种系甚至不择手段。

如果忽略肚子里正在几何倍分裂生长的这颗受精卵细胞,那秋夜六小时也就逐渐老化成了一段"名人逸事"。但有了它,那六小时便正式成为开始。

7

幸运女神摸顶了卓文琦的算盘——月例这月没来。

但当验孕棒上的第二条红线隐约显现的时候,卓文琦还是不敢相信自己的眼睛——事情竟然真的水到渠成,一如想象!

呼吸,呼吸,深呼吸!

卓文琦心跳平稳后做的第一件事,就是换掉脚上着地面积甚少的高跟鞋,穿上平底防滑的慢跑鞋,小心地下电梯,再步行到最近的药店买了不同品牌的几条验孕棒。金融专业出身的她,要把可能出错的最小统计概率也计算在内。

她的小心是有历史的。

十年前,她曾怀孕过一次。年轻的卓文琦那时并不想要孩子,只想抓住和左佑结婚的最后一根稻草,用孩子做挽救爱情的强心剂。但仅两个半月后,她便被自己的幼稚狠狠地报复了——在与同事共庆圣诞晚餐时,她忽然昏倒在酒店的洗手间,脸色蜡黄,裙子下很快洇出一大片鲜血。幸亏抢救及时,才捡得一条性命,仅失去一条输卵管。

对那回短暂的失败,她想掩盖也做不到。不是她在感情上对那个小胚胎无法割舍,或者仍对左佑旧情难忘,而是那次宫外孕手术在腹部留下的瘢痕至今仍有印记——刻舟求剑的一次记忆。

刚做完手术时,她甚至有些恨那个不争气的小胚胎,为什么不帮帮自己的妈妈呢?但左佑后来去了澳洲便杳无音信,又让她觉得该感谢那个先知先觉的小精灵,它一定是预感到了自己未来的不测,才固执地待在她的左侧输卵管内,拒绝前行。

人对自己的记忆库是有挑选的:喜欢的和对自己有利的记忆会反复强化;一些错误或不愿发生的记忆,则被隔离出来,删除或尘封在角落。这便是弗洛伊德的"防御记忆"理论。其实身体也是有防御记忆的,那条淡淡的伤痕就始终如一地潜伏在小胚胎当年的位置,固守自己独有的话语阵地。

卓文琦简单地概算了一下,她抚摩这条伤痕的时间加上为消失它所做的全部努力占用的时间,甚至比和左佑在一起的时间还多。

好在她没有把过去的错误变成惩罚自己的武器。只在很少的有时,卓文琦也会想象一下那个未知婴孩的小模样。如果没有那次意外,孩子现在应该将近十岁了。

卓文琦一直认为那是个善解人意的小女孩在洒满阳光的草地上,张开双臂向自己跑来,她一双近似自己的修长的小腿在淡紫色的蓬蓬公主纱裙中上下跃动。这一切该是多美的画面啊!

8

此刻,真确认怀孕了,卓文琦却像个做了坏事的孩子,惶恐不安起来。

工作的问题容易解决,证券和期货早就可以网上交易,有台电脑和一根网线,大部分必需的工作都可以在家处理。她最担心的还是腹中那颗正在发芽的种子。

未来的这十个月,似乎有所预料却又无法确定等待她的将会是什么。比照遗传规律,卓文琦与"钢琴手"的结合,具备很多遗传优势,如地域、年龄、身高,甚至文理结合等,这些都曾被她一一考量在内。

明知这样的挑选很可笑,但她还是无比盼望肚子里的胚胎最好变成男孩,最好是"钢琴手"那样高高的鼻子、颀长的身型、白皙绵软的手掌和自己这样黑亮的眼睛、密长的睫毛,还有就是他的智商加自己的情商。待肚内的小胚胎成长为比她高比她壮的男人后,黄昏时分挽着银发满头的她在花园散步,那才真正是不打丝毫折扣的"与你年轻时相比,我更爱你现在备受摧残的容颜"。

然而,这可笑的想法很快便烟消云散了。随着怀孕的时间一天天积累,随着对怀孕风险的逐步认知,卓文琦所有的期许和祈祷,只剩下虔诚的一句话:宝贝,祝你平安!

早孕头两月,卓文琦日夜担心是否会重蹈宫外孕的覆辙。资料显示有过宫外孕经历的女人如再次怀孕,宫外孕的概率有百分之五。无数个战栗不安的梦境折磨着她脆弱的神经,她不愿意去想,又控制不住不去想,惶惶然怠惰在床上,在恐惧中入睡,又在恐惧中惊醒。

待B超检查确认这个胚胎发育完全正常,已经安全来到子宫,她又开始担心它是否有别的什么隐疾,如会不会多条胳膊或少个脚趾、大脑发育是否正常、会不会是兔唇,等等。她经常在半夜时分突然醒来,出一身冷汗,怀疑梦境中那个豁嘴斜眼的侏儒就在眼前。因为那段时间小报和网络整天围绕着一个唇腭裂的小女孩说事儿。每每听到这样的消息,她都会惊慌失措,把所有不好的可能都与自己子宫内的小胚胎挂上钩,迅即又幡然悔悟,觉得自己诅咒了小胚胎的清白,自言自语一问一答地向它道歉,再代它原谅自己。

走在街上,她一见到路边乞讨的残疾孩子,眼泪立刻噼啪乱掉,倾囊掩面离去。那阵子,卓文琦觉得自己的泪腺就像个老化的水龙头,一拧开就关不住闸,似乎要把下辈子的眼泪都流干。

孕吐也远比卓文琦想象中严重得多:严重到她不能看见任何带颜色的食物,不能闻到任何带香味的食品,无法容忍任何人在她的视觉、听觉和嗅觉范围内咀嚼食物,甚至只要看见醋瓶子一眼便立刻条件反射地奔往卫生间呕吐。她昏昏沉沉地倒卧床间,从早到晚一直处于晕车状态,只能以白馒头、白米饭、白面条、白水煮蛋加复合维生素和叶酸片度日,且随时准备奔向卫生间来一次洗心革面的呕吐。呕完洗净,又要去餐桌旁强塞些食物给蠕动的胃囊,为暴风雨更猛烈的下一次狂呕做准备。

虽已认真阅读了很多妊娠方面的书籍,有心理准备,但卓文琦还是没想到怀孕的感觉这般让她难以忍受。面对如此漫长的苦修,她每天都小心翼翼、战战兢兢,时间的每个缝隙都被这个兴风作浪的小胚胎填满。

佛说,前世五千次的回眸才换来今生的擦肩而过。那么,要多少次的擦肩而过才能换回一个孩子的缘分?

身体极度虚弱的她,甚至开始反省是否偷来的东西都是不可靠的,哪怕只是一颗六十微米、在显微镜下方能得见的精子。

此时此刻,卓文琦忽然无比想念外婆,但在电话里又什么都不能说,怕自己一开口便要落下泪来。她被一个矛盾的心思纠缠着:自己未婚生子这件事,到底要不要告诉母亲卓小锦?要不要告诉她最爱的外婆卓云。

9

时间到底还是被卓文琦一日一日地熬过去了。

卓文琦终于惊魂未定地熬走了孕吐,食欲和精神一同旺盛起来,这才稳下心神。食物成了她当下最重要的武器。为了弥补前三个多月的营养缺失,她发狠似的咀嚼、吞咽,再咀嚼、吞咽。体重伴随着她的咀嚼和吞咽开始匀速上升,腹部也明显鼓胀出来,上公交车已开始有人给她让孕妇座了。

这种哺育,多么神奇!母体可以直接感知到小胎儿的回报。卓文琦没想到吃的作用如此直接,如此乐善好施,如此一触即发。所有的咀嚼和吞咽都因作用于它而变得积极、有意义,变得快乐无比。

吃,从简单的填补胃囊变成了一项系统工程。卓文琦在纸的左侧列出了一周的营养食谱;右侧列出了步行半小时以内的餐厅、超市名录,特色菜肴、花色品种、卫生情况;中间用线连接起来。这样就成了她的美食地图。

从小是个美人胚,怎样做个漂亮成功的金领女人几乎一直是卓文琦生活的重点。现如今,生活的重心完全转移到腹中的胎儿身上了。什么身材走形啦、发胖啦、乳房下垂啦,她想都没想过。

像工作一样,卓文琦每天早晨按时起床,梳洗打扮,吃点水果,步行去粤风酒楼吃早点。回来的路上,正是太阳脸色最佳的时分,雾霾散尽,紫外线适中,便在街心花园多转一个小时,运动、补钙都是不能省略的内容。午餐前,在食物地图上挑选个适宜的地点,换上一件漂亮的孕妇装,化个淡妆,赴约般心情愉悦。

是的,我和宝贝有个约会!

卓文琦出门前对着穿衣镜微笑。在日渐寒冷的冬日,在畅通的食物通道,她和它,用特有的语言交流着,彼此温暖,彼此慰藉。

每日的晚餐,都是卓文琦买了超市半成品回来加工。晚餐时间是家人团聚的时间。她觉得还是在厨房做饭更温馨,更有归属感。饭后,她会在木制的浴盆里放满温水,挑张舒缓的钢琴CD,再亮上一盏暖色的小灯,然后把身体轻轻放进水中,让每一寸肌肤都与水亲密接触。浴室中慢慢充满了白色的雾,浴盆被温水浸湿出木头的清香。她在水中随着音乐抚摸腹中的它,想象它享受着与它共舞的时间。

一个人孤独的芭蕾,变成了两个人美好的华尔兹。似乎有种看不见的力量将他们严密地缝合在一起。那些阡陌纵横的血管,紧紧地拉扯着他们,慢慢地在他们的身体之间游动,咝咝作响。

四个月零十七天,卓文琦惊喜地感觉到子宫内的胎动!小胚胎已经不能用"它"来指代了,这个先知先觉的"他",开始用他特有的游戏来触通妈妈。

他第一次打招呼,是晚餐后。她忽然觉得肚脐周围有点儿冒泡的感觉,还愚钝地以为是肠子的蠕动,稍后才顿悟到是他创造的信号。三分钟后,他又来了,她感觉小腹里有个东西顶了肚皮一下。卓文琦闭目,细心地体会着。那感觉真是太奇妙了,像条小鱼快速穿游,像只蝴蝶在轻轻扇动翅膀,像一个气泡在缓缓上升,像许多小球在滚来滚去,像在腹内弹棉花,像轻微触电的感觉,像小手指在里面轻轻地点来点去,像和肚皮在一起一浮地跳舞。

这胎动成了他和卓文琦之间的摩尔斯电码——来自沉寂子宫世界里的加密信号。卓文琦通过各种不同的信号想象他,解读他:他可能在做鬼脸,或者打了个嗝;他在倾听妈妈的笑声,感知妈妈的快乐;他乐此不疲地把玩脐带,研究身边圆圆扁扁的胎盘;他翻了个身,踢了踢妈妈的肚皮——刚才在肚皮底下一跳就滑过去的小包一定就是他的脚趾。

其实他大部分时间都很乖。只是在卓文琦坐着用餐时,如果肚子有点压力,他就会在里面踢妈妈;还有晚上睡觉时,如果她是左侧睡或是右侧睡,不管侧向哪边,只要腹部有一点"着陆",他就马上在肚子里闹上一阵动静,估计是他在里面被压得感觉不舒服。

哪里有压迫,哪里就有反抗。这么小的人儿,已经不得不为生命而抗争了。

很快到了他开始发育听力的月份,卓文琦马上买来钢琴曲、交响乐、儿歌等各种CD轮流放给他听。单文琦也在听,还一边听一边对着肚子讲话。不久,他又长到了发育视力的阶段,她便坚持按照书上说的每天用电筒照着肚子画圈圈。童话书、英语书纷纷成了她的胎教工具,日日不忘按点开课。为了方便测听他的心跳,她又在淘宝网上订购了胎心监测仪,早、中、晚三次结果记录在册。

买来孕妇瑜伽光盘,那句"我们正在孕育一个新生命"的篇首语,忽然让卓文琦有了一种神圣的使命感。她怀着这种宗教般的情感,期待着腹中这个日渐成长的小生命早点来到人世,如同期待桃花吐蕊,期待竹笋拔节,期待蚕蛹咬破细密的茧……

一本怀孕日记,居然已经记了大半本,几个月的时间就在字里行间穿梭着过去了。

卓文琦的肚子越来越壮观了。早晨起床,面对镜子里的自己,她都不敢睁眼:虚肿的脸颊长着褐色的妊娠斑;身材从玲珑的可乐瓶涨成了大葫芦;巨大的腹部布满妊娠纹;肚脐丑陋地突现在外;从前樱桃红的乳晕大了数圈,变成了黑紫色;硕大的乳房不堪重负,需最大号的孕妇胸罩才能托起;行动熊猫样笨拙;剪短的头发凌乱不堪。哪里还有丝毫美女的影子?

但她的注意力全然不在自己身上,还有两个月就到临产期了,吃一点儿东西胃都撑得难受,睡觉哪个姿势都不舒服,脚也有些肿。不过医生说这些都是怀孕后期的正常现象。围产期的各项检查也频繁起来,一切都在为他的平安到来做着准备。

他就要来了!

卓文琦既兴奋又紧张。除了奶粉、奶瓶、衣物、被褥等生活必需品,最要紧的就是需要提前到月子公司定个经验丰富的月嫂。还是现代社会先进优越,正如一家银行卡的广告中所描述的那样:"只要一卡在手,胜似亲戚朋友。"

足不出户,几通电话,轻点几下鼠标,就已解决了所有的问题:生活用品在网络用品商店订购,自有人送上家门;月嫂的时间也已约好,面试了几个月子公司送来的人选后,确定了一位四十多岁有两度生产经验的中年大嫂刘姐,让她在预产期前一月到岗。

剩下的工作只有一件——等待。

10

卓文琦早已给肚里的孩子想好了名字——卓青,男孩、女孩都可以用。

青出于蓝。"钢琴手"姓蓝,这个名字仿佛一个在天空飞舞的纸鸢,那根细若游丝的线才是潜藏的 DNA 密码。

她的小名是琦琦,可她不做琦琦已经很久了。琦琦后面是"文琦",这是父亲文景阳起的。文琦后面是"卓文琦"——上小学时母亲卓小锦硬要在前面加上自己的姓,托人送了礼才赶在开学前把户口本上的名字改好。后来才知道,当时母亲和父亲已经办了离婚手续。

那一年,卓文琦七岁。

难道说人一出生就是有记忆的?卓文琦竟清晰忆得自己出生时的场景。

那是一个阴霾的下午,冰凉的弥漫着血腥气味的产房有好多种声音。抱她的那个小护士指甲有些长,即使隔着层橡胶手套,依然刺痛了她裸露的未经世事的小屁股。于是,她大哭起来,紧握着两个小拳头,愤怒地扭动身体,哭声尖利而响亮。听见她的哭声,房间里所有人都欣慰地笑了,包括产床上虚弱的卓小锦。

产床旁的垃圾桶内,扔着一团红色的东西,在模糊的略略变形的视线中,很像半截废弃的绳子。那是刚从她身体中央剪下的脐带,一分钟前还帮她链接着卓小锦的身体,维系她所有的营养,供她把玩、戏耍,陪伴她安然度过那么多黑暗的时日,现在却丑陋得让她吃惊。

笑声中夹杂有一个男人的声音。她很快就辨别出那声音并不是她的父亲文景阳——在卓小锦肚子里的时候,她就已经熟知了文景阳的声音。果然,那陌生男人是医院负责接生的妇产科医生。第一位接触她身体的这个男人,此刻正关切地俯向卓小锦,察看他刚缝合完毕的那个伤口。

此时,父亲文景阳并没有笑。他正在外面的走廊里抽烟,瘦瘦高高的身形,带了一种江南人的柔韧。廊顶的日光灯把文景阳的瘦影拔得更长。烟雾维护着他的表情,使他的脸很适应阴天下午混浊时间的光线,近切而模糊。烟雾四散在走廊左侧,右边是楼梯通道。凉潮的风正从容地绕上楼梯穿过走廊,带着刚从文景阳体内呼出的烟雾,在他周围随遇而安地游逛着。

文景阳紧缩两腮,仔细地吸了一口指间夹着的烟头。这是最后一根烟了,但它已经短得无力衔接文景阳凌乱的思绪。文景阳用左手指尖小心地捏过它,又吹了吹被灼痛的右手食指,这才依依不舍地丢掉它。这个短得不能再短的烟头,在地上被迅速碾踏开来,并在文景阳鞋尖的反复研磨下,很快成为烟灰一样的碎末。劣质烟丝和轻薄的包装纸,都很便于文景阳这个碾踏动作的轻易完成。文景阳走开两步,使劲跺了跺脚,甚至还抬起右脚,象征性地朝鞋面吹了口气儿。

文景阳那双沾着少许烟末的鞋底,正反复度量着那条走廊的长度。没有夹烟的双手插在口袋里,僵硬地进行着握拳的姿势,没用什么力气,只是在暗中简单地坚持。他的上一个动作是不经意地抬腕。在琦琦第一次体验疼痛、愤怒地大哭时,文景阳看了一下表,纯属条件反射地看了一眼。

在文景阳看表的同时,一定能听见产房里的说话声——"是个女孩"——那位男医生的声音在回答卓小锦的问话。

正是这时,文景阳丢掉了指间的烟头。文景阳的脸总是很容易分辨出喜怒哀乐。丢烟头的时候,他的脸色铁青。事实上,在琦琦出生之前,他已经在生气。她的性别更在他复杂的脸上加了一层失望。

文景阳在生卓小锦的气。琦琦来报到的这天,实际离医生估测的预产期还有一个月。卓小锦怀孕后就想去理发店把长发剪短,免得孩子出世后坐月子不方便洗头,爱清洁的她可无法容忍自己的长发一月不洗。而且,怀孕后期的卓小锦经常掉头发;还听邻居大嫂说长头发给孩子喂奶也不方便,经常扫孩子的脸会引起皮肤过敏。

但文景阳坚决不同意卓小锦剪头发。在他的概念里,头发、怀孕是两个毫不关联的词语。他当初就是被卓小锦的长发吸引才来到这里,已经习惯看见她那头美丽的长发在身边飘来荡去。所以,怀孕的卓小锦屡次想剪头发都被他以各种理由阻止了。

这天,卓小锦下了决心,要把生米做成熟饭,便趁文景阳不在家,自己去了理发店。结果是她到底还是做了顿"夹生饭":头发剪至一半的时候,扫兴的琦琦便迫不及待地想出来了。

可想而知,文景阳接到这条消息时的吃惊和气愤程度。好在他还没有慌神儿,在第一时间飞奔至理发店,并在中途雇了辆人力三轮车。

那天是星期日,卓小锦被送到医院时,妇产科只有一位男医生值班。文景阳坚持要找位女医生接生。可医院根本没理会他这个丈夫的私人意愿,更何况卓小锦的肚子可没时间配合他的面子。

文景阳心底憋了很久的无明火,终于在妇产科手术室门前被点燃了。可又似乎没什么理由愤怒,这更是他愤怒的一个主要原因。

原本以为只有自己可以看的女人,现在却被另一个男人堂而皇之地看了。何况,那个最隐秘的部位连他也还没看过。恼怒的文景阳被关在妇产科手术室外,高潮迭起的愤怒无处释放,只得使劲抽他口袋剩下的几支烟。他也根本不想进去。眼睁睁看自己的女人被另一个男人里外拨弄是他所不能容忍的。

文景阳无法向另一个男人宣泄自己的愤怒,就使劲痛恨卓小锦。恨卓小锦不听他的话,偏要自作主张去剪什么头发,完全是这件事情导致他此时的愤怒。不仅如此,文景阳更恨卓小锦杀害了他心目中那个美好的卓小锦。

10

此锦已远非彼锦矣。

卓小锦被匆匆送至医院时,头发才剪了一半,右半边脑袋优雅、整齐,左半边却杂乱不堪,这也是琦琦第一眼看到卓小锦时的模样。卓小锦这明显不对称的发式增加了她的疑惑。但最让她疑惑的还是文景阳的眼睛,不,是文景阳的眼镜。那两个镜片后面反射出来的冷冷的光马上笼罩住了她的疑惑,使她的哭声变成了抽噎。

琦琦很快就接受了卓小锦这副狼狈的样子。在孩子眼中,什么样的母亲都应该是美丽的。可卓小锦缺了她那头标志性的长发,让文景阳很难确定她就是自己深爱过的女人,就是自己的妻子。眼前这个身材臃肿、面色苍白、衣冠不整、头发杂乱的邋遢妇女,难道就是那个眼波如月、微笑如春、长发如墨的卓小锦吗?

那个卓小锦一直是优雅而讲究的,任何时间都整齐得体(他甚至从没听过她放屁)。要不,文景阳怎么会疯狂地爱上她呢?可产床上的卓小锦每一根神经都牵在她刚出生的孩子身上,哪里顾及自己的什么形象。这一刻,卓小锦只是个标准的雌性动物,护着怀中的婴儿,两眼烁烁发光,表情幸福而警惕。

完全是这个孩子破坏了卓小锦的美丽,文景阳甚至这样认为。他不欢迎琦琦的到来,也不喜欢她,似乎有了合理的原因。

文景阳一点也不习惯这个陌生的卓小锦,甚至是厌烦的。但他没理由把厌烦表现出来。所以他转而厌烦琦琦:琦琦出生以后,他甚至没有好好看过她一眼。她的偶然出现,完全破坏了他和美安逸的婚姻生活,把它破坏得一塌糊涂。

他的怨气,其实从卓小锦怀孕初期就已经潜伏下了。它像寄生在文景阳身体上的一个愤怒气囊,慢慢积聚、胀大,和寄生在卓小锦子宫内的琦琦生长速度同步。琦琦出生的时候,它也终于积到了破蒂而出的这一天。

文景阳镜片后面冷冷的眼神,带着文景阳的愤怒呼啸而至,如同一条响鞭的尾巴,轮流抽打在卓小锦和琦琦的脸上。他利用生活中可以利用的一切细节来提醒卓小锦是个罪人,提醒他对她的鄙视。响鞭不仅压住了琦琦的哭泣,也憋住了卓小锦即将喷薄而出的奶水。卓小锦本就不够丰满的乳房迅速软下去、小下去,像个漏气的皮球,瘪缩成一个纽扣大小的乳头。

即便如此,琦琦也使劲叼着那对"纽扣"拼命吮吸,然后失望地大哭。早产的她由于没有母乳可吃,经常彻夜啼哭,使卓小锦无法睡一个完整觉,成为卓小锦日后患上失眠的病因之一。

文景阳的愤怒更是无从消解,因为他钟爱的卓小锦彻底没了。以前文景阳最喜欢给卓小锦梳头,用他送她的那把黄杨木梳。乌黑凉滑的长发如水般在他手中起起落落,掀起阵阵沁人的馨香。那美好的场景说服过他很多次,包括千里迢迢来到这里,包括他无法启齿的怀疑和羞辱。

而现在的这个卓小锦不仅长发没了,连短发也开始一块块地脱落,从一分钱大小的两三块,发展到后来的十几个五分钱大小,甚至更多。刚发现时,卓小锦还以为自己得了什么绝症,浑浑噩噩、深一脚浅一脚地去医院。在那里,她才知道这种病叫斑秃,是精神压力过大造成的,也就是俗称的"鬼剃头"。

卓小锦后来都不敢数那些五分钱了,更不敢照镜子,只用黑纱巾把头裹得紧紧的,睡觉时也不去掉。这让文景阳极不习惯,更觉得身边睡着的这个女人是个陌生人。

这就是他盼望的婚姻?当然不是,但这就是文景阳现在的生活!

或许夫妻之间也像朋友一样,刚认识的时候都光光彩彩、客客气气的,时间长了,彼此熟了,都懒得再遮掩,什么毛病都暴露出来了。可差别也忒大了些,简直换了个人。生产后的卓小锦,腹部变得丑陋无比;剖腹手术留下的纵切伤疤,把她脂肪堆积的腹部一分为二,更像个屁股!

文景阳觉得自己遭了愚弄。他实在想不通他的卓小锦到哪里去了？他钟爱的那个卓小锦到底到哪里去了？自己的爱情哪里去了？

身边这个日夜裹着黑纱巾的女人，这个乳房像一对中号纽扣的女人，这个嗓音低沉嘶哑的女人，这个睡着后会磨牙放屁的女人，这个有两对屁股的女人，是谁？她是谁？自己怎么会和这样一个女人结婚？文景阳经常会为这个问题傻坐上半天，发呆，纳闷。好比在黑暗中被什么绊了一下脚，却像个睁眼瞎，什么也找不着。

他，文景阳，上海美术学院的高才生，难道就是为了这样一个女人，放弃上海，放弃美术馆的正式工作，到这个破旧的小城市当美术老师？

他文景阳千辛万苦好容易来到了爱情身边，而爱情却像沙漠里的海市蜃楼一样，只闪了一下，忽然就没了。

不，不，他还是爱卓小锦的，文景阳无数次这样对自己强调。可当爱情到了需要刻意去保留、去解释的时候，更说明它确已距他的生活渐行渐远，而且已经远到他无法企及的距离。

11

除了可疑的爱情，还有个让文景阳难于启齿的原因———一件衣服，一件男人的衣服，一件压在卓小锦衣箱底的男人衣服。那是一件对开的中式立领上衣，做工精致，盘龙的织纹，一摸就是上好的锦缎。

这是谁的？卓小锦为什么会保存它？在婚后保存至今，保存得那样隐秘。一系列的怀疑，死死纠缠住了文景阳，小虫子一样不分昼夜啃噬他的心。

为这个怀疑添油加醋的，还有一件事，就是琦琦的孕育。

他们结婚才刚两个月，卓小锦便怀孕了。日益壮大的肚子快得让卓小锦毫无思想准备，更让文景阳觉得不可思议。望着越来越肥硕、越来越笨拙的卓小锦,文景阳不由得在心里暗暗琢磨,琢磨着那简陋新房里第一个夜晚的每个细节,并在日历本上小心地做出记号,以此推算着卓小锦的肚子。

这肚子可疑的生长速度,再次把文景阳潜藏于心头的另一个问号无情地激发出来。虽然,那问号是他很不愿意深入探讨的,并多次试图把它忽略掉的。而且,文景阳几乎做到了,说服了自己相信在那个简陋的新婚之夜,卓小锦和他文景阳一样纯洁。

除了感觉,已经没有更多的证据再考证那个问号了。首先当晚没有开灯,唯一的证据——床单也被卓小锦当时就卷了泡在床下的水盆里。固然,文景阳愿意相信,卓小锦的行为完全出自女孩子初夜的紧张和羞涩。那两个月里,他也一直是这么认为的。

然而,一旦带上疑人偷斧的眼镜,卓小锦的所有行为都可以用处心积虑来形容。

在那个简陋的第一夜,没有丝毫经验的文景阳,当然没有能力、经验鉴别那条床单的真伪。事实上,那晚的他一直在为自己的表现紧张,他甚至无法判断自己到底完成了没有、在什么地方完成的。当时的文景阳很庆幸卓小锦没有开灯,让自己狼狈的表情可以得到适时的遮掩。

如果没有卓小锦肚子的意外,这两个月应该还算幸福。都是年轻人,男生加女生,在一起所有的新鲜都可以被理解成幸福。但是……

生活最怕这种"但是"的转折。就像一杯水,流动的样子很美很诱人,一旦冰冻就会带来刺骨的寒痛,甚至可能变成一件凶器。

文景阳是个性格内向的人,但并不是说他心里没数,仅仅是他不愿意把每件事情都摆出来说个明白罢了。作为一个与艺术为伍的知识分子,骨子里有种很敏感的软弱,沉默只是基本修养。

何况这一切是他当初心甘情愿、不顾一切的选择。自从在火车上见到了卓小锦,他便像飞蛾扑火般地舍弃一切,背井离乡,奔往她的方向。没想到却是这么个结果,文景阳开始痛恨那趟火车。

那不稳定的摇晃,简直像个谶语,一语道破他而今的生活时态。

父亲文景阳这几个连续的疑问句,也深深鲠在了懵懂少女卓文琦的喉咙里,还有他敏感多疑的眼神、阴郁孤行的性格、两败俱伤的行为方式。这种生活中的遗传甚至比生理的遗传更加根深蒂固。像几根扎进食道的鱼刺,上不去,下不来。

12

七岁的文琦觉得自己好老,似乎已经经历过全部的人生了。

如果可能,她真想在那个瞬间把时间绑起来钉在墙上,拒绝它。那是她刚过完七岁生日第二天,文景阳在装好行李的箱子面前,小声而快速地问卓小锦:

"看在几年夫妻的份上,希望你告诉我实话,琦琦到底是谁的孩子?"

卓小锦惊异地望着文景阳,望了足有几分钟,才迅速转回头,鄙夷地冷笑:"文景阳,你没觉得这个问题是对你自己的侮辱吗?"

文景阳没想到卓小锦会如此回答,愣了片刻,又提出那个老问题:"那你必须告诉我,箱子里的那件男人衣服到底是谁的?"

卓小锦将头扭向大门,面色平静地回答:"我早说过了一千遍了,今天再重复最后一次。那是我自己的私事,与你文景阳没有任——何——关——系!"

文景阳的喉结滚了几滚,深吸了一口气,似乎下着很大的决心,说:"这样吧,卓小锦,在一起七年多也不容易,何况还有琦琦,只要你跪下来给我发个毒誓,证明你从未背叛过我,那咱俩就什么也不说了,翻过这一篇,从今以后好好过日子。否则……"

卓小锦仿佛没听懂一样,瞪大了眼睛看他:"文景阳,你说什么?"

文景阳正回忆着自己已付出的伟大七年而深感悲壮,又重复了一遍刚才的话:"你跪下来给我发个毒誓,证明你从未背叛过我,那咱就什么也不说了,好好过日子。否则……"

卓小锦轻蔑地从鼻子里长哼一声,转身进了卧室,黑纱巾后甩出一句话:"否则你去吧!你不是早盼着这天吗?"

文景阳仰天长叹一声,似乎是终于放下了什么。他拉过角落里文琦怯怯的小手,第一次认真地望她,第一次温柔地抚摸她的头,第一次将她搂在胸前,第一次像个好朋友那样推心置腹地和她说话:"好琦琦,你也看见了,是你妈赶我走的,是她存心要拆散了这个家,结婚至今她还一直存着别的男人的衣服。后来的事就更别提了,爸爸心里真是有苦说不出。等你长大有了自己的家,有了自己的孩子,就明白爸爸的话了。爸爸完全是为了你才在这个家忍辱负重了七年,但你妈的态度让爸爸实在是忍不下去了。琦琦你一定要记住,是你妈逼我走的。不要恨爸爸,爸爸也是没办法!"

琦琦不知所措地看看卧室床角脸色惨白的卓小锦,再偷眼看看面孔铁青的文景阳,不知道发生了什么,更不知该如何是好,"哇"地哭出声来,膝盖一软,跪倒在地。她大哭着说:"爸爸,求求你,别走,别走,你别走!"

不待文景阳反应过来,卓小锦已从卧室里疯了一般冲了过来,拽起她,狠狠给了她一个耳光:"没骨气的东西,你的腿怎么这么不值钱,说跪就跪。"

琦琦仰着小脸努力睁大眼睛,但眼泪依然拼命涌出眼眶。这可是卓小锦第一次打她。卓小锦的眼泪也出来了。她强忍着,手指死死攥紧琦琦的胳膊,攥到发白,攥到发紫。

文景阳的嘴唇哆嗦不止,深锁眉头,紧闭双眼,使劲摇了摇头。然后放在桌上一张叠成两半的纸,提起行李箱,转身就向门口走。

琦琦那会儿才感觉到事情的严重性,张着嘴,连哭都忘了。直到文景阳高高的长腿经过她眼前,她才如梦初醒般地挣开卓小锦的手,死死抱住文景阳的大腿,大哭起来:"爸爸,别走!别走!爸爸,你说我哪里做错了,我改,我全改!"

文景阳摸摸她的头,摇了摇头,什么也没说,一个个掰开她的手指,推门而出。

桌上是张折叠的离婚协议书,卓小锦脸色平静地抹平它,大声喝道:"去,关上大门!"

"不!我不!我要爸爸!"

琦琦哭喊着追出门去,却怎么也追不上爸爸。望着文景阳因提着行李而极度倾斜的背影,她多么希望爸爸能回头再看她一眼,哪怕最后一眼。可爸爸的背影却和他嘴角那缕消散的烟雾一同在空气中变得越来越淡,越来越淡……

一大群灰色的鸽子,从她眼前扑簌簌地飞过去,又飞回来,在她头顶的天空盘旋不止。绵延不绝的鸽哨声刺得她耳朵生疼。她无力地挥手,想赶它们走。但它们反而愈飞愈近,愈飞愈近,有几只干脆直接俯冲下来,啄她的头发,啄她的眼睛……她眼前一黑,软软地倒在爸爸刚踩过的台阶上。

13

小学开学前,卓小锦去派出所把文琦的名字前面加上了自己的姓。

七岁的卓文琦开始恨卓小锦。

七岁的她眼神不再清纯,仿佛里面长了颗钉子。

真没想到一个七岁孩子的恨,能量居然那么大。从那天开始,卓文琦就没有再喊过卓小锦"妈妈",倔强地隐藏自己的愤怒。不仅如此,这个瘦弱的七岁女孩,似乎得了失语症,见了谁都紧绷着嘴。卓小锦一度以为她的发音系统出了毛病,辗转几家医院。医生只说这个孩子有些自闭,也检查不出什么别的原因来。

只有卓文琦自己知晓自己的问题:她不敢张嘴,她怕一张嘴就会跑出个天大的秘密。听说时间是速效解毒药,她希望是这样。有些秘密,只有真正决定泄露给时间,人才能守口如瓶,绝不心怀鬼胎、试图出卖。

由于那些秘密,她对父亲的思念变得理直气壮起来。她已在心底原谅了父亲无数次,也无数次地梦见过父亲突然回来了,带着从上海给她买的漂亮裙子,还有很多大白兔奶糖。她还梦见一家三口围着餐桌吃晚饭,桌子中央摆放着冒着热气的汤盆,那可是父亲最拿手的罗宋汤……

可是很快,火柴熄灭了,美好的三口之家消失了。她和那个卖火柴的小女孩一起,瑟缩在墙壁一角,再次陷入无边的寒冷和黑暗。

有一次,趁着母亲出差,卓文琦翻箱倒柜,本想找找是否藏有父亲的地址,却无意中发现了那件秘密中的男人衣服。只犹豫了一秒钟,她便抄起剪刀冲向它。几剪子下去,她的心里痛快极了,似乎把那个秘密剪破了。

又过了一段时间,母亲大声喝问她有没有动过她的箱子。望着母亲受伤的表情,卓文琦在心里得意地笑,却一如既往地不说话。她很想飞到上海去告诉父亲,那个秘密已经被她破坏掉,父亲可以回来了。

母亲面对沉默的她,扬了扬手臂,又恨恨地放下了:"没想到你的血管里流淌的全是文景阳的血!"

卓文琦却为这句话感到极大的安慰,原来自己身上流淌的全是父亲的血,她放心了。

她多么希望母亲卓小锦去把父亲找回来,如父亲希望的那样谦卑顺从,把那些隐着秘密的疙瘩一个个解开、捋顺,再还原成她所希望的正常生活。但是,她失望透了。母亲卓小锦不允许任何人提起父亲的名字,偶尔有封寄自上海的来信,也被她毫不犹豫地烧掉了。

母亲的手烧掉了卓文琦唯一的梦想。

如果一个人夺走了你的父亲,破坏了你的家,你该不该恨她?

卓文琦是个善良的孩子,她对一棵草、一朵花、一个七星瓢虫都那么好,看见一只无家可归的流浪狗都会掉眼泪,碰掉一片小树的叶子都要替小树疼,怎么能说她不是个善良的孩子呢?这个善良的孩子只会用善良来解决她的问题。

有些人在生活中有洁癖的毛病,不太脏的东西也要反复地洗,使劲地搓。但卓文琦是情感上的洁癖,如果受到沾染,连洗都不想洗,决绝地选择毁灭。

那天以后,卓文琦严格地隔离卓小锦。比如,卓文琦要求她的衣物必须单独洗,从不在卓小锦的视线以内换衣服,也绝不许卓小锦用她的脸盆或者澡盆。当然,她更不会碰触卓小锦的身体,坚决不碰。如果条件允许,她是不会和卓小锦共睡一张床的。但这个房间很不善解人意,只够摆下一张床。所以,卓文琦每晚的睡姿都像日本艺伎那般一丝不苟,被筒卷得紧紧的,辫子第二天起床时甚至都不用重新梳。

早熟的卓文琦,人生中平白无故就少了一段关于少年、关于母爱温暖的记忆,当然更没有父爱。那个瘦高男人的身影从那天起,便永远消失了。

没了父亲的家,像缺了招牌的商店,什么都是齐的,就是热闹不起来。即便那是块冷冰冰的招牌,即便只是个名号,一旦没了,每日的开张都变得不那么名正言顺。

从那时开始,卓文琦觉得一生中所有的开始都是莫名其妙的、暧昧的,像外婆老屋墙壁上的水渍,带着浑浊的暗淡,隐着过去的咸潮。

外婆,最爱的外婆,如果没有她的爱,卓文琦想她一定会在七岁那年忧郁而死,或者根本活不到七岁。

外婆卓云,是典型的南方美人。即使在她迟暮的五十多岁,也依然腰板挺直、皮肤白皙、风姿绰约。溜滑的头发在耳后挽一个精致的圆发髻,不见一根白发。慈祥的外婆眼中从来没有过去,也没有自己,只有琦琦。她对琦琦的爱是那种毫无原则的宽容,没有底线的奉献,丝毫不会因琦琦是谁而发生任何变化。失语的琦琦显得柔弱又多愁善感,那双忧郁的大眼睛总是被浓长的睫毛遮着一半。她总是怯生生地躲着,躲着身外的嘈杂,躲着卓小锦。

卓小锦却不是那种柔弱的角色。虽然清夜扪心之时,也不禁潸然泪下,但她很快便坚强起来,并且美丽起来。斑秃在文景阳离去之后,竟然不治而愈,新长出的头发比以前还黑还亮,身材也随着工作的忙碌恢复到生育以前的尺寸。除了多出个琦琦,她和以前的卓小锦几乎没有改变。

不,卓小锦只是在肉体表面上没有任何改变,文景阳的离去早已宣告了她爱情的死亡。事实上,她已死过两次了,七年的冷暴力婚姻是"医学上心脏死亡",离婚则是"法律上脑干死亡"。与不死不活的植物婚姻相比,这样的死亡也算解脱。

多少次,她都希望文景阳与自己大吵一架,因为只有那时他的声音才是针对她的。可文景阳内向阴郁的性格,偏偏决定了他从不泄露内心的真实想法。

卓小锦虽目光如炬,但生活忌讳太透彻。即使她早已觉察到文景阳一直在悄悄地与上海的女同学频繁通信,不仅借着屡次去探亲的时机将调往上海的工作安排妥当,还在暗中做着很多回上海的经济准备——她偶然发现文景阳每月都偷藏一些生活费在他那个上锁的小皮箱内,但她还是和文景阳一样沉默着。很多话,直抒胸臆都不是最恰当的表达方式。琦琦的出生,让她不得不学会隐藏,学会在黑白之间的灰色地带小心立足。

但她的隐忍、她的坚持,显然是螳臂当车。

还是伤了。尤其是琦琦。卓小锦从看见那件剪破的衣服她就知道琦琦的心思太重,不像七岁的孩子。为了琦琦,她不是委屈不得,但有些东西就是不能碰触、不能放大的,一旦动过就再也找不回原有的平衡。她总是想:等琦琦长大了,明白了是非曲直,自己就会有取舍。

长大,长大,卓文琦也在等着长大。

都说人在童年走走弯路未必是坏事,但童年的阴影也会笼罩人的一生。偏执的母亲和突然消失的父亲,都成为捆束卓文琦的无形绳索。她所有的努力和奋斗,都只是为了挣脱他们。

逃得远些,再远些。

14

那秋夜的短短六小时,已把卓文琦的生活完整切割成两个半球。

成长虽有遗憾,但并无太多悬念。与母亲的明争暗斗,反倒养成了她埋首书卷中的习惯,并且受益匪浅;为了躲避母亲,她常常独自决策、行动,虽然有些冒险,却让她有了面对社会的勇气和经验;为了逃离母亲的控制,她远离出生的小城,找到了更大的舞台和更广阔的视野。这些,不能说不是远离母亲的"副作用"。

少女卓文琦虽然敏感内向,但长相乖巧可爱,亦有苦学精神配合一贯受老师赞许的天分,所以重点初中直升重点高中,又成功考入了心仪的重点大学学习国际金融专业。

整个大学四年,卓文琦让自己忙得像一只陀螺,四处选修科目以赚取令同学吃惊的学分,还身兼两份家教来供养自己。毕业那年,在不少同学埋头主攻英语为出国做准备时,她却主动参与学校组织的公益活动,如愿以偿得到了毕业的优异评语和一份含金量颇高的推荐信,直接分配到让同学艳羡的国际投资公司。

卓文琦这才缓下一口气来。行走在都市熙熙攘攘的大街上,享受着陌生的自由。没有人认识她,没有人知晓她的历史,这份孤独和寂寞,给了她极大的安全感。灰鸽子再也找不到她了,这座新鲜城市的天空飞舞的全是色彩斑斓的蝴蝶。望着那些绚丽快乐的小精灵,她总是在心里问道:当毛毛虫从茧中费力挣扎出脑袋时,知道自己已是美丽的蝴蝶吗?

不。卓文琦想毛毛虫一定不知道,它一定以为自己还是那只丑陋的毛毛虫。儿时那种丑陋的记忆根深蒂固。

母亲卓小锦也终于缓了一口气。优秀的女儿终于在大都市有了立锥之地,还孝顺懂事,月月寄钱回来,让她深觉安慰。但母亲卓小锦恐怕永远不会知道,卓文琦对自己的人生规划如此缜密稳妥、步步为营,其实都是为了一个目的——离开家,远远地离开她。

在大学里,卓文琦是有名的冷美人。冷静礼貌的她,表面看从不拒绝任何追求的男生,但没有一人能再走远一步。她从不泄露心底的恐惧,但笼罩在头顶的灰鸽子挥之不去,迫使她根本无法相信任何异性,无法进入任何爱情。

左佑,这个计划外的"凤凰男",却用他不顾一切的执着,坚持"抗战"五年,终于成了扑入卓文琦情感生活里的第一个浪头。

"凤凰男"指的是家在农村考入城市的男生,所谓"鸡窝里飞出个金凤凰"。不妨换个更诗意的名字:鱼化龙。它取自民间鲤鱼跳龙门的传说——鲤鱼千辛万苦终于跃上了龙门,刚跃出头,鱼头已经变成了龙头,下面却仍是鱼身,这个瞬间的精彩就是鱼化龙。

左佑除了俊朗的外形外,还有出众的才华。可那龙头下变了一半的鱼身,正是他尚待解决的大问题,也就是所谓的"一头沉"。左佑是他们左家庄方圆百里唯一一位考进大学并留在城市的大学生,也是他们的骄傲。家里老少十来口子人,也都等着跃出龙门的左佑来改变他们集体的命运。

这正是卓小锦竭力反对左佑的理由。女儿好不容易在大城市站住脚跟,不晓得用婚姻帮自己锦上添花,却偏要去左佑家雪中送炭,把后半生都奉献给那个穷得七窟窿八透气的左家。卓小锦又怎么能眼睁睁地看着女儿往火坑里跳?

卓文琦可不认为那是火坑。一向寡言的她,唯独在这件事情上伶牙俐齿,寸步不让,一副"不过是通知你一声"的模样。她还不吝美言地在外婆卓云面前细说左佑的忠诚、执着,爱情的伟大,对美好婚姻的向往。

外婆卓云一向疼爱琦琦,劝卓小锦放手作罢。"儿大不由娘。你当年不也一样?"卓云淡淡地说。

是的,她当年也是一样,为了那个火车上的上海男人奋不顾身。卓小锦当然知道爱情是什么,也当然知道爱情在婚姻生活中的软弱无能。到了眼下知天命的岁数,她才明白卓云当年劝自己找个"门当户对"的深意。

卓小锦表面不再反对，内心却一直有股按捺不住的不安。几个月后，当她终于不惜时间、不惜成本去证实了这个不安时，竟为自己的未卜先知感到一丝兴奋。

15

贸然接到母亲的电话，卓文琦吓了一跳，更被电话中的内容吓了一跳。对于母亲的话，卓文琦理所当然地怀疑：千里之外的母亲怎么会在自己的办公室楼下？而且怎么可能如此了解左佑的行踪？她了解左佑，他不该是那样的人。

可卓小锦如此言之凿凿，她又不得不面对。

当电梯下落的时候，卓文琦的心是倦累的。她远远看见在大厅等候的卓小锦衣着简约时尚，甚至还像影星般戴了副遮住半张脸的大墨镜。卓文琦一时无言，想不出母亲卓小锦这段时间都在忙些什么。

卓小锦已经定了辆出租车在门外等候，看到卓文琦便拉开车门，告诉司机行车路线，一副志在必得的表情。车窗外的雨越下越大，卓文琦的泪也下来了。卓小锦神情忧虑而镇定，双手紧握住卓文琦的肩膀，用力压了压："琦琦，有妈妈在，你不要害怕，不要给他机会欺骗你，一会儿见面时，千万别心软！事实胜于雄辩！"

七岁以后，卓文琦从未和卓小锦如此亲密过，恍惚间，竟有些感动。

到了恺撒酒店七楼的电梯口，卓文琦却犹豫了。"七"，又是"七"，这个数字真是她生命中的谶语。卓小锦拽拉着她的胳膊快步来到走廊尽头的房间前，敲响了门。

门开了！

卓文琦睁开眼睛，看到的情景竟真如母亲所言：左佑就在这里，身后的房间站了一位成熟雅致的女人，穿了件雪白的真丝睡袍，床上满是散落的衣物。

卓小锦快快塞进卓文琦手里一把雨伞,狠狠推搡她近前:"去,快去,去打死这个不要脸的臭男人!"

母亲发出的刺耳的声音在她的脑子里盘旋回荡。卓文琦惊诧地回头,看见那双眼里的疯狂一如七岁记忆中的那般决绝,就像是曾有的屈辱历历在目,一样疼,一样恨。

一瞬间,卓文琦发觉心底翻涌起些许厌恶。母亲近乎残忍地揭穿左佑的背叛,仍是在继续当年与父亲文景阳的战争。这么多年,她还是放不下对他的恨。不仅如此,她还要在女儿的血脉中栽种自己的恨。

但她却没想过卓文琦的心里会怎样疼!

左佑惊诧地迈前一步:"小琦,你怎么会在这里?"

七岁的绝望无助、母亲尖利的嗓音、左佑慌乱的神情,从四面八方张牙舞爪地扑向卓文琦,压得她透不过气来、近乎崩溃。又来了,铺天盖地的灰鸽子,落满她的头,啄她的眼,尖利的脚爪刺入她的头皮……她不顾一切地挥舞着手臂,想要撕扯开这些兵临城下的羞辱与恐惧。

一声惨叫在混乱中闪出,周围的一切瞬间安静下来。

卓文琦睁开眼睛,视线中铺满了左佑染着血的脸。她惯性地扑上前去,却发现手中还有把母亲塞给她的雨伞:"左佑,你怎么了?左佑?"

卓小锦猛地拽住她,冷冷地说:"叫什么,这是他罪有应得!"

左佑抹了把脸上的血,拼力抢过卓文琦,使劲摇晃她的肩膀:"小琦,小琦,你疯了吗?怎么会这样?这是我刚从澳洲回国的表姐莉莎呀。"

母亲愣住了!

卓文琦愣住了!

莉莎表姐整理了一下头发,优雅地伸出手来:"小琦,你好!我刚下飞机不久,还没收拾好行李,左佑就来了,很抱歉造成你们的误会。"

卓文琦下意识地握了握莉莎递来的手,羞惭地低下头。莉莎表姐仔细察看左佑脸上的伤口,原来是被卓文琦手中的雨伞刮伤了额头。虽是皮外伤,但血流了不少,还是需要去医院消毒包扎。

左佑按下七楼的电梯按钮,卓文琦这才想起母亲卓小锦,四顾一看,已找不到她的身影。

算了吧,卓文琦闭起眼睛。她也害怕再找到她。

16

莉莎表姐的误会过后,左佑和卓文琦重修旧好,但还是被划上了深深的一道。尤其是左佑,热情度锐减,再加上莉莎表姐已答应帮他办自费留学,业余时间多数花在了英语口语的学习上。

卓文琦的心头也有道道,虽然上次的误会是她不对,可她已真诚地道了歉,还买了套昂贵的化妆品送给莉莎表姐赔罪,并不惜与母亲决裂。她不明白左佑为什么还总把那件事挂在嘴上。还有,他已为出国准备了这么长时间,却一句没提过对她未来的打算,不管怎样的结局,总该有个交代吧?

人,真是微妙,一不小心为了爱情而疯狂,就彻底改变了一个人的命运,或者决定了另一个人的命运,总有些身不由己,有些迫不得已。但看似山盟海誓、无比坚固的爱情,其实经不起这么一道又一道地划,划不上几道就见底儿了。

卓文琦还是心存不甘,六年了,难道就这么不疼不痒地算了?她动起了小女人的心眼,偷偷停了避孕药。

所有的武器都有两面性,非伤人,即伤己。

结婚的最后一根稻草,由于宫外孕的意外,最终变成了分手的最后一根稻草,还搭上了左侧的输卵管。但左佑的出国丝毫没有被这次意外阻碍,顺利拿到签证,如期飞往澳洲——莉莎表姐已经帮他办好了一切手续。

这是卓文琦最亏本的一次失败投资,也是唯一的一次。

后来,她在证券投资中屡战屡胜,还得归功于这次前车之鉴——教她学会了割肉止损。

后来的后来,卓文琦才从左佑的旧同事口中得知,左佑和莉莎表姐的关系并没那么简单,而且她也根本不是左佑所谓的远房表姐,而是一个朋友的前妻。

看来,母亲卓小锦当年的预感是正确的。凤凰男为了变成凤凰,确实会不择手段。

这个本应使卓文琦愤怒的背景消息,迟到了这么久,竟变得像个笑话了。

与母亲卓小锦的关系,却并没有因为这条迟到了很久的消息解冻。那次恺撒酒店一别,她与母亲的联系除了每月固定的汇款单,只剩下通过外婆卓云传达彼此的消息了。

不过,卓文琦对外婆从来是报喜不报忧的。思来想去,她还是决定暂时隐瞒生孩子的消息。可又担心这么久不回去,外婆和母亲会起疑心,便打电话给外婆扯了个谎,说单位要派她出国进修,恐怕很长时间无法回家了。

17

预产期已经近在眼前,卓文琦准备提前去住院,毕竟不年轻了,还是小心为好。没想到医院床位还挺紧张,等了一周才等到病房。刚住进的第二天,肚子就开始了宫缩反应。

那一夜,她怎么也睡不踏实,总觉得有种说不出来的腰酸背痛。凌晨一点半左右,一直半睡半醒的她忽然觉得有一股热流从下边涌出——羊水破了。

卓文琦小心翼翼地躺在床上,感觉羊水一点点地往外涌,心里真的很害怕,不知道羊水会不会流完,若是流完了会不会危及孩子。医生检查后说不用紧张,这是临产的先兆。胎心监护一小时准时做一次,她还没睡着便又被弄醒,躺在床上又不敢乱翻身,浑身的骨头都在抗议、叫嚷,难挨极了。

规律性宫缩又开始了,小腹处一阵紧似一阵的疼,三至五分钟疼一次。卓文琦蜷缩在床上,脑子里什么意识都没有,只是真切地感受着小腹处的疼痛,简直是痛不欲生。在卓文琦心里,以前一直认为生孩子是件很自然的事情,别的女人能够做到,她当然也能做到。但她对这个过程的痛苦程度,显然是被远远低估了。好比大战之前,盲目轻敌,真打起来,就感觉手足无措、阵脚大乱了。

每一次阵痛如山崩般汹涌而至,她只好不停地用产前母婴课堂上学的呼吸大法——哧哧呼、呼哧哧,可是一点改善作用也没有,依旧疼得死去活来。每一分钟都有一年那么久远,她已接近崩溃的边缘。

此刻她才知道,原来有种疼痛真的无法忍受!

上午九点左右,卓文琦好不容易挨到了宫开两指,被护士推到了待产室。孤零零地待在待产室里,她忽然感到非常无助。别的产妇都有丈夫和父母呵护左右,而自己却孤身一人,只有雇来的月嫂照顾起居。一种心灵上的孤独痛彻骨髓,再加上频繁的宫缩,她已疼得浑身发抖,倒在床上蜷成一团,任凭疼痛撕扯着自己全身的每一块肌肉,不由自主地发出痛苦的呻吟声。

每一秒钟都在煎熬中度过。疼痛如海啸一般,一波一波涌来,势不可当,无从逃避。痛起来时,每根骨头、每根神经都被撕扯到极限,仿佛体内有千万个小伤口在流血。大滴大滴的汗珠一会儿就把她的衣服浸透了。

医生来做胎心监护,卓文琦趁宫缩的间歇,虚弱地请求医生为她做无痛分娩,医生却说麻醉师正在另一个产房里抢救产妇,这会儿来不了。这个回答尽管让她失望,但毕竟还有希望,于是等待这个麻醉师,便成了此刻支撑她的唯一的精神支柱。卓文琦还走神地想起了贝克特的话剧《等待戈多》,就算等待的是一个虚无缥缈的东西,但等待本身这时却是很有功能的,削弱了不少阵痛的能量。

当卓文琦再次请求无痛分娩时,医生告诉她,如果宫口开得很大了,无痛分娩就没有什么意义了。她仍很坚决地说:"那也要用!"

蜷缩在床上的卓文琦,心灰意冷到了极致。疼痛来临的时候也不再抱有任何希望了。她开始感觉浑身发冷,意识也好像模糊起来了。疼痛越来越无法忍受,每宫缩一次,她都疼得在床上蜷成一团,还不好意思大声叫喊,只能压抑地呻吟着。

这时麻醉师才赶来,在她后背上脊椎的位置扎了两针,这就是所谓的无痛分娩了。医生过来检查,说她已经宫开十指了。此刻,这"无痛"已完全是雨后送伞了,只产生了点心理上的安慰。

接下来进了产房,才开始真正意义上的分娩。卓文琦气喘吁吁爬上产床,终于明白为什么小时候看的革命电影里的叛徒全是普志高一样的男人了,因为女人经历过生孩子的痛苦后,严刑拷打根本不算什么了。

接生的医生只告诉她一句话:"宫缩时像排大便一样使劲。"剩下的就全靠自己领悟了。进产房前还知道宫缩是什么感觉,这时已疼做一团,根本分不清什么时候是宫缩,怎么也无法将宫缩和使劲两件事情协调起来。有时节奏找对了,劲儿又使得不对,眼看着都能看见孩子的头了,就是生不出来,心里真是万分着急。也不知经历了多少次尝试,也不知使了多少次劲,整个人已经累得快虚脱了。

朦胧中听医生说,孩子的胎心已经有些慢了,如果超过两个小时还生不出来,就真要采取措施用产钳夹出来了。这句话刺激了卓文琦,做母亲的责任感油然而生:已经到这个地步了,一定不能让孩子被夹出来!也不知从哪儿来的智慧和勇气,在下一次宫缩的时候,攒足了全身的力气向下使劲……

啼哭声突然响起,孩子终于生出来了!而这时距她进产房已经过去了一小时五十分钟,好险啊!

孩子还在"哇哇"大哭。这世界上最美妙的哭声犹如神谕,将雪白冰凉的产房瞬间改变得天清地朗。疼痛早已消失得无影无踪,仿佛从来都没有过似的。卓文琦的眼眶溢满幸福的热泪,颇有一种重见天日、脱胎换骨的感觉!

至于医生说下部有轻微撕裂,需要缝针,还有保留脐带血的手续等之类的话,卓文琦已经丝毫不关心了。她所有的心思都在眼前这个可爱得让她有些窒息的孩子身上。

真是个男孩啊!感谢上帝!

他被裹在襁褓里,好像睡着了,但眼睛似乎又睁着。卓文琦满怀幸福地看着他,这就是自己怀胎十月的作品了!与他目光相遇的那一刻,她早已忘了过去的十几个小时里经历的担忧、恐惧和疼痛,心里只想着今生今世、永远永远也不和他分离!

18

他真像他啊!

卓文琦仔细端详着怀中襁褓内红茸茸的小脸,一种奇妙的感觉油然而生——这就是个"人"了!只用了不到十个月的时间,一棵树都来不及长满一圈年轮,身边的世界竟已多出了一个"人"!

从酝酿、策划,包括每个细节缜密精准的考量,到付诸实施的勇气加耐心,包括对周遭所有压力与桎梏的欣然承担,一切被定格的瞬间全部给养在这个婴孩的血肉里。终于,生长出一个新崭崭的"他"来!

这个他,完完全全属于她,想怎么看就怎么看,想看多久就看多久。而那个他,若看见这个和自己一模一样的儿子,将会作何反应呢?卓文琦闭上眼睛,猜度着他可能的各种表情。

手里的襁褓动了动,他醒了!微肿的眼皮似睁非睁,只把小嘴儿大张着,左右扭转着小脑袋,像只嗷嗷待哺的雏鸟,纤弱得令人怜悯。

假如一颗卵子没有在乍寒还暖的秋夜孕熟;假如没有一颗精子顺利将它俘虏,而是像沉默的大多数那般铩羽而归;假如它们没有联手占领住她温暖的子宫,并且在混沌的寂寞里坚守过迷茫的三季……怀里的这个"他"又将会在哪里呢?

卓文琦仍然清晰地记得他住在自己腹中的日子，记得那些小心翼翼又充满期盼的分钟和小时；感觉他在肚子里一点点地安然成长；感觉他在清澈的羊水中快乐遨游；渐渐地发现他不老实的胎动，那么明显、有力，几乎在肚皮表面就能判断出他的动作。当时她就预感应该是个男孩，因为他如此好动、生机勃勃。

直到被推进雪白的分娩室，直到恍惚看见他那紫红的小身体被倒吊着拽出子宫，直到听见他洪亮的哭声，直到医生将他尚未擦净血的小身体放在她胸前，直到他的小嘴巴毫不客气地对着她的乳头开始吸吮——用足了气力狠命地吸——开始为了生存而努力，她才明白这个小小的却执拗的生命，已在此时、此地与她歃血为盟，成为她今生至爱的亲人。

拿根手指轻触他的嘴角，他慌忙张口去寻，看来小家伙是饿了。卓文琦赶紧将哺乳胸衣解开，深褐色的乳头已经溢出了一层淡黄的奶汁，这宝贵的初乳可不能浪费分毫。她小心地把乳头塞进那张小嘴巴里，却几次都没有成功，不等他叼住就掉了出来。小家伙尝到了奶香却怎么也吃不进嘴，急得小脸通红，小身子硬挺着，小脑袋拱来拱去，两只小拳头攥得紧紧的，嘴巴一撇，大哭起来。

稠稠的奶汁淌得衣服都湿了，她也躁出了满身汗，却还是无法让他含稳乳头——他愈哭愈塞不进口里。月嫂刘姐闻声赶到，一边轻言柔语安慰他，一边帮她调整好一个舒适的哺乳姿势。他终于止住哭声，叼稳了乳头，在吸到奶汁的瞬间放弃了所有的警惕，安静下来，用晶亮、清澈、诚惶诚恐的黑眼珠专注地望着她，小脸蛋一凸一凹的，嘴唇咂得啪啪作响，吮吸得可带劲了。

看来，需要她和他学习的技术太多了。卓文琦在心里默念道：加油啊，加油啊！妈妈的宝贝，多吃点，快点长大，妈妈真的好爱好爱你！

但这些嘴边的词，卓文琦却无论如何也说不出口。尤其是"妈妈"这个词，已在喉头深处隐忍多年，接近陌生。她无法想象母亲卓小锦知道这孩子后会怎么想，也不想知道。她已被这个小婴孩彻底俘虏、吞没。是这个小婴孩让她长满杂草的内心变得温润柔软，让她曾经狂野的心惾定在此处落发为尼。

是的，正是这个小婴孩，让她支离破碎的世界变得完整，让她一点儿都不后悔来到这个世界。

有了他，她崭新的生命已经开张！

奶汁充盈的乳房如同发酵的馒头，膨胀了一倍多。乳头涨得硬挺挺的，结结实实的翘着，被他柔软的小嘴儿紧裹，只要被用力一吸，奶汁们就奔涌而出，她的身体也随之松懈下来。小家伙吃得高兴极了，闭着眼睛，翕动着小鼻孔，陶醉在清甜醇香的美餐中。听着他急促的呼吸和吞咽声，感觉到那条软软的小舌头一动一动地舔裹着乳头，再瞧瞧他吃奶时那特安心特舒服的小模样儿，卓文琦深觉全身每处毛孔都如同春日的叶瓣，展着懒腰，扯肝扯肺地暖和！

他的每一点儿分量都来自我的身体、我的乳汁！卓文琦心中充满自豪和满足。这世界上从没有一个人像这个孩子如此需要她、依恋她。这哺乳的快感、被完全依赖的信任，只有亲为人母时才能享受到！

过没多久，他又没了动静。一看，原来他又睡着了。刚从子宫混沌黑暗的环境中出来，傻小子单纯的生物钟除了吃奶就是睡觉。卓文琦想把他放在小婴儿床里睡，可他就是噙着乳头不肯松口，贪婪地体味妈妈怀里的温暖。越拔他越含得紧，小脸向前努着，嘴巴一动一动的，似乎在告诉妈妈："别打扰我，还吃着呢！"

狡猾的小东西，才到人世居然已经晓得伪装了。

卓文琦微笑着轻点一下他的小额头，还是狠狠心，慢慢将乳头抽离。育儿书上讲过，不能让宝宝养成含着乳头睡觉的习惯，这样对牙龈的生长不好。

这个热热软软的小人儿，毫不设防地紧偎在她的怀中。粉红的小嘴唇微张着，像朵清晨初绽的牵牛花儿，嘴角还挂着一滴白色的奶珠。微合的长睫毛舒平顺展，呼吸均匀和煦，安详恬淡的小脸儿上分明流露着满足。她以前从没想到一个婴孩的小身体会这般香！伴随他的呼吸、他的动作,通体发散出的袅袅的乳香,甜丝丝的,油绵绵的,肉乎乎的,直沁心脾!

像什么呢?像清明雨前掐下的嫩茶叶尖、垛满新麦的打谷场、新熟的荔枝果园,还是像晨雾中静卧莲叶的露珠?抑或像悬崖边守望千年的灵芝仙草、不食烟火的深谷百合,还有维多利亚丛林中的野山葡萄。

罢了,罢了!她的想象力举手投降了。婴孩独有的那种天然体香,世间俗物根本无从比拟。卓文琦深深地嗅进去,嗅进去,怎么嗅也嗅不够,好半天还舍不得将他放下。

他身上那种飘忽尘事身外的香,宛若流淌于空气中的时间机器,足以将凡夫俗子瞬间剥茧抽丝,拔离喧嚣,倾空五脏六腑,游走灵虚幽冥,追寻最纯真的生命记忆。

这就是她的血、她的骨肉了!

卓文琦不由得湿了眼眶,俯身轻吻他那粉雕玉琢的小脸蛋儿。柔糯细嫩的质感溢满齿唇,总让她忍俊不禁想咬上一口。那近乎透明的小耳垂儿丝绸般水滑,绒绒的胎毛柔若暖风,藕节儿样瓷白的小胳膊旋着可爱的肉线线儿,柔若无骨的小手掌似精玉温润透明,青蓝色的毛细血管清晰可见,鲜贝般的小脚丫儿晶莹剔透,整个简直就是件巧夺天工的艺术品!

真的是她的孩子啊!如天使降临她身边,披带一身阳光遮挡不住的光辉,给予她幸福到极致的宁静……

日子因生而活,这般让人热爱。卓文琦忽然想到电视里的一句广告词:"做女人挺好!"原来只知道好,却不曾想真的竟这么好!怀胎十月的艰辛、生产时要命的痛楚荡然无存了。

女人,只有女人,才能亲身体验这种母性原始饱满的成就感,才能决定一条生命最终的去与留。至今,一些少数民族部落依然保持着母系氏族社会的文化和传统——"但知其母,不知其父"。原来母亲的子宫是女娲补天遗落的五色土,能制造出一个又一个活生生的"人"!

是做梦了吗?小小的他在卓文琦的怀抱中微笑了,右嘴角还有个若隐若现的小酒窝儿。那宣纸般纤薄无瑕的皮肤下,高速分裂的细胞内裹挟着他的脱氧核糖核酸正一天一天地变成他。

19

这个婴儿如同一个容量无限的 U 盘,同步刻录着卓文琦的日月。

半年的时间,都被重复的每天分解了。从早晨卓青宝贝一睁开眼,就开始了吃和拉的循环,这就是卓文琦生活的全部节奏。除了偶尔看看几支长线股票的行情,从前的投资生意全部停了下来。百炼钢的金领美女彻底变成了绕指柔的单亲妈妈,眼神温柔、沉稳、干练。

沉浸在幸福中的卓文琦,心思全在一天天长大的卓青身上,完全忽略了正在一天天老去的外婆卓云和母亲卓小锦,也忘记了自己说的那个出国进修的谎言,直至接到外婆的长途电话。

她当时正在用小勺子给卓青刮香蕉糊糊吃,听到外婆的声音特别高兴,光顾着说话,一时忘了卓青的小嘴巴还在怀里嗷嗷等待。小卓青刚尝到香蕉的滋味,正吃得高兴,妈妈却突然不给喂了,急得大哭起来。卓文琦忙站起身来左右摇晃着手臂,卓青却越哭越凶,怎么哄也哄不住。无奈,卓文琦只得对外婆说抱歉,稍后给家里打回去。外婆什么也没多问,善解人意地挂了电话。

卓文琦心里清楚,卓青的事情瞒不住了。阳光穿过百叶窗,在桌上洒下一道道白色的光,宛如一张纸笺,而她却不知该在上面留下些什么。

岁月无痕,外婆今年已经八十岁了。卓文琦想想便觉得这个数字可怕,若按此参照,自己仍有四十五年的时间需要度过,卓青将还有七十九年的时间。那将是多么漫长的岁月啊!

生命其实也像一张信用卡,总有刷完的一刻,只是不知晓上帝为每个人储存了多长的时间。

回想外婆的一生，卓文琦的记忆总是出现断档。外婆的前半生在她脑海竟毫无印象，留存的所有记忆都是外婆对她的好。是外婆那一点一滴的爱的积累，才让年幼的她相信世界上真的有幸福这东西。

　　印象中的外婆总是一身素色，最常穿的是两件水蓝色的改良旗袍。所谓改良，就是把旗袍的下摆剪到了大衫的长度，因为那年月根本无人敢穿什么旗袍。外婆信佛，手中的佛珠从不离手。长大后的卓文琦总是想，外婆的前半生一定是个传奇。这个经历了绚丽年华和甜蜜憧憬的婉丽女子，经过了千帆苦楚而选择了如今平淡的生活，却依然保持着淡淡的笑容和美好的心境，她该有过怎样的人生呢？

　　当父母没完没了地吵闹冷战时，小小年纪的她日日生活在恐慌、担忧的氛围中，经常吓得躲在外婆的怀里号啕大哭，小小的身躯在恐惧、绝望与无助中瑟瑟发抖。外婆便会搂着她讲很多好听的故事：牛郎织女、灰姑娘、青蛙王子、豌豆公主等，结局大都是"从此王子和公主幸福地生活在一起……"。

　　事实上，她是在外婆的疼爱与呵护下慢慢长大的，而不是母亲的疼爱与呵护。外婆总是舍不得吃一点儿好东西，既使一个糖果、一个鸡蛋，她都是藏了又藏，放了又放，留给不懂事的她吃了，还总是骗她说："外婆在琦琦不在家时已经吃过了，这是给琦琦留的。"

　　到现在她都能依稀闻见外婆做的锅贴苞米面饼子那种香味。火烧得旺旺的，锅里的水哗哗地翻滚着，升腾的水蒸气，一缕缕像雾样在外婆的脸前飘动。金黄的苞米面在外婆手中团成饼子的形状，然后往热锅上一贴，新鲜的香味扑面而来。饼子熟透了，再蘸上外婆晒的黄豆酱，配着青椒和大葱，这便是她永生难忘的人间美味。

　　外婆酷爱花草。每到春天，不大的空间，便会被她摆弄出满园春色。窗前是牵牛花，顺着墙壁一路吹着粉的、白的、紫色的喇叭，高高低低一路攀缘至屋檐，煞是好看。还有几盆是指甲花，每到花开时，外婆专挑那最鲜艳的花瓣，捣碎后加一点明矾，包在她的小指甲上。一夜过后,那美丽的颜色便留在了她小小的手指上。

还有院子里那棵高高的柿子树,每到秋天,就早早挂上了一个个红灯笼般的柿子,在树上摇曳着,让她垂涎。那时,她总会迫不及待地催促外婆去摘柿子,外婆拗不过她便会挑几个上色好的摘下来。这刚摘下来的柿子看着外皮红红的,却只有八分熟,很涩嘴,不能马上吃。外婆找来腌菜用的坛子,铺一层稻草灰再摆上柿子,中间夹几个山楂,然后将坛口封紧。隔上两三天,再打开坛口,只见里面熟透的柿子个个饱满、红润,香甜之气扑鼻而来,轻轻拿出一个来,咬个小口,软滑如蜜,回味悠长。

一个个贫穷而落寞的日子,就这样在外婆的细心打理下,显得有声有色,变成她童年一片片温暖的彩色。仍记得小时候,有邻居问她:"小琦琦长大挣钱给谁花呀?"她就会奶声奶气地说:"给外婆花!"外婆听了哈哈大笑。

时光荏苒,她现在真的长大了,却忙于工作,忙于感情,忙于日常的琐事,很少有时间陪外婆,纵然有时回家去,也是来去匆匆,只用一张张汇款单兑现着儿时的诺言,但那真是外婆所需要的吗?

好容易把哭闹的卓青哄睡,卓文琦一口气将茶几上的大半杯水灌进喉咙,才算稍微平静了一些。她要好好想想怎么给外婆打这个电话。

20

电话接通了,卓文琦叫了声"外婆",却不知该从哪儿说起。

外婆的声音慈祥如旧:"琦琦,怎么结婚了也不告诉外婆一声?"

"不,外婆,我没结婚,这孩子是个意外,医生说我的身体情况不好,要是再流产就很难怀孕了,所以我决定留下他。"卓文琦斟酌着词句。

"哦?是这样啊!"外婆轻叹一声,"都是命啊!琦琦,既然已经这样了,你以后打算怎么办呢?"

"我想自己把他带大。"

"琦琦,单身女人带个孩子可没你想象得轻松,你又孤身在大城市,连个帮手也不好找。孩子多大了? 男孩还是女孩?"

"是个男孩,外婆,快六个月了,我雇了个保姆帮着照顾。这孩子省心,不怎么闹人。"

"孩子都这么大了! 你这个琦琦,这么大的事也不早点和外婆商量商量。孩子好吗? 会坐了吗? 奶怎么样?"

"奶够吃,孩子很健康很可爱,已经可以坐了,就是还不太稳。外婆,我就是怕您多操心才没告诉您,想等孩子再大些就抱回去给您看看,他可是您老人家的重外孙呢!"

"琦琦",外婆的声音忽然凝重起来,"你最近走得开吗? 能不能回来一趟?"

"怎么了,外婆? 家里有事吗?"

"也没什么大事,是你妈最近有些不舒服,想见见你。"

"她怎么了? 哪里不好?"卓文琦忽然有种不祥的预感。

"是子宫。你妈的子宫里长了个肿瘤,医生说要尽快手术。"

"子宫肌瘤是妇科常见病,没什么严重的。医生说要手术那就快点住院吧。外婆,手术费用您别操心,楼下就有银行,我马上下楼汇回去。千万别不舍得花钱,治病要紧。就是孩子实在太小,现在回去恐怕不方便。我妈那脾气您也知道,真见了这孩子还不定气成什么样呢。"

"琦琦,不是钱的事,其实这世上很多事都与钱没什么关系。外婆只怕你以后见不着你妈了会后悔。"

"子宫肌瘤不至于这么严重吧?"

"琦琦,你听错了,不是肌瘤,是肿瘤。"

"肿瘤? 良性还是恶性? 多长时间了?"卓文琦的声音一下子高了八度。

"琦琦,肿瘤切片化验结果不是良性的,但幸亏发现得早,医生说只要尽快手术,把子宫全切掉,转移的可能性不大。你妈不让我告诉你,怕你担心,但我想还是让你知道得好。毕竟上手术台的事情谁也打不了包票。不怕一万,就怕万一。要是真有个三长两短,你就再也没有妈了呀,琦琦!"

"怎么会?怎么会?"卓文琦喃喃自语。

在她的印象里,母亲始终在气宇轩昂地指挥她,旗帜鲜明地敌对她,一直是个打不垮斗不倒的强者,怎么可能说没就没了呢?父亲已失踪多年,万一母亲再没了,自己不就真成孤儿了吗?

卓文琦感到内心深处仿佛有一堵坚硬的石墙在刹那间崩裂、倾倒,所有与母亲纠结的是是非非顷刻间烟消云散,只剩下她第一眼见到母亲的情景:右半边脑袋优雅、整齐,左半边却杂乱而不知所措,护着怀中刚出生的她,两眼烁烁发光,表情幸福而警惕。

子宫,母亲的子宫,带她来到这个世界的子宫,温暖她、保卫她、滋养她、怜惜她的子宫,就要从这个世界上永远消失了。

她哭喊出声,却一句话也说不出来。

"琦琦,别哭,不能哭,哭多了奶会憋回去的。现在孩子最要紧,等你安顿好孩子,尽快回来就是。"

"不,外婆,我明天就回去,带着孩子一起回去。"卓文琦抹着眼泪。

"也好,早点带回来给你妈看看,说不定见了孩子病还好得快些。琦琦,孩子小,路上可千万要小心,别着凉。"

"我会小心的!外婆,您也注意身体。"

"好的,我这把老骨头你不用操心。"话说完,外婆仍嗫嚅着,没有挂断电话的意思,"琦琦,还有件事……有件事外婆一直想给你说说,又怕你多想。"

"说吧,外婆,需要带什么东西您尽管说,我一会儿就出去买。"

"琦琦,外婆今年都八十了,吃的穿的用的,那些身外之物对我这把老骨头来说都可有可无。琦琦,日子一晃可真快呀,以前的小琦琦也三十多岁了,现在都有了自己的孩子,有些事总觉得还是趁外婆脑子没糊涂时告诉你比较好。"外婆停了停,慢慢地说,"琦琦,还记得那件衣服吗?你妈箱底的那件衣服?"

卓文琦的脑袋"嗡"地响了一声,外婆怎么在这个节骨眼上提那件衣服的事?难道那个秘密暴露了?难道父亲有消息了?难道自己还有其他的身世之谜?几种可能瞬间在她眼前闪过,她不知该捉住哪一种,只得装迷糊:"什么衣服呀?外婆。"

"别装了,你七岁那年拿剪子把那衣服剪了几道大口子,你以为外婆不知道是你干的?琦琦,外婆知道你的小心思,也知道你对你妈有成见,但事实不是你想象的那样,你妈不是你爸说的那种人,她是有苦说不出啊!"外婆又顿了顿,似乎在下着很大的决心,"琦琦,外婆就把心底的秘密告诉你吧。你妈其实不是外婆的亲生闺女,是外婆在码头边捡的。当时她才刚出生没几天,身上只裹着那件男人的衣服,衣服口袋里放着几枚金币。外婆不能生养,看见她就抱回了家。那年月到处乱哄哄的,外婆抱着你妈辗转了几个地方才安顿下来,用那几枚金币偷偷换点钱,拉扯着你妈。你妈一直以为那是你外公的衣服,小时候经常对着那件衣服叫爸爸,等着爸爸回家。因为我一直骗她说你外公打仗去了,打完就回来接她。其实你外公老早就得病死了,我那么说是安慰你妈,也是安慰自己。可是你妈很快就长大了,始终不见你外公任何音信,就明白了那个善意的谎言,反而不再找我要爸爸了。直到有一次,你妈陪我去医院检查身体,才在体检单上发现了我不能生育的秘密。但她从来没问过我,一次也没有,始终把我当亲妈一样孝顺。"

外婆的声音哽咽住,卓文琦也被泪水模糊了双眼。原来,母亲坚守的竟是那样一个秘密。她为自己年少时可笑的猜想深觉羞愧。

"琦琦,外婆老了,没几年活头了,不想看见你们亲娘俩间那么生分,甚至还不如我这个没有血缘关系的外人。"

"不,外婆,您永远都是我的亲外婆!您别担心,我会回去向我妈认错的!"

卓文琦失声痛哭,恨不能立时飞回家,扑进外婆怀里,扑进母亲怀里,乞求亲人的原谅!

她不能再当逃兵!

养儿才知父母恩。年龄大了,尤其是自己成为母亲以后,卓文琦已对母亲有了很多体谅,也明白母亲对她所有的控制和管束都是出于爱。外婆讲的故事,让她理解了母亲心底深深的不安全感,理解了母亲当年的选择,更为多年来她与母亲之间的相互伤害而追悔莫及。

卓文琦第一次发现,自己之所以对母亲有着那么多的怨恨和失望,实际上是因为她对母亲有着太多的期待——她渴望得到母亲的赞扬,在意母亲对她的态度,关注母亲多变的情绪,而且她是那么害怕会失去母亲,害怕失去母亲的爱!

卓文琦泪如泉涌。一个近乎陌生的词脱口而出:"妈妈!"

21

时间过得可真快,不觉一年便走到了尾声。火车卧铺票又紧俏得像未出阁少女抛出的红绣球,人人争抢。

卓青未满半岁,耳膜尚未发育完全,飞机不能考虑,长途客车更辛苦,只有火车卧铺这"华山一条道"了。加上时间这么紧张,卓文琦只能选择从票贩子手里买了张高价软卧。

这可是卓青有生以来第一次出远门,也是卓文琦第一次带着孩子出远门。真没想到这么麻烦,光卓青的行李就收拾了满满一大包,吃的、穿的、玩的、用的、盖的,哪样也少不得。卓文琦背上背着大背囊,前胸像袋鼠妈妈一样吊着个婴儿抱兜。卓青就是兜兜里装的"小袋鼠",脸朝内贴着妈妈的胸脯,还挺安全方便。

待卓文琦气喘吁吁地赶到火车站时,离开车还有两个小时。候车大厅里挤满了黑压压的等车队伍,人人神色焦灼,盯着检票口上方不断滚动的电子屏幕。大多数旅客都是背着大包小包提前回家过年的民工们,大概都知道春运时期铁路紧张,车票涨价,能早走的就提早走了。

卓文琦想找个合适的位置坐下,却发现每条长椅上都坐满了面色疲惫的旅客,中间过道丢弃着果皮、烟蒂和纸屑,卫生间的附近弥漫着难闻的尿骚味,像刚结束营业的夜市般杂乱、肮脏。没办法,大城市的人实在是太多了。这火车站就好比日常生活的一个排泄部位,三教九流都得从这个出口循环。

幸亏遇到了个好心的大婶,给让了个座位,卓文琦再三致谢,终于可以把大背囊卸下轻松片刻。卓青倒丝毫不嫌弃这里的脏乱,所有的一切对于他都是新鲜好玩的,睁着圆溜溜的眼睛四下张望,嘴巴里咿咿呀呀叫着他自己才懂的语言,兴奋得手舞足蹈。

卓文琦找出一次性消毒湿巾给自己和卓青仔细擦拭手脸,犹豫着是否给卓青喂奶。看看表,已经到了给他喂奶的时间,但在这种众目睽睽的环境下,又如何好意思当众露出乳房。广播里不时传出某某次列车进站,某某次列车晚点,或催促旅客们上车的通知。她再看看表,还有一个小时才到车票上的进站时间,决定还是给卓青喂次奶,不然一会儿赶着检票上车的时候他闹着要吃,那可是一点办法也没有。

反正这里没一个人认识自己。卓文琦把心一横,撩起上衣,解开胸罩,把乳头塞进卓青嘴里。

这一年多,卓文琦曾经想过很多次,如果与"钢琴手"再次见面,将会在什么时间、何种场合、该说些什么。

"你好吗?"这样的开场白好像太老套,却又似乎没有一句比这一句更自然。

但是,生活的想象力还是技高一筹。套用句时髦的广告词——一切皆有可能。卓文琦无论如何也没想到会是在这个时间、这个地点、这种袒胸露怀的情景下遇上"钢琴手"。

然而,毫无疑问,面前站着的这位穿着风衣提着行李的瘦高男人就是他。

卓文琦的脑海一片空白,身体僵硬得像被冰冻住一般,脸上却火辣辣的发烫。

他也没问那句"你好吗",只微笑地望着卓青,说:"差点没认出来,真没想到你这么快就有了孩子,多大了?"

正在吃奶的卓青听见有人说话,便丢了嘴里的乳头,把脸扭到外面看热闹。卓文琦慌忙将乳房掩住,扣好衣服。

他显然对卓青很感兴趣,俯身逗着卓青:"你多大了?叫什么名字呀?"卓青倒也不怯生,咿咿呀呀地与他一唱一和,不时发出咯咯咯的笑声,可爱的小模样儿引得他哈哈大笑。他边笑边说:"这小家伙和我女儿小时候蛮像的。男孩还是女孩?"

"男孩。"卓文琦答着。

笑完,他忽然意识到了什么,扶扶眼镜,蹲下身盯着卓青的小脸看了好一会儿,又环顾左右,表情和声音都严肃起来:"这孩子爸爸怎么没跟着一起来?"

卓文琦此刻已稳下心神,答所非问道:"我自己带孩子回老家看我妈妈,她最近身体不太好。"

他再次追问:"这孩子多大了?怎么没听说你结婚的事?"

"自己的私事不想张扬,孩子快六个月了。"犹豫片刻,卓文琦还是说了。孩子在怀里抱着,不说他也能看个大概。

他沉默着站起身,习惯性地掏出烟,刚送到嘴边,看见卓青在对他笑,又放回了衣袋。

卓文琦换了个话题:"快过年了,您这是去哪儿?"

"去上海参加个研讨会,两天就返回。"他的声音更低沉了,额间微蹙,来回踱着脚步。

卓文琦发现他的鬓角多了几缕白发,背有点驼,唇角也有了沟壑,在候车室嘈杂阴冷的日光灯下,显得疲惫而苍老。一年多的时间,说长不长,短也不短,湮灭了许多人与事,也改变了许多事与人。那秋日六小时的缱绻纠缠,似乎就在昨夜。而今时再次邂逅,他已不再是他,她也不再是她。

思忖片刻,他再次蹲在卓青面前。卓青一看见他就笑起来。那天真无邪的笑声仿佛有一种魔力,能穿透时空和世俗的界限,将快乐直接送入心灵。他也不由得微笑了,脸部线条缓和了许多。

"请你告诉我,那天晚上究竟发生了什么?"他郑重地开言。

"发生什么你不是都清楚吗?"卓文琦想避重就轻。

"我不想和你玩语言游戏,我是认真的。如果那天晚上的事确认与我有关,或许一切都可以重新开始。不管怎样,孩子是无辜的。"

他把双手插进头发里,用力向脑后推,露出一张熟悉的、线条简洁、刚硬的脸。她试着在他脸上寻找熟悉的表情,却没有找到。那张脸上此刻充满着救世主式的悲悯。

"不,与你无关。"卓文琦言简意赅。

"你确定?"她的回答显然出乎他的意料,但还是陡然轻松了许多,像是得到了某种救赎。

"可是,这孩子实在太像我了,连笑起来的表情都非常像。你真的确定?"

她望着他的眼睛,说:"我确定。"

那夜的故事本就是轻描淡写的素描,何必涂上重彩?

不,她宁愿没有故事。故事的结构太复杂,不可能每个转折都被猜中,结局亦无法更改。只有将故事解构成段落,拆卸成文字,才能编织进生活,并且一直编织下去。

广播里已在催促前往上海的旅客尽快到检票口检票,滚动的电子屏幕上也显示卓文琦乘坐的车次已到站。他们对望一下,同时说"该走了",说完又都笑了。

他帮卓文琦把背囊背好,把卓青放进小袋鼠兜内,才提起自己的行李。卓文琦转身的时候,他忽然问:"能告诉我孩子的名字吗?"

"卓青。"

进站的旅客纷纷涌向进站口,卓文琦似乎听见身后的他轻念了一句"青出于蓝",又似乎没听清楚。她回了一下头,似乎看见他立在原地,又似乎看见他跑进了检票口。

人实在太多,声音实在太乱。她看不清,也听不清。

阅过即焚(短篇小说)

认出他,竟是在酒店的监控室。

中午,失眠的翎羽昏头涨脑,把钱包和房卡丢在了餐厅。服务生带她去酒店的监控室查看,没有找到东西,却在监控室的一面屏幕上看到了他——诗人廖非。再一打听,方知居然是她楼下长包房的住客。

遥想当年,先锋诗人廖非的名字少有文艺青年不知道的。他去中文系做讲座时,台下的翎羽还是大一的新生,特意买了本廖非的诗集《阅过即焚》挤在前排请他签名。诗人那一头愤怒的乱发,凌厉的眼神,破旧、颓废的朋克装,放浪的签名,无一不令翎羽向往。与先锋诗人的外形相匹配的,是他那些令常人匪夷所思的现代诗,包括讲座的题目"没钱可以没病可不行"。十年过去了,翎羽依然记得他那天的讲座内容,大意是:诗人都有精神病,病得越重,诗写得越好;那些形形色色的怪癖,正是保护诗人们另类与锋利的"刀鞘"。

这个另类的廖非,确非常人。翎羽再次见他,居然是在半年之后的晚报头版——特写照片中的先锋诗人廖非仍是那身破旧、颓废的朋克装,仍有凌厉的眼神,仍保持着那头愤怒的乱发,只是胸前多了一块巨大的牌子,上书四个同样巨大的黑体字"卖身救诗"。被采访的廖非特意申明:这绝不是一场行为艺术,由于职业写诗实在难以维持生计,他愿意为了诗歌的生存出卖肉身。这"卖身"的言论一出,骂声四起,集体讨伐他这种不知羞耻挑战公德的行为。翎羽也非常困惑,写诗很难养活自己,这不是常识吗?也正因如此,她一直只敢保留对诗的爱好,连廖非自己都在诗集《阅过即焚》的后记里强调"诗歌的写作要有献祭一生的准备"。他为什么跳出来自取其辱呢?

然而,更让翎羽和众人大跌眼镜的是,还真有人跳出来接廖非这一棒!接棒人苏眉不仅有钱,还是女人,长得也不算丑。这位长得不丑的女富商,表示愿意承担廖非的全部生活成本,原因只有一个——赞助诗歌。这场诗歌卖身闹剧,竟然得到如此喜剧的大团圆,只能咂舌"大千世界无奇不有"了。此后,诗人廖非便如石牛入海,人和诗,均无任何动静。

监控屏幕上的诗人廖非,仍是那一头愤怒的乱发,破旧、颓废的朋克装,辨识度极高,翎羽一眼便认了出来。十年过去了,时间似乎只是在他身上打了个盹。这巧合勾起了她强烈的好奇,很想去会会这位曾经的偶像。

睡不着,仍然睡不着。

即使山水酒店的大床温暖舒适,即使身边没有丈夫宁炜此起彼伏的呼噜声,即使她睡前做了瑜伽、关闭了电灯、调匀了呼吸、耐心数了好几百只绵羊的腿,还是无法改变这三个字——"睡不着"。

简直奇了、怪了。狡猾的睡眠像个守株待兔的黑客,熟稔所有试图非法闯入的路径。清醒时做的所有努力,一旦准备迈进睡眠的门,全部失效,就仿佛小偷触碰了由无数条红外线包围的陷阱,顷刻间人声鼎沸、灯火通明。即使睡不着,翎羽仍然在床间辗转着,似乎只要延长躺在床上的时间,就能充抵一部分睡眠。眼皮虽然合着,瞳孔与眼皮之间却始终长明着一盏白炽灯。那灯,就像楼梯拐角的感应器一样灵敏,眼皮一合严,它就倏地亮了。

身处黑夜,浑身的感觉细胞似乎被凸透镜无限放大,在暗邃的空间等待着,自动捕捉每一丝游弋而来的响动:左侧房间交媾的喘息声,右边房间中打电话的声音,新闻台的准点播报声,楼道内芜杂的脚步声,钥匙卡开门的"滴滴"声,窗外车辆转瞬即逝的啸鸣声,夜市老板娘的吆喝声,救护车循环往复的警笛声,还有不知从哪个角落传来的婴儿夜啼声……左右耳郭,如同相连在一起的磁力强大的黑洞,将所有的异响,尽数纳入耳膜中,一丝不得逃逸。

到了后半夜两点多以后,外面的声响才基本消失,可房间内开始出现干扰睡眠的声波——寂静。寂静也有能量。真的,那寂静的干扰就像蚕咀嚼桑叶般,一只没什么响动,很多只聚在一起便有了响动。那响动很难具体形容,明明存在着,像森林女妖巨大的黑斗篷与黑暗相向而行,穿游在她周围,却总是在最后一刻与她擦肩而过。那是一种只有失眠者才能感觉到的感觉,就像游泳者面对大海时自不量力的挑衅,有种扑面而来的瞬间窒息——如同被半空的落叶迎风拍住口鼻。

安眠药增至四片,依然毫无效果,带来持续的神思恍惚,却无法进入睡眠。翎羽不敢再增加药量了。她进医院不要紧,手头急待完成的剧本怎么办?剧组已经成立了;导演也找好了;演员正在签约;影视基地正在谈,很快就能租下来。这些都是俞丹彤在每日两个电话里向她通报的内容,一个字也没有催,但句句都是加急的"鸡毛信"。如果不是火烧眉毛,俞丹彤根本犯不着花钱租酒店,让她千里迢迢飞来北京修改剧本。

对于俞丹彤来说,时间就是生命,就是金钱,就是一切。翎羽真不知道这个一米五高的小个子女人,身体里怎么蕴含着那么大的能量,总是精神抖擞、有条不紊地处理着那么多的事务。几年时间,愣是从一个报社编辑变成了美女作家,再度华丽转身为影视工作室的女老板,书畅销,电视剧的收视率居然也不低。翎羽明白,自己不过是俞丹彤背后的若干影子写手之一。尽管俞丹彤做事向来不露马脚,但内行拿脚丫也能计算得出,她那天文数字般的出版量和拍摄量,单靠自己绝无可能,即使加上翎羽也是无法完成的任务。虽然那些成品的作者与编剧,全是俞丹彤一个人的署名。

不过,俞丹彤执意让她来北京改剧本还是对的,陌生封闭的环境,自动过滤掉大半俗事杂念,写作加速了不少。就这,俞丹彤还嫌不够快,前天特意让司机搬来一大箱快餐食品和两件纯牛奶,说是怕她饿着,其实也是变相地让她节约吃饭时间。中国的影视制作行业,编剧的行情可比不得韩国——钱拿得最多,说话最算数,永远是老大。别说她这种影子编剧了,就俞丹彤这级别的也跟婊子似的，谁有话语权都能任意指使，谁的拳头硬谁说了算：制片方说改就需要改，导演有意见就需要改，演员闹情绪就需要改。但剧本这东西是牵一发而动全身的，改了头就要修尾，改了腰就要换肾，真不是人干的活。

想想已进入倒计时的剧本，想想宁炜下午催她回家的电话，翎羽是一丁点儿睡意也没了。此次进京，宁炜原本就不同意，是她硬拗着脖子来的。宁炜不让她来，倒不是因为如何思念她，而是近两年来他俩始终在"封山育林"——山倒是一直封着，俩人都戒烟戒酒、有规律生活、健康饮食，苗却一根没培育出来。来北京这两月，肯定荒废过去了。所以宁炜发点牢骚，她能理解。况且，身居高位的婆婆早就明里暗里敲打过她好几次了："我们老宁家可就宁炜这一根独苗，不抱上孙子，我这张老脸闭上眼都没法子去祖宗那边交差。"

谁不心烦？只不过有的人气眼儿朝里，有的人气眼儿向外。翎羽这趟排除万难来北京，也是想脱逃目前的生活状态，尤其是能挣些可以任由自己支配的钱。这点极其重要！宁炜是公务员，且家境殷实，恋爱时就表示，希望娶个全职太太，在家相夫教子。被养着，吃穿住是不用操心，但并不代表可以任意支配钱财。要钱的手，任何时候都低于给钱的手。过门后，婆婆再三交代要把每月的家用逐项记账，美其名曰是培养年轻人的理财观念，目的还是为了监控她，防止她乱花钱，防止她私下贴补乡下的娘家。在没生儿子之前，宁家显然一直把门不当户不对的她当个外人防着。

翎羽承认，宁炜还是爱她的，要不也不会顶着家里的压力与她结婚。可是，这两年他俩总纠结在怀孕这一件事情上，好比西西弗斯推那块大石头，周而复始，每月都要从头再来，两个人都快折腾出抑郁症了。翎羽一看见卧室那张大床，就条件反射地先想到受孕，闻到药味，甚至看见每月报到两次的号称"送子观音"的老中医那张脸。这种时刻备战备产的夫妻模式，能不焦虑吗？

幸而还有文学这根稻草，纵使尚不能饭，总算能呼吸点外界的新鲜空气。考上中文系，少有没做过"作家梦"的，何况翎羽很早就在报刊上发过一些短文和诗歌。前段时间，翎羽整理旧书，还翻出了那本廖非签过名的诗集。其中一首诗的名字便是"阅过即焚"：

> 我想，做一只并不肮脏的土狗
> 在无人看管的阳光下，眯起眼睛
> 打个短诗一样的盹
> 即使阳光被牵走，也原谅他们
> 城市的天空早已被黄金分割
> 低下头，与土狗用相同的姿势，寻找
> 在身下的倒影里，寻找
> 那个与自己不一样的赝品，试图
> 使用带有音序的吠叫，将短诗挤出来
> 但愿它们条条缕缕，至少
> 要比一个屁重
> 翘起的器官在翘起的后腿下
> 表演出一个更合理的姿势，创造
> 它们，在炙热的水泥地，沉默
> 沉默着被传阅
> 阅过即焚

重读廖非那些特立独行的诗句，又回想起那个"卖身救诗"事件，翎羽一时百感交集。文学这碗饭确实不容易吃。正因此，翎羽那些中文系的同窗，不论男女，毕业后的工作大多与文学专业失之千里。只有一个好友在电视台做编导，遇上俞丹彤到处找修改剧本的枪手，就把翎羽的号码给了她。如此一来二去的，翎羽便成了俞丹彤身后的影子编剧。但她非常清楚，这仅仅是门挣钱的手艺，与文学无任何干系。

屏保模式的电脑，忽幽忽亮。即使不写，翎羽也让电脑一直开着，如煲老汤的文火般坚持着，似乎只要开着电脑，就等于有开始写作的可能。

这两天失眠，主要原因还是遭遇结尾处的一个关键高潮，怎么推也推不到预设的效果。剧本的要求是十五分钟一个小高潮,一集一个大高潮,缺高潮的剧本根本走不动。在这个与外面世界隔绝的空间里,除了电脑里那个写了一多半的剧本与她有关系,一切都像是幻觉。脑海中曾经源源不断进出的好情节、好台词,竟统统消失在了电脑屏幕后面,似乎那儿长出一个巨大的黑洞,正不断吞噬她所有的灵感,吞噬她坚守下去的意志,尤其吞噬她的睡眠。

翎羽感觉下唇左侧有一小块儿干皮,拿舌头舔舔它,就软了下去。隔上一会儿,水分干透了,便又硬得翘起来。反复几次,她有点儿烦了,干脆把它撕扯下来,没想到却拽连下一大块儿皮。好痛!她用舌头舔了一下,咸咸的,却没有想象中的腥味。赶紧开灯照镜子,下唇已被鲜血浸染,红得烫眼。

翎羽呆愣在镜中,突发奇念,很想瞧瞧楼下那位怪诗人廖非此刻在干什么。是失眠、写作、读书,还是呼呼大睡?这念头如同脊背处挠不着的痒点,愈挠不着愈痒。

夜半三更,一个年轻女人贸然去敲男房客的门显然不合时宜,何况还有楼上楼下无处不在的监视器。打内线电话吧,实在不知道说什么好。半夜谈文学,只能被理解成勾引。但她实在好奇那个怪人真正的生活场景和真实的写作细节。翎羽再度想起在监控室见过的那一面监视墙。怪不得电影中的偷窥者要装隐秘的监视器呢,确实能带来不一样的快感。

偷窥的冲动,像一条从冬眠中探头探脑的小蛇,怎么努力也按不下去。翎羽干脆起身下床,寻找适合拿大顶的位置。干写作这一行,颈椎和腰椎都有职业病。每天坚持倒立几分钟,对缓解疲劳很有好处。倒立也是瑜伽术的最终姿势。无论在外面还是在家里,只要有合适的地方,翎羽就能随时随地倒翻起来,双手着地,双脚朝天,身体紧贴在墙上。也许是因为体姿导致的血液倒流,也许是视觉神经改变了角度,只要这般倒立上五分钟,她立马觉得耳清目明。

但这一次倒立,根本没有能起到灭火的作用,眼前反而持续显现监视屏幕上看见的廖非。那一幕骤然启发了翎羽的想象力:宁炜刚送她的手机"iphone5"是款功能齐备的智能手机,不仅可以上网、照相,还有清晰稳定的摄像功能;如果悄悄将它悬吊在楼下的窗口处,不是可以录下房内的情形了吗?

打开窗一看,她住的这四层楼,离地约十二三米;廖非的房间就在她楼下,只隔一层楼的距离,能有条三米多长的绳子就够用了。翻找半天,也没寻到适合的东西。正待放弃,行李箱角落的半卷透明胶带进入她的视线——倒可以用它试一试!

她提前在纸上画了好几种捆绑手机的方案,可实施起来仍不像设想的那般容易:要结实、稳定、便于提拉,又不能遮挡住摄像镜头。反复演练过十几遍,一种类似婴儿背带的造型最为适合,还方便操作。要是宁炜知晓自己送的礼物竟被用在这等地方,非气昏过去不可。

正预实施,翎羽忽然想起了另一件重要的事,赶紧调出手机里的手电筒模式,探出身去,在酒店外墙仔细搜索。还好,没发现摄像头。酒店那些摄像头都是冲着有人的地方安设的,比如大门、电梯、走廊、停车场什么的,而这一面朝阳的墙,外面只有几株银杏树。

探身于窗外,翎羽忽然看到了非正常的生活界面,有点像生病的电脑不能正常进入 Windows 主程序窗口,被迫拐入另一个无法启动的原始界面。静默的黑色,被青蓝色的月光所覆盖,湖浪般首尾漫溯,不见尽头。她窗外的这半个身体也似乎被弥漫的黑暗渐渐湮没,一层层悬浮在半空。

这正在发生的一切,如同梦一般,变幻莫测。她有些犹豫,无从判断,更无从把握。呆愣片刻,还是决定把手机悬吊下去。那些道德判断,在黑暗中都消隐得暧昧而苍白。她更愿意随着自己的愿望撒点野!

几分钟后,拉起,收网,却一无所获。

楼下的窗帘关着,手机只录到一片含混不清的窗影。即便如此,翎羽仍然很高兴,像完成了一次探险,浑身轻松。最重要的是,瞌睡虫回来了!她来不及收拾现场,赶紧关灯上床。很快,便沉沉睡去。

敲门声响起时,已是第二日下午,睡眼惺忪的翎羽还窝在床上。她起身透过猫眼一看,门外站着俞丹彤。

茶是俞丹彤带来的。普洱,熟砖,掰开有种渥堆味,滚水冲泡后便泛出熟悉的陈香。俞丹彤走到窗边燃着一支烟,诧异地问:"你睡觉不关窗户吗?"

翎羽一瞅,那卷胶带纸和用废的胶条就在窗台上,有些慌乱。刚喝进口的烫茶像一个灼人的秘密,在舌间翻滚一圈,顷刻间从喉间直落心口。俞丹彤用手势阻止了她起身收拾的企图:"这些杂事你别管,有服务生打扫。但睡觉时最好关上窗户,千万别感冒了。你囫囵着来北京,我也得把你囫囵着送还你老公不是?"

翎羽知道俞丹彤过来的意思,直截了当地告诉她:"彤姐,剧本再有一个星期就能完工了。"

俞丹彤得到答案,表情迅速和悦起来,嘴上却说:"没关系,我只是顺路过来看看你,不是催剧本的,你也别太累了,该休息时就休息。"随即话锋一转:"我刚才在楼下大厅遇见了那个落魄诗人廖非了。他简直是个神经病,一把年纪,还装扮得跟个街头愤青似的,真不知道苏眉怎么忍受得了。我看苏眉也是脑子进水了,还给廖非包了一间房专门写作,都那么久了,也没见他写出一首诗来。去年有一回,我试图拉他一起合作剧本,没想到被他一顿臭骂,说我成天制造文字垃圾,他宁可白白浪费掉也绝不贱卖自己的才华。哼,才华?现在这世道,传播渠道比自来水管道还通畅,要真有才华早发光了,还用得着吃女人的软饭?要不是看苏眉的面子,我才不会正眼瞧他呢!"

翎羽没想到俞丹彤居然也认识廖非,而且"苏眉"这个名字似乎在哪儿见过,便问:"苏眉是谁?他太太吗?"

"北京一地产商,据说在河南老家投资金矿赚老多钱了,前几年还投资过电视剧,她要不是超级土豪能养得起诗人?苏眉跟这个廖非结没结婚不清楚,我倒是知道苏眉离了不止一次婚。这年头,瞎结什么婚呀,好就在一起,不好就散,干脆利索。像我就觉得自个儿过挺好的。万一哪个男人凑上来说要和我结婚,我还怀疑他是策划抢钱呢!哈哈哈……"

幽默可是个技术活儿,不是谁都能用到位的。但翎羽还是配合着笑了一声,低头喝茶。

"据传,苏眉养的男人可不止廖非一个。这也正常,凭什么只允许男人后宫佳丽三千?对了,下一部戏我就准备写武则天,穿越、武侠、悬疑都整进去,等你手边这个剧本交了,咱姐俩再好好聊。"

一阵香风刮过,俞丹彤穿越般消失在门口。但她的话却让翎羽怅然若失。原来,"苏眉"就是当年资助廖非的女商人,他们到底搞在一起了,看来廖非是真"卖身"啊!翎羽心底闪过一丝鄙夷,再回想起那本《阅过即焚》的诗集,更多的是失落和对诗歌的失望。

由于睡了个好觉,翎羽感觉此刻文思旺盛,简单冲了个澡,便开始写作,一鼓作气将那个高潮顺利拿下后才觉出肚子很饿了。

天已黑透,翎羽看了一眼电脑下角的时间,竟八点多了。写作就是这样,写得顺就忘记了时间,不顺就总是看表。翎羽畅快地伸了个懒腰,准备烧水泡面,趁着状态好,晚上再写一集。

等水开的工夫,翎羽拿起手机随意翻看,发现了昨夜的探险结果——那段窗户视频还在手机内,赶紧点了删除键。再次想起廖非,便把他的名字输进百度搜索,跳出来的页面基本都是关于"卖身救诗"的新闻,而且基本都是骂声,没有一条提到他的诗歌。这反而让翎羽有点同情廖非。为什么会这样?廖非的行为没有影响任何人的生活,他愿意卖,有钱的苏眉愿意买,招谁惹谁了?

谁又没有卖过呢?

奔四的俞丹彤至今未婚,为了名利日日跑上跑下,连走路都是小跑,不是卖吗?老公宁炜的工作在政府部门,为了晋升整天向领导献媚,不是卖吗?自己来北京隐姓埋名充当影子写手,不是卖吗?连父母起的名字都卖了。面对这个没有标准答案的提问,不,应该说是已有标准答案的设问,翎羽感觉脸庞"腾"地烧起来,似乎被什么力量迎面打了一拳。这一拳,还使她想起耶稣讲过的一句话:"你们当中谁是没有罪的,谁就可以先拿石头打她。"

吃完泡面,翎羽丝毫没有继续写剧本的情绪了,趴在窗口向外张望,却听见不知何处传来激昂的朗诵声。仔细辨别着,发现声音源头正是楼下廖非的房间。翎羽的视线再次落到窗台边的那卷透明胶带上。犹豫了几秒钟,好奇心还是占了上风,她拿起手机,故技重施,将它悄悄悬吊至下层的窗外。

这一次,比昨夜技术熟练不少,捆绑的既快又结实,而且楼下有灯光映出,应该没关窗帘,只要方向对准,应该不会一无所获。

约十分钟后,翎羽缓缓提起手机。在这段短暂的时间里,一种犯罪般的紧张弥漫全身,使她心跳加速、面红耳赤。直到手机重回掌中,又悄悄把窗户关严,并拉紧窗帘,那紧张仍然没有消退,直至在沙发坐定,将杯中凉透的残茶一饮而尽,才略感放松。

手机就在掌中,仍保持着刚才调的摄像状态,翎羽慌张地关闭了这一功能。看来,她自己刚才的偷窥行为也被这第三只眼忠实地录下来了。

待呼吸慢慢均匀,翎羽还是打开了视频,光线合适,效果稳定。

几秒钟摇晃的外墙镜头过去,真的现出了人影,正是廖非!面窗而立的他眼神不再凌厉,在孩童般的懵懵懂懂的神情下,那眼神显出一种病态的迷狂,叵测的笑意一闪即逝。

镜头中的廖非顶着那头愤怒的乱发,脸色涨得通红,时而在房间内来回踱步,时而跃上床铺挥舞着双手,时而大声充满激情地朗诵着他过去的作品,时而如舞台上疯癫的李尔王般念着独白:"如何体面地杀死自己?这是个难题!我设计过十几种死亡的程序,将在未来的某一天集体实施。我厌恶现在的环境,厌倦这种无聊的生活,彻彻底底厌恶现在这样一个肮脏的自己。从前没钱的时候,觉得只要有了钱,只要不为生计奔波,把所有的时间都用来读书、思考、写作,就一定会写出伟大的诗歌。可现在衣食无忧了,又丧失了写诗的兴趣。善良的人们啊,你们可知道被供养、被收买、被招安、被市场捧杀,都将导致艺术家的死亡!"

视频的声音背景中,有一辆由远及近再由近及远的跑车马达声轰鸣而过,但没有打断廖非铿锵的独白:"如果有一天,一位曾经的诗人在意外中死亡,你们一定不要悼念他,那将是他最后的艺术作品。他不伟大,但也不算卑鄙。他习惯说实话,不愿意总扯上一块绣着诗歌的遮羞布欺骗自己,欺骗别人。你们对多年前'卖身救诗'的行为一直耿耿于怀,但除了他,真的没有诗人也这样想过吗?真的没有人在暗中做过吗?"

廖非的脸终止在这个问题的结尾,下面便是摇晃的墙壁和翎羽收手机的镜头。

翎羽张口结舌,不由自主地回答:"不……不,不知道。"

嗓音干涩无力,听上去倒像个谎言。她努力吞咽下稀少的唾液,按下了视频的删除键。

窗外的银杏叶,染了一圈幽幽的月光,在微风中喃喃独白。杯底的茶渍,正在空气中缓慢挥发,即将干涸成一个淡褐色的句号。

偏左或者偏右(中篇小说)

1

"欧元还是美元?"我提到了汇率问题。右手小指尖儿拨弄着手机吊坠下面一个精巧的紫色铃铛,它发出了干扰听力的脆响,像是在和一个无关紧要的朋友讨论天气情况。

对面是法兰西的无线电波,路奕仍然带着西北口音的普通话,和印象中的差不多,听不出地域和时差的改变。

他惯有的低沉嗓音说法语应该更好听些。我在路奕谈到还钱这个话题时竟然想到这件不相干的事情,真是奇怪。远渡法兰西的他此刻出现在我更新换代数次的手机中,让我很意外,尤其是他终于可以理直气壮地提到"钱"这个字了。

路奕告诉我他刚在巴黎办了个画展,画卖得不错,要我准备一个银行账号,好把出国时欠我的钱还给我。停顿了片刻,那声音下意识地放慢了速度:"我要结婚了。"

作为他的前任女友,我听到这条多余的消息没有增加任何表情,毕竟已经分开了很长时间,看来法兰西的阳光确实比中国适合他。我尽量用满怀高兴的口气说了应该回应的"恭喜"一类的话,遗憾地表示不能亲赴法兰西以示祝贺。

"向你的苏珊娜或者安妮问好!"我最后追加了一句。看来出国前我力劝他尽快泡到金发美女的动员终于见了成效。

路奕走之前曾经问我今后有什么打算。当时的我们正奔波在去他西北老家办出国手续的路程中,汽车带着一屁股狼烟颠簸在乡间土路上。我目视前方,双手紧握把手:"一颗红心,两种准备。你要真有本事泡个洋妞,我还真佩服你。听着,我给你支个高招,到那儿最好尽快找个法国女人同居,好处有五:一是省房租;二来便于你学习法语,进步快;三者生活有人照顾,我也放心;第四便于最快速度拿到居留权;最后还有于公的一条,你要是本事大,一不留神哄个倒贴的,还能给国家创造点外汇呢。你这身子骨结实,形象又酷,照此计划肯定能在最短时间内混成人模狗样再回来,那时您就整个儿一外宾了。"

我正为那个预言的准确率洋洋得意,却听到路奕更正道:"她叫王清,也是北京人。"

下面的意外发生在这个夏天周末的楼梯拐角处,在我准备用一句练熟的法语"再见"潇洒告别之前。

当时我已经把那张中国银行的信用卡账号用标准读音重复了两遍,在放回钱夹的过程中,脚下那双精致的高跟鞋欺骗了我的自信心。这鞋跟怎么和男人的诺言一样经不起考验呢?

我顺着楼梯控制不住地俯冲下去,耳边夹着的手机和来自法国的声音一同被摔得远远的。

我呆坐在楼梯口的大理石地面上,脚踝的剧痛使我脆弱的眼泪不由自主地掉了下来。但真正让我难过的是:为什么隔着千山万水的路奕仍能轻易伤到我?

再之前的十分钟,我正和往常一样背着红色的双肩背包下班,和所有不快乐的白领女孩差不多,做着份不喜欢也不讨厌的文职编辑工作,工资表上的数字够维持普通小资生活,但也没什么多余的进项,高兴不起来也已安全度过失恋危险期。我会在天气不错的周末赴个轻描淡写不谈爱情的约会,换季打折时给自己的衣橱武装些名牌衣物,是浮在这个城市灰色楼群中一个无足轻重的人。生活的节奏不咸不淡,也不徐不急。

电梯口人很多,我没有等,直接下了楼梯。走楼梯是 Office 小姐经常的健身活动。那一刻我还是健康和基本快乐的,正在思考这个周末的约会地点到底是放在西餐厅还是中餐厅、穿粉色裙子还是深蓝色暗花裤子去一类的问题。然后,我和我的手机就这样共同躺在了地板上。

该发生的"英雄救美"没有丝毫征兆,只在我的大呼小叫中等来了保安。

我忍住剧痛,在保安的搀扶下坐上出租车,急速奔向骨科医院急诊楼。我知道正宗淑女应该处变不惊,笑不露齿,或以兰花指掩唇,上车时先放臀后上腿,等等。可狼狈不堪的我仍然忍不住说了句脏话。

出租车司机从反光镜里盯了我好几眼,眼神很是疑惑。我没好气地冲了他一句:"看什么看,听不懂我给你翻译!"

我从牙缝倒吸着凉气,努力用手臂驾驶住医院的轮椅,在护士的指挥下挂号、拍片,又转回急诊室。医生看着手中的X光片,表情冷淡:"右脚踝骨折,必须马上住院手术。"

这个霉可倒大了,懊恼马上被恐惧代替。我怯怯地问:"很严重吗?"

医生头也不抬地开住院单:"粉碎型骨折,你这伤可不像从楼梯上摔的,一般高空坠地后才会摔成这样。"

我苦笑:"看来这次超水平发挥了,倒回去重摔一遍还真出不了这效果。"

无奈地看着自己变形的右脚,我反复想着"高空坠地"这四个字。

躺在手术室窄窄的床上,眼睛上方是明亮又朦胧的无影灯。它是静逸的,和这个房间的冷气一样凉到皮肤下面。身旁的医生们都很忙碌,还有发出不同物理声响的不锈钢手术器械。麻药阻止了身体下半部的痛苦,但我能清楚地听见手术刀划开皮肤后绽裂的动静,还有电子激光刀转动的"滋滋"声。麻醉使我对这个残酷的意外很长时间才反应过来。

白色的石膏绷带从脚部打到小腿,刺眼地时刻提醒着我:这个部位是伤口。

健康的时候,我最大的愿望就是能休个长假,背上个大大的行囊把以前没时间去的那些城市游走一遍;或者把自己封闭一段时间,看些想看的书,构思个长篇小说什么的。现在假期是有了,可我却只能躺在床上面对天花板思过,一点儿写作的心情也没有。

自路奕到法兰西后,我相信自己今后不会再轻易进入爱情,害怕那样会轻易给自己伤害自己的理由。如同恐惧着死亡,却时时在手心里握着一把锋利无比的暗器,但没估计到暗器也会悄无声息地伤害我。

其实"无情"二字,才是女人最好的保护。我想我的口气比较"古龙"。

2

意外变成过去之后,我开始顺理成章地接受同事和朋友们的同情。

我躺在病床上,每天数次向探望者陈述那天发生的意外的过程,只是省略了路奕的法兰西长途。

很多遍省略过后,连我自己都有些怀疑那天到底有没有接过路奕的电话,直到邮政特快专递给病房送来一束玫瑰,竟然是路奕通过互联网定购的。

望着这束被保鲜剂养得很滋润的花,忽然想到什么时候能给爱情发明一种保鲜剂就好了,仿佛古时女人新婚之夜藏于衣箱角的咒符,不被男人发现就能保证一辈子被爱。

病床上的时间过得很漫长。疼痛和烦躁使我不能在床上保持同一种姿势五秒钟以上。

以前我很讨厌那个什么制药厂铺天盖地的钙中钙广告,把从老至幼影视红星们的钙都用钞票补足了,又号召全国人民集体补钙。我一步没跟上时代,这就骨折了。倒在敌人的阵地还好点,可我偏偏倒在了自己单位,而且偏偏是下班后,工伤什么的还有待与领导商榷。

只能耐心地等待重新站起来的那一天了。我决定坚持一天两袋牛奶,再尝尝那吆喝了很长时间的钙中钙。

百无聊赖使我每天数次把目光集中到窗台上摆着的那一排鲜花上,香味总是提醒我想起它们的主人。中间那个花篮是初恋男友阿方送的,四平八稳的造型和他的性格一样。去年阿方已经给祖国未来的希望工程添了个女孩,如果仿她爸爸的性格应该是标准的贤妻良母。阿方,这个温柔的南方男人,如果不是他当时对我太好,我现在应该是那孩子的妈妈了。

阿方看我的伤口时眼睛是疼的,很明显他总是喜欢把我当孩子样疼着。现在想想十八岁时的我要比现在聪明,我那时就知道要找个爱自己的男人结婚,好让他疼一辈子。而且,阿方还具备很好的条件:家世、个人能力和相貌,样样可圈可点。因为大我好几岁,阿方总是习惯于把什么都给我准备好,从决策到细节。可他事无巨细的这种好,我实在无福消受。

这场美其名曰门当户对的恋爱在所有人看来都应该朝着幸福的方向发展,可我总是感觉缺点什么。和阿方订婚后,我被宿舍的女伴集体审问:"对结婚什么感觉?"

我想了想说:"顺理成章吧,就这样被轻易俘虏,没什么特殊的。"

"那你爱阿方吗?"

我又想了想,说:"不知道,应该是爱的吧,反正他很爱我。"

后来我才知道那句"初恋时,我们不懂爱情"的话是正确的。不知道是不是每个女人都有我这样的贱毛病,在被爱中总是惯性挣扎,如同掌中的鸟儿,衣食无忧中时刻等待着冲出去的机会。

那时我大学还没毕业,在青春得随时会把年龄脱口而出的时候,在远离父母的北京,让阿方包揽了我学习外的一切时间。他始终温柔地保护着我不受任何伤害,要我准备好在毕业那年做他纯洁的小新娘。如果我那时已经二十岁,如果没有遇见路奕,我想我会成为阿方的小新娘。

这段本应完美过渡到婚姻的感情完结于我义无反顾的移情别恋。我发现自己已爱了。被爱和爱是截然不同的:被爱是小溪;而爱却是火焰,是燃烧!

我烧着了,但同时伤害了阿方,把他伤得很重。

直至后来的我爱路奕情至痴处时,才感觉到了当年阿方对我的深情。再后来,我被燃烧的爱情灼伤,才知道自己真的不爱阿方。原来喜欢和爱有着质的区别,只有爱才会感到很疼。

逃离开那片渐熄的火焰后,我才惊觉原来自己深爱的男人不是很爱我,甚至不爱。我非常不愿意相信这个结论,但只有不爱才可以随心所欲地伤害爱你的人,尤其是深爱你的人,也只有他们会因为爱原谅你的伤害。

不爱,才是潇洒的前提。如果真的可以潇洒,曾拥有的也就不是爱了。

上学时,我的数学就学得不好,所以才会在伤痕累累中迟钝地算清这个爱与不爱的等式。但我不后悔。如果上天肯给我重来一次的机会,我相信自己依然会如此选择。爱情就等于飞蛾扑火,面对的时候,谁都身不由己、心甘情愿地去做那只空披着对偶花纹的弱智蛾子,希冀两个人的温暖驱散一个人的孤寂。

而初恋,却只是小孩子嘴里含着的那颗糖果,牛奶味或可可味,带来甜或微苦的记忆,在温柔和澎湃的热情中融化,至无影踪。

若干年后,一颗口腔深处的蛀牙,才疼痛地提醒出曾经吃过那样一颗糖和它甜蜜的悄无声息的入骨的腐蚀。不得已拔掉了,却会有一种空洞的不习惯。疼就这样被空在原处,只有想起时,才会知道那个空洞的地方曾经住过一颗牙齿,知道它曾经健康。

我很欣慰阿方终于找到了一个爱他的女人,又有了可爱的女儿,终于让我几年的内疚之心稍有缓解。

想起一首歌,名字是"只要你过得比我好",忘了谁唱的了。

3

住院后,我和我的名字都消失了,只有身体多了个代号:三十五床。

"三十五床,准备输液!"护士小姐蓝口罩下发出不容置疑的声音。看着针头轻易刺穿皮肤和血管,我已不觉得疼。这次意外住院我没告诉父母,不想让他们担心。因为他们一旦知道我这个问题则会费神的。况且多年独自在外,我早已养成自己处理一切事情的习惯。

伤痛中的我大部分时间只能坐着或者躺着。我现在甚至已经习惯了这样:什么也不干、不想,只是安静地看窗外阳光下的云卷云舒;穿过风,从玻璃的反光中,读自己的影子。影子像一个沉默的情人,满腹心事地站在阳光下。它以为自己是站着的,和我可怜的自信心一样。我也以为自己是站着的。

床头是那本看了若干遍的《生命中不能承受之轻》。我迷恋米兰·昆德拉的语言,正是他对生命和生活的经典诠释使我对文字的敬意油然而生。可今天我一个字也看不下去,原因是那本书的下面压了一封让我不能承受之重的信。

信来自France,落款是路奕的法文名字Louis,音译是路易。看来他真是适合法国,连改名都省了,直接步入正宗的"路易系列"。

法国的信封质量很好,还印着淡紫的丁香图案。我对着光线瞄了半天也没看见任何可以丰富我想象力的线索。只感觉里面很厚,还有硬硬的请柬样的东西。是他们的结婚邀请吧,我想。这大约是路奕出于基本的礼节才寄来的,他应该知道我不可能去的。法国对我来说太遥远了,我更无法让自己亲面残酷。

舌头根部弥漫上来一股苦涩的味道。我下意识地端起旁边茶几上的水杯,仰起脖子使劲灌了自己几口水,鸟似的。

要真有翅膀就好了,脚伤了还可以随意飞。那样我就可以悄悄地潜伏在法兰西某个教堂的角落,或者静立在教堂屋顶十字架的旁边,听听路奕在婚礼上面对神父的誓言,那是他曾经对我说过的誓言。纵然时过境迁,我依然想听,想看看"虔诚"这个词的注解。

可我知道自己不敢打开信封的,即使那请柬的封面没有中国式的大红双喜。正如不敢再听路奕送我的那个红色音乐盒一样,我不敢看盒子里面两个装扮成新郎新娘相拥跳舞的小人儿,更不敢掀开它们的衣服。曾经,我知道它们冰冷的皮肤上一个写着路奕,另一个写着那琳。

再三对自己陈述:我只是由于偶然的烦躁才静坐在窗前,不为任何人。窗子的另一角,一只淡青色的蜻蜓正努力掀动它挂着金色阳光的翅膀,试图穿越那层看似无形的玻璃。

多么愚蠢啊!就像一个美丽脆弱的女人躺在夜晚的床上,整宿等待能有个爱她的人,来填满身旁那半边空着的白色床单。

难道我就这么生活下去吗?难道就这样看着这个制作精良的信封,像老年痴呆症者那样活下去?

也许痴呆后的下半生才不会那么寂寞,像一只绝望的没人疼没人爱的猫,被主人用鄙夷的眼神遗弃,从此不能再沿着回家的路线行走,在随便哪个陌生的房顶上孤独、悄无声息地死去。

我长久地想象着自己已经立在法国教堂的屋顶,并仿佛真听到了身旁的大钟被一次次地敲响。

震颤中,我觉得自己不应是孤单的,我的对面总该有上帝才对。仁慈的上帝如果真的仁慈,应该派个男人在此刻拉着我的手。

忽然想结婚了,就是现在,此刻!My God!我是多么希望在我想哭的时候有个仁慈的男人拉着我的手啊!

拿出枕下的小镜子,我努力望着自己。想哭的时候,我总是这样抑制眼泪。很灵,我试过多次了。

不愿可怜自己,对着镜子,我又使劲笑了一下。里面是个依然青春的女人在微笑。讨厌苍老,可现在我的心已经近乎老到了100岁。

两大瓶淡黄色的药液全部流入了我的身体。像需要它们给伤口消炎一样,我也需要微笑。

我再次对镜中那张光洁的脸微笑了一下。

拿起床边的拐杖,我准备去趟卫生间。可以依靠双拐走路以后,我便不再让住院时请的陪护阿姨来了。不是钱的事,而是我实在不习惯支使别人,宁肯自己克服,这是我的一贯所为。

我尽量减少拐杖敲击地板的分贝,小心地挪着步子。右侧沉重的石膏使我在维持身体平衡时感觉很吃力。口袋里似乎滑出了什么东西,是刚才无意放进去的那个镜子。我下意识地伸手去接。忽然,左边一空,我的拐杖倒在了地上!

完了!在即将倒地的刹那我绝望地想。

一双手准确地从后面扶住了我,准确得好像一直守在那儿一样。而且是扶不是抱,分寸感把握得极好,这让我超级敏感的身体很感激。

我长舒了一口气,让感谢、真诚布满我的五官。我转过了身体。

4

一顶浅米色的棒球帽的下面是张介乎男孩与男人之间的脸。他正低头望着我。和路奕身形近似的熟悉的高大形体差点让我忽略了他的五官,联想起不该联想的可能。我定了定神,礼貌地道谢:"真谢谢您了,要不是您我今儿就惨了。"

"没事儿吧?"他关切地问。

该死,这男人竟然还有和路奕相似的低沉嗓音,唯一的区别就是他的北京口音。我努力把注意力集中到这北京口音上,微笑道:"没事儿,谢谢!"

"不用客气,我来看个朋友,没想到他提前出院了。"

他好像没有立刻走的意思,帮我把拐杖扶住架在臂下,又把滚落到门边的小镜子捡起来递给我,说:"还好,没摔坏,腿不方便可千万小心点儿。"

我望着这个陌生男人,心头涌上一阵酸楚。对面以前是路奕站的位置,而受伤的我现在却要由一个陌生人来搀扶和说安慰的话。我勉强笑一下,低下了头,说:"谢谢。"

没想到他却直奔我的病床,在茶几上放了袋东西。

"葡萄,很新鲜的,你就替我朋友吃了吧。"他回到对面笑着俯视我。正好有一道阳光从玻璃反射进他的眼睛,很亮。太巧了,我愣住了。

他的笑容在额前的棒球帽檐下伸展开来,是可以让其他女孩子感动到要死的灿烂,但于我无效,虽然亦有赏心悦目的感受。我的自我保护意识很多时候是如刺猬般条件反射型的,何况初识未过三分钟。

"不用,谢谢您了,我那儿有水果,您还是拿回去吧。"我疑惑他竟然能准确辨别出我的病床。

"为找那朋友我都在走廊穿梭无数趟了,就发现一个顺眼的妹妹,也不让我表现一回?您就行个好吧。或者,给个您的电话号码回头把账单寄给您?"他好像知道我想什么,边笑着调侃边拿出张名片:"这是我的电话,报社记者,叫我大扎好了。"

"大扎?还生啤呢。"面对这个有趣的男人,心情开始阴转多云。

"答对了,加十分!大扎还真是这么得的,我一喝高兴在酒吧就说这一句话:'小姐,一大扎生啤。'"他声情并茂的样子看来很适合讲笑话。我笑了。

他退后一步,作势上下打量了我一番,表情认真地说:"后槽牙终于露出来了,说明你现在的高兴指数在百分之九十以上。刚才露四颗牙,开始才只有两颗门牙。怎么样,写个电话号码吧,这回是心情挣的,可不算葡萄换的。"

有点儿意思。我再次看了一眼这个有着孩子般天真笑容的男人,在他递来的名片后面写下了我的手机号码。

"别总愁眉苦脸的,高兴点伤口长得快,我的经验之谈。今天就到这儿了,明天给你现场直播我打篮球时双脚同时拐着的故事。但你得先答应我把葡萄吃了。"他伸出一个小指头勾了勾:"来,拉个勾,经典的同志式告别。"

我微笑,犹豫了一下还是递过小指。

这个叫大扎的男人离开时,在走廊拐角处回头大声说:"高兴点,你笑起来很好看。"

我用四颗牙回应了他。

其实望着他伸出的小指,我还是不可避免地想到了路奕,虽然一段时间以来我以为已经精确地把他删除了。

甚至一闭上眼,我就能听见路奕走时的脚步声。那时的我们还是牵着手的,我们走在一起一直是牵着手的。路奕的手很大,他的小指可以占满我的手心。所以,我一直只是牵着他的一根小指,始终只有一根小指,而这竟然已经占满了我的手心。

看来记忆只是被我很好地掩藏在了眼睛下面,会因为一切可能发生的细节随时提醒着跳出来。现在更是在"结婚"这个词后面放大了许多倍。

我重新躺回病床的时候,再次想起那个叫大扎的男人。旁边的葡萄说明着刚才事情的真实性。我怀疑上帝刚才是不是听见了我祈祷的声音,才施舍给我一双搀扶的手,而且是和路奕差不多的一双大手。

5

我至今不知道为什么那天就遇见了路奕。

但至今我都能清楚地记得那天下午的太阳。那时的我穿着女孩子四季中最美的裙子,一件蓝色带小碎花的长裙,上衣是白色无袖T恤。那天还有四季中最热烈的阳光。我站在路奕的门外,隔着一扇虚掩的门望见阳光从南方偏西一点的位置进入他的眼睛,同时进入的还有我。

以后很久的时间里,我一直试图回忆那天下午是怎么开始的,却总没有很深的印象。反之,路奕那件前胸有好几个破洞的老头背心和沾满了油彩的明显是条破牛仔裤剪短的裤头、披在肩头凌乱的长发,还有那高大的身躯稍微前倾低头与我讲话时的压迫感……实在说不清到底是什么击中了我,也不知道一见钟情的化学反应在身体中是怎么发生的。

只是在路奕看我的时候,我的心脏里面明显轻轻地疼了一下。是爱情来了吗？我当时有些疑惑。

其实还有一个最不能忽略的人,就是同班的女生柏菊。柏菊是云南人,黑黑的皮肤很细,说话也是细声细气的。那天下午,我是跟着她去采访的。中文系的学生有不少兼职写稿的,柏菊早已轻车熟路了。当时报社给的任务是采访一个所谓的画家村的,地点在北京城西北郊,那儿寄居了很多生活在城市边缘的艺术家,因搞美术的居多而得此名。

我平时除了写点儿酸诗,很少接新闻稿。那回一是帮忙,再者是好奇。总之,对这场突如其来的爱情,没有一点儿预感。倒是那天下午离开的时候,柏菊用一种很神秘的表情对我说:"你和路奕会有故事的。"

路奕称自己是画画的,在他心目中,画家的称谓是归梵高类大师们专享的,也是他此生奋斗的终极目标。他是我和柏菊到画家村采访的第一个对象。当我进入这个在地图上叫作福缘门的普通小村落时,感觉和我想象中的差了很远。

在来时的公交车上,我还在想心目中的画家村。那将还是一个类似于大帐篷的房子,艺术家们群居着,原始社会般日出而作、日落而息;靠近窗角的部位一定会有张很大的被风吹得有些残缺的蜘蛛网。有这些离奇想象的原因是在此之前还未有幸和任何一位画家接触过,我脑海中此类人物的形象一定是颓废又激昂的。

现实中路奕租的那间不大的房子表面看上去还算整洁。这和他的性格一样,表面看起来是很温柔的,那部分隐性的焦躁只会和他床底的脏袜子一样迫不得已时才浮出水面。所以,最初的我们在暂时无忧的情况下是很幸福的。虽然我认识他的时候,他的全部家当只有五十元钱,而且在第二天约我出去的时候,全部花在了我们的午饭上。

我想结账时,路奕已经做好了走回去的准备,而且那距离几乎穿越半个北京城。说实在的,我很佩服他这种勇气,我在北京出门身上带五百元还会心惊胆战。后来想想,路奕那也是无奈时的"勇向胆边生"。

身无分文,这在当时于我几乎是不可想象的,有记忆开始我就从来没有为钱发过愁。由于父亲的官位和母亲的经商,一直以来,在各级同学中,我的衣物和开销始终维持在中上等,但父母还不会因此把我培养成花花公主型的纨绔子女,灌输给我的金钱观念一直是可以消费但不能浪费,而且在能干的母亲的教诲下也算粗通家事。这些都为我和路奕初期的爱情生活打下了可行基础。

爱情这个上层建筑和文学之类差不了多少,没有经济基础什么都是空谈。总不可能在烟气熏天的煤球炉边大谈爱情吧——也许会谈个一时半刻的,久了眼睛和肚子都会受不了的。所有的花前月下都应该在饭饱酒足后才会有充足的可行性,饥饿时看见美好的事物只会更增加食欲而根本无心享受它的美。

我又想起了阿方和他对我的好。若他当时看见我在烟熏火燎的煤球炉边给路奕做饭,一定会毫不犹豫地把我抢走。后来,多年未和他联系也是不想让他知道我的真实情况。我在阿方面前一直伪装快乐和幸福,就是不能容忍阿方知道我跟着路奕不好。

在胡思乱想中,我陆续发现有些结果是有定式藏于其中的,比如这次摔伤和之前所有粉碎性的感情。分析其原因就在于我是那种一旦上路就容易加速度向前冲的人,不计后果的原因往往是伤得想不到,尽管自觉用尽腾挪跳跃之功。

庄子说:"彼亦一是非,此亦一是非。"必须这样想,我才能逐渐修炼到宁静以致远的程度。

6

在路奕决定走了以后,我甚至有些期盼那一天快些到来,就像被宣布凌迟处死的犯人,最受折磨的是那无法挽回的即将到来。

那段时间于我是一段忙乱又迷茫的矛盾的欲进又止的日子。真到了他飞往大洋彼岸的那一天，我连送别的勇气都没有了。其实，在路奕临走的前一天送我上地铁的时候，我就有点儿不好的预感，觉得这可能会是我和路奕相爱的最后一面。

时间最后定格在那永远上演的离别的场景上——火车即将开启的瞬间，印在我瞳孔中最后的影像是路奕那张微笑的脸和他用手做出的打电话的动作。

我在心底深处有时竟抱有一丝幻想：也许在最后一刻会上演类似于电影《保镖》结尾的镜头，路奕会抛下法国从飞机上走下来，从背后拥住泪流满面的我，给我的无名指戴上一枚钻戒。想想那样的想法，我自己都觉得可笑，如果现在的生活允许浪漫的话，路奕也不会走了。

事实是他根本没有买钻戒的钞票，连那次的出国费用都是我倾力而为的。

养男人和养女人是不一样的。养女人要省心很多，更像养房子，前期的投资会得到很好的回报。她会老老实实地待在原处等你回去，时间长养出感情了她还会给你添个孩子让投资升值。而养男人如同养车，从买回来的那天开始就被套牢，开始持续消耗金钱；不仅需要定期更换机油、"三滤"什么的，还要抛光、打蜡光鲜着出门；小心保养之外，还得陪着到他想去的任何地方遛弯儿，最重要的还不能忘了时刻维护他的好心情，晴转多云时在他身后贴一张"烦着呢，离我远点"的纸条。养男人和养车只有一个区别，那就是：所有的都做到、做好了，却找不到一个能给男人上保险的地方。你需要时刻担心他走出家门后不能回来，还担心回来后磕了、碰了、失去平安，并且被别人偷或抢的弦儿也要时刻紧绷。总之，烦心和担心的事情一桩接着一桩。

但不能否认，车子所带来的飞驰的快感与房子带来的踏实的幸福感是不一样的。快乐的时候是真快乐，难受的时候也是真难受。

还有人说过，两个人也可能是痛苦，一个人也可能是幸福。我和路奕在一起的时间里开始是很幸福的,其中有很多是新鲜的激情。后来整日腻在一块儿,双方都感到了羁绊。过多的爱情阻塞了彼此艺术血液的流动,终日沉溺于两人世界也同时使双方都停滞不前。

这也是路奕走之前很长一段时间烦躁的原因之一,而且占很大的成分,也直接导致了路奕下决心走和我同意让他走。

有位事业小成的朋友说过,有事业的男人最起码还有一半,没有事业的男人连一半也没有。一个没有事业的男人是不快乐的,这种不快乐是别的(比如爱情之类)无法弥补的。他的不快乐也会在生活中很明晰地体现出来,直接导致生活和爱情的烦躁。我后来很多时候都感觉到了这种烦躁的发泄,尤其在做爱的时候,好像路奕只能在那种勇猛的冲撞中才能找到男人的感觉。

当时我也很矛盾,毕竟自费留学不是一笔小费用,而且这几年路奕持续处于几乎没有工作的状态,生活、房租什么的全靠我的工资,压力不可谓不大。可是,路奕不快乐,我也就不快乐,这就是爱一个不成功又想成功的男人的悲哀。最后,我还是决定帮助他实现梦想,也想让法兰西来帮我检验一下我爱的这个男人到底是不是块真金。

钱在需要的时候少一分都不行,而我的信用卡已经因为给路奕交各种费用透支了。无奈中,从不愿给家人张口的我找到大哥,撒谎说和别人合伙做生意借了五万元钱。钱汇走不到一个星期,路奕顺利地拿到了法兰西的签证。

路奕走之前经常说的话就是:"琳琳,你一定要等着我,我会努力尽快把你接过去。到那时,我们就能一起在巴黎的香榭丽舍大街散步了,还可以给你买漂亮的法国时装。"

说者和听者在当时都心情激奋,斗志昂扬。鞋里的脚丫子控制不住地发痒,好似已经提前享受了香榭丽舍大街沾着些许贵族狗屎的人行道。

后来,我确实收到了不少来自法国的包裹,里面的衣物一看就知道来自巴黎的地摊,但我愿意相信路奕说的话——它们是在某某法国牌子的商店买的。我总是把它们小心地收藏好,包括那长途跋涉过的包装物,因为它们带了路奕的味道。

再后来,电话和包裹出现的频率越来越少,直至销声匿迹。

记不得是哪天了,我偶然收拾路奕没带走的衣服,忽然在他以前常穿的毛衣上看见了一根头发,那是路奕的头发。我把那根头发放在手心里抚摸着,仿佛过去无数次抚摸路奕的长发。可是没有带来我希望的什么感觉,它没有血肉了,几乎是死亡的。我不愿意用死亡这个词,它总给我不祥的黑暗。

我把那根头发又放回了路奕的毛衣上,看上去好像刚落上去的一样。

那一刻,我意识到路奕彻底从我的生活中消失了。

7

寂寥的街上,只有古老的时钟在缓慢移动,代表着深夜里芸芸众生唯一的生活迹象。

骨科病房的夜是最不安静的,不时能听见或大或小的呻吟声,间或还有一阵半阵的号哭。病痛在黑夜的掩盖下都肆无忌惮地苏醒过来。病床边的陪护们渐渐都进入了梦乡,而床上的病人们却整齐地睁着眼。

失眠最近缠得我很烦,使我不停地坐起又躺下,仿佛这样动着才知道时间的散漫流过还没有达到完全休止的地步。

黑暗中忽然想起王菲的歌《有时爱情徒有虚名》。恋爱中的女人真正是今年二十,明年十八,在此处特指智商。爱情前进多少,智力就后退多少,陷得愈深愈看不到自己,逐渐丧失判断力,逐渐木偶样的只知道跟从。在这座恋爱中的城市,似乎只有我一个不相信地老天荒。从黑夜到白天,又从白天走回黑夜,从爱情中走出来又走到爱情里去,可难道从伤害里走出来还要走回伤害中去?尤其是很多时候,我悲哀地看到爱情确实徒有虚名。不信爱情就是因为曾经沧海的那种心境。

比如现在的我,只有不悔,而不再执迷。

但我不愿意把插在身上的这柄剑当作路奕。伤口是我自己的,甚至对这个结果我也是半推半就的,如同开始时的半推半就一样。或许我没有努力的原因是提前估计到了结果,不愿侥幸再试。有人说夫妻间的脚上会缠绕一根红线,只有红娘可以看得到。我看不到什么地方有,但我能感觉到什么地方没有。不是像巫婆或吉卜赛女郎那样,走在人群中有一双能看到未来的眼睛。我凭的是直觉,如同瞎子躲避危险的本能。

有时,是在阳光慵懒的午后,我会让护士用轮椅把我推到街边待上那么一会儿。忙碌的大街上没有人在意这个轮椅女子的存在。我安详地眯着眼,看着人们陆续从我身前走过,然后在心里预言哪一对恋人可以长久,哪一对恋人缺少缘分迟早会分开。急匆匆的女人们鼓点似的敲打着高跟鞋,我能听见她们默念着玉女心经去幻想种种浪漫的邂逅。看来太多的人还是相信这个世界上存在着爱情。

每一个恋爱中的女子进入视线,总仿佛看见以前的自己:她依偎在那个高个长发男人的身边,拉着他的一根小指,仰脸望着他,表情幸福而满足。那真是曾经的我吗?

我不清楚,但此刻的观者,我只是个束缚于郁郁不乐的思想和一些可怕预感的奴隶,只看见爱情在我眼皮下轰轰烈烈地驶过灰色的街道,留下迷雾样的尾巴,这真是一件令人匪夷所思的事。

还有一件事是我没有想到的,那个叫大扎的男人真的又来了。而且以后的每天都要或早或晚地来病房报个到。最让我佩服的是:即使很晚他也总能说服值夜班的护士放他进来,包括那个最难说话的护士"人头马"。

大扎还带来了他的笔记本电脑,并拷贝了不少好听的音乐和游戏帮我解闷儿。电脑的屏幕壁纸是大扎自己的相片。照片里,他穿着一件白色T恤做蓦然回首状,看上去很帅气。他却故意嬉皮笑脸地说自己长得丑,让我晚上开机放枕头边,能起到吓鬼防贼的作用。

"长得丑点不要紧,只要白天别出来吓人就好。我跟你说过叫你不要白天出来,你怎么随便出来呢?随便出来会污染环境,要是真吓到别人怎么办?吓到小朋友不好,就算没有吓到小朋友,照镜子吓坏自己也是不对的!"我学《大话西游》里唐僧慢条斯理的声音回他话。

"老大,I 服了 You!"大扎抚额做昏倒状,我却笑倒。

很奇怪,只要大扎出现在面前,我就会有能开玩笑的好心情。他是感染力很强的那种人,会让你无拘无束,同时分享他的自在、随意和快乐,是典型的射手座。大扎与生俱来的没有缘由的自信和快乐,让郁闷中的我很是羡慕。

慢慢地,我们彼此见面,开始如同多年的老友那样相互击掌,用手机短信开着玩笑,甚至相互发些带颜色的成人笑话。但我们从来不会说起以前怎样,从来不会。心照不宣着,仿佛我们是从见面那天才开始出生的,干净而且透明。

我感激大扎从不问我以前和关于情感方面的任何事。我只理解成这是他的同情和宽容,亦认为这不是爱情。不相信爱情的人,会比平常人容易不快乐,如同患过感情绝症的病人,患处已被大面积切除。——不是不想,而是已经没有那个功能了。

下雨了。

窗台边站了一只淋雨的鸟儿,翅膀都湿透了。我打开窗户想让它进来,可它却惊吓着飞走了。它宁愿淋雨也不敢尝试我的善良。我悲哀地想:我和它其实没太大区别,宁愿孤独也不敢浅尝爱情。

爱情,如今只是我小心藏在身体隐蔽处很小的、敏感的一块。如果耗尽,我将一无所有。

大扎在屏幕上持之以恒地对我微笑,温暖得我不由得伸出手去触摸了一下他眼角下那个小疤痕。它隐藏在笑容里不太明显,但我依然看见了。

指尖触之,感觉凉凉的。

8

后来,在医院的时间由于大扎的陪伴感觉快了许多,伤口终于可以拆线。想到即将出院,我很兴奋,终于熬到了重见天日的时候,都有点按捺不住了。

大扎正帮我收拾东西。整理书的时候,那封法国来信掉了出来。他捡起来看了我一眼,说:"法国国际邮件,怎么不拆开看看?万一有什么急事呢?"

他不知道"法国"这个词永远会让我产生涌泉穴般的敏感。我一把抓过来塞进背包,没有说话。

大扎若有所思地凝视我片刻,也不再说话。

回到我住的单元楼下时,我才意识到上五层楼对于仍挂着拐杖的我来说是多么艰巨的事情。大扎看看我说:"我背你上去吧?"

我赶紧摇头,同时紧挪两步,试图单脚蹦上去,可试了几次也没有成功。不高的台阶对于受伤的脚来说想迈上去实在是太难了。

大扎不再征求我的意见,直接拿掉拐杖,要抱我上楼。无奈,我只好说:"那就背着吧。"

将近一百个台阶,我的身体和他宽厚的肩背碰触了将近一百下。

到五楼门口的时候,大扎已经气喘如牛,但还是很小心地放我下来。他的细心让我心里一动,有种家人般熟悉的被呵护的安全感淡淡地掠过我的胸口。我忽然转身很紧地环住他的腰,把脸深埋进他的腋窝。我嗅到他身上好闻的麝香样的汗味,是久违了的男人的味道。

大扎搂住我,抚着我的头发,说:"我等你,等你彻底长好,好吗?"

我知道在这个世界上有个很小的地方叫作幸福,很远,还需要带着很足的想象力去找，包括足够安慰自己的后悔药。这些我全没有，故此我早已没有奢望。可我无法拒绝热水一样的爱情，知道短暂，也不忍从那莲蓬头的水柱下离开。对于寒冷的人而言，即使没有可长久保暖的衣物，短暂温暖一下也是好的，最起码可以使僵硬的皮肤恢复弹性。

出院后的那段时间，我天天待在家里，四望之下寻不到一个活物，无聊透顶。

大扎的住处距医院近但离我的住处很远。我们一个在东南，一个在西北，几乎绕北京大半个城了。而且他刚接了报社一个重要的采访任务，必须把稿子尽快赶出来。大扎给我写了他的网络QQ号码和家里电话，说："我近期可能来不了，你自己照顾好自己，时刻保持联系，别让我不放心，手机、电话、QQ一个也不能少。"

关于鸡肋，一直有"食之无味，弃之可惜"的历史说法，我却觉得鸡肋在特定的时期，比如在特别饥饿甚至一般饥饿时，简单的咀嚼能起到很好的精神安慰作用。尤其对于精神处于极度深寒中的我来说，鸡肋几乎是一根救命稻草了。

当时的我正是把大扎看成了这种飘至身边的救命稻草，虽然明晰地知道是稻草，还是本能地靠近了。有在某些时段确实胜于无。

是的，有胜于无。我这样想着，开始尝试和这个叫大扎的男人演练谈情说爱。

从早到晚，我坐在床上或者躺着，所有的感觉和感情都是在这张床上"谈"出来的。床前摆着台电脑，我把键盘直接放在腿上，一直把QQ挂在线上。大扎上网时就和他打字聊天，他在外面的时候给他发手机短信息聊天，深夜则恶"煲电话粥"。我们通过种种先进的科技手段时时刻刻地连在一起，那段时间，我们生活的意义好像只是为了和彼此说话。

我和大扎仅凭有限的电话线或无线电缆连接，竟然可以在无话不谈亲密无间的同时，而对彼此的肉体毫无概念。进行这种纯粹的精神交流，可以暂时摆脱肉体的羁绊，完全透视灵魂。我们开始知悉彼此的身世、教育程度，最后包括概述以前历任恋爱故事，甚至初次性体验的年龄都在深夜的电话中坦白从宽了，比之前医院多日的交往具象很多倍。我甚至主观地认为现在对大扎的了解肯定已超过了和他有过亲密接触的任何女友们。

而我毅然首次对第三者说起我和路奕的故事。大扎总是静静地听我一开了头就收不住的诉说，我把他当作精神上的垃圾箱。这是我说的，他则更正为可以清空的回收站，说这样好听些。

一天深夜，我刚蒙眬着酝酿睡意，忽然接到大扎的短信：失眠，你呢？

我回：一样。

电话一会儿？

好的。

片刻，电话响了。大扎的声音有些嘶哑，仿佛能闻到烟味从听筒里传来："想你了，我过去看你吧？"

"你没吃摇头丸吧？都几点了，什么重要的事电话说不行吗？"我很惊讶，大扎并不是个情绪化的人。

他顿了一下，说："想过去和你说会儿话，以前没告诉你，我其实还有个女儿。"

我大吃一惊，深吸了口气，尽量用正常的语气问："哦，你不是没结婚吗？"

大扎说："是没结，孩子生下之前我都不知道，前女友留给我的好'礼物'，现在一直是我爸妈照顾着。但是我很爱我女儿，以后我的女人必须对我女儿好。"他说最不能看见电视里那个雕牌牙膏的广告，一听见那句"我有新妈妈了，可我一点都不喜欢她"的广告词，心就立刻像团被折成了很多皱折的废纸。他说他最对不起的就是女儿，一听见女儿咿咿呀呀地叫"妈妈"就想掉泪。

听筒里传来隐蔽的抽泣声，我的鼻子也酸起来。没想到这个看上去那样坚强、快乐的男人也有脆弱的时候。我说："你过来吧，我等你。"挂了电话，我早早打开大门，坐在明亮的客厅等着。

大扎的外套带来一股夜的寒气,手也一样——冰凉得让人窒息。不过,我的手是热的。

我像日本妻子迎接夜归的丈夫那样,给他换拖鞋、脱外套,再沏上一杯热茶。大扎默不作声地望着我干这干那,忽然一把拉过我,紧紧搂住。他把头埋进我的头发里,忏悔样低低地说:"你知道吗?我现在甚至没有公平说爱的权利。"

我用手抬起他的脸,慎重地望着他的眼睛:"孩子不是问题,对于女人来说,关键是这个男人爱不爱她。如果是我男人的孩子,孩子也就是我的,我会像对待自己亲生孩子那样做的。"

他叹口气:"不是所有女人都这样想的。我妈前天托人给我介绍了个对象,结果那主儿一听有个孩子,连面都不愿见,害得我妈难过了几天。"

一听是这事儿,刚升起的一点浪漫情怀马上了无踪影。轻轻挣脱大扎的胳膊,我坐到沙发上,轻描淡写地回了句:"是吗?那这女的也太没眼光了,再托人多介绍几个见见,你这样的万人迷哪可能找不到老婆呢?"

大扎愁眉苦脸地点烟:"看你,要听实话又小心眼儿,是我妈找的又不是我。我心里难受,别冷嘲热讽了好吗?求你了。"

我可以闭上嘴,可他难受的理由再也无法让我重新温柔起来。再次巩固了那句话:有时女人宁肯被欺骗。

算了,管他呢,反正现在他的未来还与我无关,何苦自寻烦恼。

9

好不容易遇上个明朗的天,一早就接到编辑部马主任打来的电话:"小那,你的腿怎么样了?"

"长得不错,已经可以走路,就是慢点。"

马主任以前是个不错的头儿,可今年忽然变了很多,琐碎而多疑,估计是女人更年期提前所至。对这一点,我们编辑部私下全票通过。嘴巴缺德的中年美编老袁还很专业地提到马主任的性生活质量问题,结果大家一致让他到马主任那儿毛遂自荐。平心而论,马主任对我还是不错的,病假时奖金照发,我也该知足了。

休假这么长时间,我都已经分不清星期和月有什么不同,黑白颠倒的日子让我远离正常生活很久了。马主任委婉地提醒说下期的策划该我做了,我赶忙找到记事本。

确实,杂志下期的选题是我年初策划的,是对归国海外游子们的专访。唉,饭碗重要,让长吁短叹见鬼去吧。

"马主任,那期策划我准备得早,稿子组得差不多了,就差两篇重头稿。"我把电子信箱里收的稿子快速地在脑海里过了一遍。

"正好有个消息,今天国际艺苑有个留法归国画家的画展开幕,好像还同时举办婚礼什么的,你腿脚要方便能亲自跑一趟最好。现场多拍些照片,一定要带上他老婆拍,着重爱情生活那部分,照煽情了写。剩的那篇也赶紧想办法,别耽误截稿。"

挂了马主任的电话,我愣了半天神儿。法国,又是法国,为什么这个词总会时刻纠缠我?我甩甩头。

出租车刚在国际艺苑对面停下,就看见大门上方那个醒目的大红条幅:留法画家Louis油画作品展。我的心忽然缩紧一下,被一种不安紧紧扼住,可又安慰自己:法国起这名儿的多得是,不会这么巧吧?!

再者,如果路奕回来办画展不会不告诉我的。我去不去另说,可他一定会告诉我的。

犹豫着走到大厅,看到前面围了一大堆人。我把背包取下来,拿出相机准备干活。正当我四处搜寻谁是主角时,人群中一个长发的高个子男人正好转过头来。不是一个,是两个。他的右侧还站着一个巧笑倩兮的女人,并且穿着洁白的婚纱。我呆住了。

竟然真的是路奕!我如同一个被定格的画面,身形僵硬着不知所措。我看见路奕走过来了,身形在眼前慢慢放大,放大……

我想逃,可动不了。

这时,一双手握住了我的肩膀,是大扎!我无暇顾及为什么他也在这儿,只如同溺水的人样死命抓住他的手,低低地叫了声:"带我走!"

回到家门口,竟然找不到哪把才是开大门的钥匙,我赌气地把钥匙包扔到楼梯上。大扎看了我一眼,捡起钥匙包,打开门。

我再次被"路奕结婚"这个现在进行时击倒,像一个底片被多重曝光,远景朦胧并显出焦距,近景却异常清晰。

亲眼所见和上次他电话里告诉我的是两码事。看来我内心深处对他说的"准备结婚"中的"准备"还是抱有侥幸心理的,也可能压根就不愿意相信。前段时间总和大扎在一起时,我甚至还犹豫过"这是否在背叛以前的爱情"。人家都计划结婚了,而我还一个劲儿孤芳自赏着,总幻想他的新娘不可能不是我,真真愚昧到自己都不能原谅了。

背叛竟然也是一种幸福,最起码有人可背叛,有人在乎你的背叛,而我已经贫穷到无爱可累了。

忽然无比可怜自己。我神情恍惚,一把抓住大扎的手,甚至可以是当时身边任何一位男人的手,希望能够立刻登记然后和路奕共同举行婚礼。不,要赶在他前面!

我用绝望的声音乞求大扎:"我们结婚好吗,大扎?就今天,现在。"

大扎用另一只手从口袋里掏出烟叼在嘴角,又找到火机点着,深吸了一口,然后问:"你是认真的吗?"口气平常得好像我刚才是问他"吃了吗"。

在这个对我而言无比漫长的点烟过程中,我已经平静了许多。我恨自己的平静,太多时候我总是很清醒,清醒到很难欺骗自己。糊涂女人是最能幸福的女人,也最易找到幸福。有时我甚至希望自己回到女人必须三从四德的旧社会,目不识丁地单纯着,养很多鸡或鹅,在傍晚的炊烟中斜倚着大门喊孩子们回家吃饭,背后是我吸着旱烟袋的沉默丈夫。

可现在我必须欺骗自己和大扎,我坚定地点头。

大扎吐了一大口烟。烟在空气中留存了很久,仿佛是他有形的呼吸压迫着我。他说:"你不是。你我都知道你不是。如果你半天前这样说我会很感动。可现在的你并不是你自己,你心里还藏了个小人儿,他一直在左右着你。你知道吗?你并不清醒。听着,这会儿不要作任何决定,赶紧洗个澡睡觉,我不想让你做将来后悔的事。等你心里那个小人儿消失了,再告诉我你真正想做什么。"

我预感到大扎会看穿我,但还是有一阵轻轻的失望烟雾样把我包围。我不该期待爱情像礼物一样来临的,想象它会从天而降本身就很弱智。

忽然想家了,不是北京的这所房子,而是地图上那座地处中原的城市。那儿没有北京繁华,但那儿有我从小长大的家,那儿的水泥路上有我童年跳方格子时画的粉笔线,那儿的空气中有梧桐落英后的甜香。最重要的是那儿有爱我的家人!亲人之爱和情人之爱的区别就是前者永远没有失效期。

我放开大扎的手:"好的,我会好好想想。你回去吧,让我自己静一下。"

当大扎关门的声音在身后响起,我拨通了家里的电话。妈妈熟悉的声音顺着话筒传来:"想回家了吧?……"

是的,回家。我瞬间泪如泉涌,立刻做了决定:离开北京。

10

连续睡了两天。

醒来的时候是第三天的黄昏。望着窗边的吊兰在风中细碎摇摆,我忽然非常理解《飘》里郝思嘉对家乡塔拉湿润的红土地那种深切的感情。是的,真踏实,无比踏实。漂在北京的日子那么久,我一直没找到这种感觉。

我长长地伸了个懒腰。觉得有一点儿冷。于是不想起床,也不想动,也不想思想,就在床上,享受梦与清醒之间的那份舒适。

在北京忙惯了,猛地歇下来还真不太适应。杂志社的工作辞得很不顺,马主任坚决不同意,要扣我的工资和奖金。她很不理解为什么我前后两天的变化这么巨大,非逼着我把那篇归国画家的文章写完再辞。

"去他的法国画家,去他的文章,爱扣多少扣多少,我不干了!"我大叫,再次发现不做淑女的感觉很好。马主任那张酱黄瓜似的脸简直皱巴到了可怜的程度,发绿的眼睛只能无奈录下我摔门而去的背影。

生活一下子到了空白。

手机关了,我强迫自己剪断和北京的任何联系。偶尔开机时,总会看到一大串新的短信,除了广告全是大扎发来的,直到把手机的 SIM 空间占完,删除后又被新的充满。我一个也没回,虽然知道他一定急坏了,但这次我不是玩失踪的游戏,是真想彻底忘记北京,包括大扎。

刻意的强迫症还是有缺口,每每发现电视屏幕上出现熟悉的北京,我总是由不得多看几眼。那熟悉的街道和路景都在不停地跳出我的记忆。其实不用提醒我也会毫不遗漏地想起所有细节,只是这外面的诱因迫使我不得不想起这座我和路奕共同生活过的城市。这随时会在我心中归来的永不会再发生的以前,一遍遍重现着,让我感觉好像活过很多遍。不过,唯一不更改的是路奕。

回来后,我终于拆开了路奕那封法国来信,精美的画展请柬中夹着两页薄薄的纸,信上提到他们打算在画展上举行婚礼,希望我参加云云。

天哪!我应该及时看的!早些知道的话,就是杀了我,那天也不会去自取其辱,后悔得我牙根直痒。

在闲着的时间里,我非常喜欢看卫斯理系列的科幻小说,情节倒在其次,使我着迷的是那书里时空和现实之间可以自由地相互转换,看着看着就把我的幻想欲提了起来。可放下书后,时针、分针、秒针都还在毫厘不差地走。

我发现自己最近的情绪划分很明显,黑白两极泾渭分明:白天条理分明,愈夜愈模糊。黑暗像电源一样总是触亮我关于路奕的记忆片段。如果上帝能使我失忆,我将天天为上帝祷告。失忆后,快乐的痛苦的什么都会在我的脑海里消失。失忆后,我会比现在快乐,比从前快乐。我宁愿以从前美好的回忆做代价。

我变得恐惧上床,恐惧睡觉。好不容易睡着后,又总被梦惊醒,在醒后听见自己的哭泣声彼此呼应。在梦中因为现实而哭泣,在现实中又因为有梦而逃避。

在黑夜里静坐,感觉体温缓缓下降,是那种从脚趾开始的冰凉感觉,很像一匹急速奔驰的马倏然倒下后在冰冷的地上越来越慢地抽搐。温暖从我身体里离开,如同马睁着眼睛看自己鼻子里呼出的热气一点点减少。

空寂的房间内只有我的视线在天花板上来回穿梭。

路奕那时说此生最大的愿望就是和我结婚,在美丽而富饶的大洋彼岸过上中产阶级的幸福生活。那真是幅让人想来都会心动的画面:落叶飘飘,一座美丽而安静的庭院,男人坐在沙发椅上看报纸,膝上放着一个孩子,身旁另有两个孩子虫子似的爬来跑去;孩子白白胖胖的,其中一个还穿着纸尿裤;女人端了一杯咖啡出来,轻轻放在他面前的小桌上,温柔浅笑。

谁说男人不浪漫?路奕所幻想的是对中国艺术工作者而言最理想的生存状态之一,并会付出不懈努力使之成为现实。老实说,我也曾经为这幅画面欢欣鼓舞,因而心甘情愿地离开学校宿舍和路奕在外面租了一间小平房,在那里与他过起了红袖添香的生活,但没有达到举案齐眉的程度。我所谓的红袖添香的生活是指:在他奋力背诵法语单词的时候,我在他脚下点一蚊香,用扇子替他驱走平房里没完没了的蚊子;在他画画的时候,我用煤油炉煮面;我学会了在菜场讨价还价,还有节水省电;等等。

我那时早已不写诗了。我几乎没有了自己,只是路奕的一只鸟。而且这只鸟还必须给他做饭、洗衣、收拾房间,包括做家教挣房租。诗是闲情雅致的产物,确实是小资产阶级思想的体现,而且首要条件是得有能过上资产阶级生活的基本条件。所以那时,诗之于我也已经升级为奢侈品了,我在柴米油盐的锤炼中早已摸不到灵感的影子。

磨难对天才是财富,对不是天才的只能是倒霉。就学习艺术的人而言,生活的磨难大差不差,区别只是路奕只有天分而不是天才,他的路注定只能靠自己摸索着走,即使后来又加上了梦想成为艺术家老婆的我的帮助。我真是被爱情迷住了双眼,怎么也没想想,有哪个艺术家成名后身边会站着糟糠之妻?

也许正因为我从不把爱情贴在脸上,只把爱情负在肩上或背上,所以总要感觉很累。但爱情里还有太多不可预知的因素让它最初动人的容颜走样。时间对女人来说就像吃慢性毒药,爱情也和美女的脸蛋一样娇嫩得经不起时间和距离的消磨。

那间平房,在我的记忆里已经成为一种淡漠的存在。我不再能具体记得里面存放的事物,特别是有过些什么样的家具,只记得房子的隔音效果很不好,常常在晚上会听见隔壁传来的呻吟声,虽然没大到电影上常夸张表现出来的撞到墙板"咚咚"作响的地步。

谁都不想负债,所以今天得到你恩惠的人,很可能是以后恨你的人。受你恩惠最多的人,也可能就是将来最恨你的人。因为你的存在时刻提醒着他以前不如意的日子,迫使他重复使用自己的良心,使生活超重。如果他具备还你恩惠的条件,还能在心理上平衡些;如果不具备,想起你,越发会提醒他看见自己这么多年都没有改变,提醒他自己看不起自己,于是这个人必将加倍地恨你。我想这也是路奕在很长一段时间销声匿迹的原因之一。

虽然施舍和帮助在初始并没有指望它们能像飞盘一样,在发出的时候就估计好回来的轨迹,但基本的预测心理还是有的。最起码你希望好心能有好报,不盼望自己和东郭先生下场相似——遭遇白眼狼。

终于有点明白了 D.H.劳伦斯在《查泰莱夫人的情人》开头写的那句话:"Ours is essentially a tragic age, so we refuse to take it tragically.(我们的时代从本质上讲是一个悲剧的时代,但正因如此,我们拒绝把它当成悲剧来看待。)"这句话说的就是以娱乐的态度看待自己和别人吧。

四面楚歌中,我的身体持续生长出针对爱情的抗体,它们让我关上了我给爱情存留的最后一扇门。

11

看来我必须让自己融入这里的生活才能做到彻底忘记。

很快,我在一家杂志社找了份编辑的工作,还是干老本行更得心应手些。

出色的工作使我在第三个月便被提升为编辑部主任。编辑部的大房间包括美编在内,有七个人。为了忘却烦恼,我每天都让杂志把脑袋填得满满的。

周五下午是例会,我刚打开记事本准备开会,就被一个电话打断。电话旁的夏编辑拿起后递给我:"那主任,找你的。"

我拿起听筒,刚"喂"了一声,就听见里面的声音说:"都当上主任了,过得很滋润嘛,腿恢复得怎样?有什么后遗症吗?"

我一惊,是大扎!

我捂住听筒,对大家说:"我这儿有个重要电话,过一会儿叫你们。"

办公室安静后,我把穿平底鞋的脚舒适地摆到桌面上,才接上大扎的话:"可能要多增加一项天气预报的功能,别的没什么,这我自个儿操着心呢,瘸了更难嫁。"

"没事儿,瘸了我也不嫌弃你。我就在你门口。"

我赶紧回头看,没见有人,松了一大口气。

"不用回头看,我在你杂志社大门口。"他好像能穿墙越壁目测到我的动作一样自信地说。

"是吗,哪阵风把您吹来了?荣幸之至。"

"能得到主任的亲自接见吗?"

"看在您千里迢迢的份上,可以。等我下班吧。"

"三个月都等了,我有这份耐心。如果你不是坐直升机下班,你会在大门东侧看见我。"

我安排完下周的工作,便匆匆结束了例会。打开化妆包,镜子里是个面色绯红的女人,眸子明亮,呼吸也稍有急促。兴奋什么?我问自己。是我一直在暗暗盼望这一天吗?不知道,我真的不知道。

还是那个米色的棒球帽,还是那个微笑的大扎。我距他一米时停下。他也没动,就那样站着。

我抬起头,他低着,倾斜着对视良久。

突然的,大扎用力揽我的肩,逼迫我把对视的距离减少到最小:"再也不许了,知道我找你有多不容易吗?要不是看见了你们杂志,我可能就永远失去了你,那将是多恐怖的事。"当清楚地看见了他眼睛里漂过的一大片湿润,我知道我不行了,下楼时准备好的话一句也说不出口,只剩下听力仍然正常:"我们是亲人,知道吗?亲人是分不开的。我还没有用这个词形容过其他女人。我知道你曾经有过一次刻骨铭心的恋爱。我多么希望你没有这段记忆,但这是事实。我只能对你更好,来替代他在你心中的位置。我无法多给你什么,只能说和你在一起的每一分钟里,我都尽力让你感到幸福和快乐。"

这就是我一直期许的剧幕拉上之前的那段真情对白?真是我所有等待时间的总和?我不敢相信。但大扎引导我做了决定,他捏了捏我的脸颊:"你如果再乖些,我就批准你做大扎的女人了,不许再伶牙俐齿,听见了吗?"

我望着他傻傻地点头。

他哈哈大笑:"这才叫听话嘛。好了,先把你留身边察看一天再说。我饿坏了,快带我去尝尝你们这儿的风味小吃。"

饭后结账时,大扎坚持不许我付账,并且义正词严地说:"每当囊中羞涩时,我都殷切期望着女人勇敢买单,千万不要顾及我的脸面。不过今天这顿饭必须我结账,终于等到你想吃凉皮的机会了,我容易吗?"

我大笑。既然和大扎在一起的我总是会很开心,那就让他接下来的二十四小时飞速地过去了。

大扎上火车时我没有去送。

"最不喜欢送行,火车开走后空空的站台总会让我想起散席后零落的残羹剩饭,太凄凉。"我低语。

"那接我好吗?"大扎紧握一下我的手。

我无语,但回握了一下他的手,如同一个敞开的暗号。

深夜,手机的蓝屏闪烁着一个小信封,是大扎发来的短信:"我已到北京。什么时候你完成了对回忆的思念了,想我好吗?"

我的心悄悄柔软了一下,泪很快湿了睫毛。

"我把自己打碎又拼不好,我很笨的。"

"拼图是我的强项,只要你肯给我机会。给点阳光,我就能让你灿烂。"大扎还在后面加了个代表微笑的符号。

我相信了这微笑的文字。文字给了我幻想,而幻想让我心动。

但距离是无奈的,无法随着心的靠近而缩短。大扎的工作很忙,我暂时又不愿意回北京。最后只得商定了个折中的办法,就是在我和北京的中间挑个铁路边的城市,在那儿找个供我们约会的小屋。

以后,在数次的电话约会中,我和大扎在电话的两端分别用手指在地图上挑来拣去,可一直没找到个合适的中间城市,不是左了就是右了。最后还是交通问题使我们把这个约会城市定在了石家庄。

不明白为什么我总是被距离一次次击中。同在北京反而百转千回地避着,不在一起又千方百计创造机会。

在石家庄的火车站广场,大扎紧紧地拉住了我的手,好像一松开我立刻会消失在空气中。然后,我们找到房屋中介,直接在火车站附近租了套一居的房子,这样可以把见面的时间再提前一些。房间的外部不时被火车的汽笛声、轰鸣声扫来扫去,可这噪音让我加速了对这个房子的亲切感。

房间里除了家电和一张舒适的大床,没有多余的家具,这已经足够了。我们到最近的超市买了全套的床上用品,手牵着手,俨然一对悠闲的小夫妻。

床上铺着天蓝色带云朵的棉布床单,宁静又温馨。大扎拉过正在打扫卫生的我,抱在他腿上,深深地吻住我的嘴唇,不,是吮吸,迫切而热烈。他围绕着我的脖颈猫样噬咬我的耳垂,在耳边低声地命令我:"把衣服脱了!"

我扭动着拒绝,伸手解他衬衣的纽扣。他移开我的手指,凝视我的眼睛,用催眠样的声音继续命令我:"把衣服脱了!"

真的被他催眠了似的,我听话地解掉了一件又一件,直到彻底敞开后被他完全充满。

终于,他的眼睛在我睫毛上方停下凝视:"好吗?"

"好……"我看见颤抖的睫毛在眼睛前睁开又闭合。

"现在你是我的女人了,知道吗?"我喜欢听大扎这样霸道地说。

记得远在英国的毛姆曾经说过:"请别以为快乐就是不道德,所有的快乐本身都是美好的。"我正是这样告诉自己,并力图借用名人的话来安慰自己:你面对的是他热爱着你的感情,而不是你自己缤纷的欲望。

晚饭后,大扎说要告诉我一些话,声音阴郁而沉重。但这对我是个问题,因为大扎说要由我决定他是否说。他说,如果说出来可能影响我们此刻的感情和心情,但那些都是已经过去的事,他现在的感情世界只存在我一个人。

我想一定是大扎以前的什么艳遇故事,或者没有交代清楚的第 N 个情人。我抑制住了自己的好奇心。最近不想知道的事情一件接着一件冒出来,已经搞得神经应接不暇了,少一件是一件吧。现在的我是典型的鸵鸟主义,眼不见为净。

原来,我一样很害怕他说出什么来,让我失去劝解自己留在他身边的理由。现在如果真的失去了这双可暂且偎依的手,我实在不知道自己该怎么越过钟表上一格一格的慢腾腾的时间。

12

我开始以星期为频率奔波在火车或汽车上,和大扎共同进行周末情人的生活。

确实是进行。在大扎和我共同向这个陌生城市出发时,我们都不知道将会在那里发生什么。

我逐渐发现大扎并不是初期留给我的那种阳光男人的印象:他的酷不是那种面无表情的装酷,而是那种不动声色的、漫不经心的格利高里·派克型的无所谓;他的感情如同欧洲的洲际导弹,似无所指又无所不指,忽冷忽热让人捉摸不定——在捉摸不定中我只能琢磨。

大扎是那种喜欢被女人费心思琢磨的男人,他说这会让他有成就感。原来他一直把爱情等同于一种斗智斗勇的游戏。

他说婚姻更多的是束缚,而不是幸福的保障,他更珍视真挚的感情,对表面形式并不在意。

而我认为一个男人对女人最大的爱情就是给她婚姻的承诺。虽然知道爱的时候是真爱,不爱的时候也是真不爱,但还是幻想世界上仅存的一个关于永远的奇迹发生在自己身上。

爱,永远是女人最顽固的需要,总希望身边的爱情就是自己最后的归宿。

更多个周末的晚上,我们的身体都像一对叠放在一起的碗,凸凹相合,紧扣在一起。我想不通究竟是存在决定意识还是意识决定存在,通俗点说也就是屁股和脑袋究竟谁决定谁的问题。但我想只要两个人能坚持下去,就一定有坚持的理由。

其中的一个理由是我迷恋上了大扎健壮性感的身体。我不讳言女人也是好色的,最起码没老之前的我现在还具备好色的条件。但女人的好色是区别于男人的:男人好色是因为天生喜欢森林,他们不希望为了一棵已经做成家具的树而放弃成片的森林;而女人的好色却是为了能找到一棵好树而穿越森林。

　　罗兰·巴特说过:"形象是不容改变的,它有着最后的发言权。没有任何一种知识能够反驳它,挽回它或者诋毁它。"在同样智商和情商的起跑线上,性感是最无法用考试和分数衡量的东西,但这自然而然地流泻出来的不可名状的东西却是很能左右人的。

　　很多个激情燃烧的时段,我总会分神:如果不能清醒地活着,就让我愚蠢地为了莫须有的爱情狂喜而死好了。

　　每个周末都是我们的蜜月旅行,一周的小别使思念变得彻头彻尾。

　　很多本质的东西用眼睛是看不见的。但你能感觉到那种入侵,它会病毒样地复制、复制、再复制,直至通体被置换。

　　记得许美静有一首歌叫《你抽的烟》,写一个痴情女子跑遍小镇去买她爱的他喜欢抽的烟。电影《人约黄昏》里,绝色的女鬼站在"梁家辉"的身后问烟店的小店员:"有 ERA 烟吗?"还有那首被女孩子传唱良久的《味道》:"我想念你的吻和手指淡淡烟草味道,记忆中曾被爱的味道。"为什么总是烟,而不是别的更能唤起女人的缅怀? 只有一种解释:男人对香烟牌子的专一对应了女人对爱情的专一。

　　我觉得自己正慢慢变成一缕蓝色的烟,缠绕到大扎的脖子上,而他却还不知道。

　　大扎一直抽七星牌子的烟。我喜欢看大扎抽烟的样子,望久了,也就习惯了这种烟的味道。它们和他混合在一起,分不清界限。但我不知道,大扎还擅于把自己埋藏在烟雾里默不作声。

　　我们曾在深夜的电话约会里无话不谈,好不容易真正在一起时他反而不说话了。我们一起上网、看书、看电视、听音乐、做饭、吃饭……就是很少说话,这让我觉得很不可思议。有时我躺在大扎的胸前,总感觉到里面装满了无法预知结尾的逗号。

　　男人和女人的"贱"也不一样。男人们总是拉着扯着想要那些离身边有段距离,也不是那种遥远型的,通常是自我感觉有八成把握、紧跑两步能追上的那种,而对伸手可及的向来视而不见。一旦有天发现身边的想逃走或者已经逃走,又会拉着喊着非要追回来。但正常情况下到手后的第一反应是:再次束之高阁,以示惩戒。

女人的"贱"通常是被动的"贱":爱得愈深,愈无所适从,丧失原则,以服从男人为天职,这就是已婚女人或已被男人搞定的女人们最大特征。这时的她们不再高雅地耍小性子,或惹人怜爱地在诗词里忧伤,而是深情地高唱"就这样被你征服",或类似的句子。渴望被征服正是女人的天性。虽然次次的失望过后,她们只能用忧伤的眼神,默默地、低低地掠过自己的肩头。

其实,很多的时候,人们寻找朋友只是害怕自己待着,并不是真正的孤独。但如果一个女人能真正领悟什么叫孤独的时候,那么这个女人完了。不论她怎么美丽高贵、聪敏多情,起码在她的人生里有了很深的绝望。绝望是美的,如张爱玲文字中那一贯的苍凉。但绝望就是绝望的,没有希望的女人,除了凄艳之外,剩的就是可悲了。

我不要那样的可悲。我其实还是隐约奢望爱情的。这想法总会零星进入我的世界,迟迟不愿离开。

对自己好点吧。

对自己好点吧!我咬牙。

13

失眠。在掺杂了树影的月光下,我发着呆。

视线安静地游移,望着火车由远及近,再由近到远,仿佛思念的距离一样有弹性。

为什么花儿们喜欢在春天开放?为什么它们喜欢依赖阳光,似寄生藤条般缠着,如同女人纠缠爱情?

一定因为怕冷。我想。

房间里有个男人的不冷和温度的关系不大。女人由此感受到的暖意,远超过了男人的实际体温所能给女人的。有就会让人感到放心。

大扎是冬日里的阳光,即使在天气明朗的正午,也只发射光芒,而不赐予什么暖意,哪怕它的光芒能刺痛眼睛。对一个女人最严重的侮辱是置之不理,当她根本不存在,这种方式最伤害女人。其次才是冷嘲热讽、恶语相加。尤其是在我现在有严重的皮肤饥渴症并兼具倾诉狂特征的时候,这种感受更深刻。

而大扎很少碰触我的身体,这让我想不通。况且,大扎最近还很少说话。失去了内外两种交流方式,我对身边这个男人警惕起来。

我听着列车轰鸣过来,轰鸣过去,在梦中孤单地拥抱自己,或者在火车的震动中惊悸地睁开眼睛。

但大扎对我的不快乐很不以为意。"难道纠缠就是女人床前和床后的区别?"大扎再次把我搭在他身上的手拿开:"我说过很多次了,不喜欢这样,尊重我的感觉好吗?"

"咱不拿无知当个性,但也不能总拿冷漠装个性吧,总端着小架儿累不累呀你?不是知道男女有别吗?我就喜欢这样,请也尊重我的感觉好吗?"我转过脸不看他,很不高兴,故意继续把手放在他的肩上,说:"既然说我是你的女人,你为什么不能怜香惜玉一下,配合配合我的小资情调呢?"

大扎作仰天长叹状,呼出一口气:"唉,女人!"

后来我特意写了好几张纸条贴在大扎惯常使用的物件上,上面都写着同样的几行字:白天是你的钟点工阿姨,前半夜是你情人,后半夜陌生人一样背对背睡觉至天亮。

大扎的反应是七个字:"好,有创意,我喜欢。"

那以后,他依然遥远。望着他冷冷的脊背,我失望得甚至要疯掉了。

被我逼急了,他却说:"我最近患了失语症,尤其一看见女人的脸,就说不出话来。我们应该简单些,再简单些。不好吗?"

我气结。

我不得不在房间大声说话,有时完全是自言自语,后来不得不写作了。我发现这才是让我倾诉和释放的唯一有效途径。深夜的我蜷缩在电脑前,在屏幕的蓝光下,和萤火虫一样,打开自己的尾灯,妄图在结满文字的草丛间仔细寻找爱情。

大扎却很不以为然:"怎么,也想当美女作家呢?那你首先需要努力向美女靠拢,然后再向作家靠拢。"

我为之愤愤不平:"大扎,看来你开始说那些赞美我的话只能用恭维或奉承来解释了,还没彻底到手呢,尾巴就提前露出来了?"

他"嘿嘿"一笑:"这叫诚实,亲密接触后就不再忍心欺骗你了。"

我再次气结。

害怕正被智慧的米兰·昆德拉说中:"当北极近到可以接触到南极的时候,地球就消失了;同样的道理,当男人和女人近到肉体交流的程度,爱情也就消失了。"

一段时间以来,我经常困惑:我到底是执着于爱情还是执着于自己?用排除法过滤后发现还是执着于感情。感情在一个阶段里是执着的,但只是在一个阶段。我想爱也想被人爱,可至今我还没有碰见能让我全方位都感觉很好的男人,能让我把所有杂念都摒弃。人在进化中总是要变的,不是我变就是对方变,任何一个不稳定因素都让我恐惧。

我还是个很矛盾的人:一方面喜欢和盼望浪漫的爱情奇遇,骨子里的传统礼教又时刻忠告着我那许多个不能够;我理解现代社会最新潮的观念,可又无法让自己无动于衷地进入游戏再无动于衷地全身退出,还固执地维护着中国女人四方四正的尊严;我妄图尝试不惜代价去追求爱情的狂热,并且深深羡慕,但又时刻逼迫自己冷静下来,客观审视身边男人的内心,细节到各个方面。

这个大扎成了我的问题。

14

　　也不知什么时候起,我和大扎在一起时开始烦躁,莫名其妙的烦躁;不在一起又彼此猜忌。

　　大扎说总这样分着不好,我已经左右了他的情绪和判断力。

　　我知道他之于我亦然,可又实在下不了回北京的决心。

　　有时候他的手机开着,睡眼惺忪地和我聊上几句;有时候却刚刚拨通就断了信号,第二天准会告诉我手机又没电了。我莫名其妙地觉得自己闻到了一种女人的气息,透过电话线顽固地传出来。

　　我们开始在电话里吵架,拼命地吵,吵得心情坏透了,然后又和好,彼此道歉,玩命地做爱。我觉得现在浑身的感觉器官都处于一种高度敏感状态,任何一点儿轻微的动静都会让我的嗅觉和视觉神经发生颤动。

　　对于爱和性,男人和女人的出发点、论点也是不一样的。一般男人对待女人的看法是论事不论心的:即使他爱的这个女人从头到尾都在想着另一个男人,只要她的身体从头到尾都是纯洁的,那男人就可以很容易地原谅她和安慰自己——这个女人是他的。所以,男人总是希望自己是女人的第一个。

　　而女人,她们对待男人却是论心不论事的;即使他刚从另一个女人的床上跑下来,只要他现在情意绵绵地对女人说"我是真心爱你的,和她只是游戏",即使此男没有单膝跪地,即使他真的是虚情假意,女人仍会"一而再,再而三"地相信他。女人也可以很容易地原谅他和安慰自己——在这场战争中自己是胜利者。然后她的虚荣心可以在另一个女人的眼泪中得到很好的释放。所以,女人总希望自己是男人的最后一个。

　　唉,其实很多时候,噩梦的始作俑者正是做梦者自己。男人可以一辈子怀念一段感情,却也可以同时和爱或者不爱的各式女人贪欢。而守护,永远是女人的特长。或许正是基于女人们在爱情面前的轻信,才助长了男人们漫天飞舞的谎言。

假如把这一切都说成是游戏,也就不必较真,也就不必为此捶胸顿足,毕竟是假设的说辞,已提前设定了可以原谅的背景,一切皆可以被允许,一切皆可以被纵容。可惜这也都是玩笑,女人不可能单纯是性的奴隶,性也理所应当不是游戏。

爱得多一点,爱情反而少一点。这场爱情的加法和减法让我糊涂和害怕,逃走再次变成我的第一反应。

我在大扎睡着时出了门,坐最近的一班车回到家。

我的心里渐渐有一种痛苦的情愫慢慢衍生。我奇怪痛苦都是从哪里冒出来的,就像头发从皮肤里钻出来那样吗?它们缓慢得根本看不见生长,忽然就有了根深蒂固的一大束。

手机使劲响,压枕头下也没用,终于把我从梦中唤醒。看来电号码,是大扎打的。再看时间,凌晨五点钟。手机的蓝屏不停地闪烁,而我在想不接他电话的理由,直到我重新睡过去。

早上起来,我做的第一件事便是想着如何对他撒谎:说电话没在身边,还是说睡着了没听见响声?

但是,我又不想骗他。我真的只是不知道接通电话后该说些什么。

我很慢地打了条短信:从此不再给你打电话,不见面,不联系,不做周末情人,也不想你,好吗?发过去后,忽然想起那张床边火车的呼啸声,觉得恍若隔世。

羡慕那些雌雄同体的植物,早晨盛开生长,晚上则安然垂下,头顶是一大片没有性别的天空。

觉得冷,倒了杯热水,却从热捧到凉。

手机持续沉寂着。时间之长让我不由得隔两分钟查看一遍未接电话或信息,甚至怀疑它是否接触不良,又关机重启了一次。整个一天,除了一条电信的广告短信,手机再没有多余的动静。

后来,我干脆把手机关了。周日就在懵懵懂懂中溜过去了。

星期一上午是最忙的时候,这周又是出杂志的时间,踏进办公室后就没空闲半分钟。

隐隐听见门外有人叫我的名字。推门一看,竟然是大扎。他可能一宿没睡,眼睛通红,见我就说:"不好。我不同意。"

我愕然:"什么不好?"

大扎把手机按了两下递过来,是我昨天早上发的那条短信。"我昨天喝高了,想不来的,劝自己半天没劝住,看来我还是不能没有你,真烦!"他懊恼地抓抓头。

望着他明显的疲惫,我整个人一下子松懈下来。看来,我一直在盼望的就是这个结果,无奈的女人啊!

我把他让进办公室。没想到大扎进去就反锁了门,把我顶在门后深深地吻进去。我再次不由自主,伸出双臂环住他的腰。

当身体在他的压迫下即将发出声响的时候,我才想起这是办公室。于是,快速推开他,整理好头发,同时幽怨地望了他一眼,说:"你不是不喜欢碰我吗,干吗还来?"

大扎一口气喝干我茶杯里的水,说:"我们真正在一起的时间不长,你还不了解我。我真的很排斥身体接触,这是特殊的生理现象。不是针对你,我对所有女人都这样。而且为了你我已经在努力改变了,但了解需要时间,我不想多解释是想让你自己观察我。别不为什么动不动跑掉,你也不小了,怎么还跟孩子似的任性。"

我撅起嘴:"觉得你对我不好才跑的。你最近总是冷冰冰地挂着脸,怕影响你另寻新欢,只好知趣点先撤退算了,怕落个厚颜无耻纠缠的名声。"

大扎拍拍我的头,指了一下自己的前胸,说:"天地良心,我哪儿对你不好?我对你的好都在这儿,你需要自己耐心发现。其实,我不仅仅是你所看见的那个外向性格爱耍贫嘴的大扎,还有孤僻的一面,接触深了你会慢慢了解的。因为你是我的女人,我不想在你面前伪装,那太累,我也坚持不到底。与其到时变质,还不如直接给你个真实的我。不过,哪天你若真想跑了,拜托提前告诉一声。"

我捶他:"只希望你做什么事都不要骗我好了,我最大的优点就是明事理,绝不会拖你后腿的。"

大扎握住我的手,把我揽在怀中。我的脸紧贴着对面这个男人的心脏部位,数着它跳动的次数,切身体会到恋爱真是一个半圆找另一个半圆的尝试。

看来我们确实需要磨合,需要在磨合中习惯对方,甚至是忍耐对方。

还是周末,还是那个充满阳光的小屋。大扎睡着了,猫样地蜷着,表情孩子般无辜。我把脸伏在离他很近的地方,仔细感受他的呼吸一起一伏。于是,屋子里就带了一种温暖的气息,和着烟的余香,缓缓催我入眠。

皱折的心情此刻才像玫瑰花茶般在清水里一点点舒展开来。绝望也许困了,暂时放开了我。那就睡吧……

来来往往的火车票渐渐积了很厚的一沓,我都没扔,整齐地存在一个铁盒子里。张张不同的日期分别记载着石家庄小屋里不同的故事,哪一张也不舍得丢弃。

15

又到了一个下雨的周末,空气清爽得让人舍不得大口呼吸。

大扎在卫生间洗澡时,他的手机忽然响了。响了很长时间,我看见来电是个陌生的号码,拿去问大扎,他说让我先接。对方竟然说她是王清!

接下来的消息更让我目瞪口呆。王清说路奕病得很重,在北京友好医院住一个多月了,经过检查已经确诊是睾丸癌,这阶段正在靠药物治疗,身体很虚弱,准备下周手术,暂时不能回法国。

我大惊,但没有作声,一直听着。电话里的王清声音沙哑而无力,能想象得出来精神状态一定差极了。她说想和大扎商量一下能否把他们共同的女儿接走,由她今后抚养,因为路奕手术后不可能有生育能力了。王清说:"我知道你们在一起,路奕说你心好,求你帮我劝劝大扎,要没有女儿我真活不下去了。"

我再次被生活中翻滚的漩涡拽入深深的谷底。

我无声地甚至有些邪恶地微笑了,如同披着黑斗篷手拿毒苹果的巫婆。首先出现在我脑海中的竟然是"报应"这个词。我知道不应该想到它,可它还是顽强地冒了出来。

我不得不想起路奕刚去法国后那胆战心惊的一个月。当时的我被恐惧、担忧和妊娠反应折磨得面如菜色,越洋长途打过去,路奕对我们这个共同的意外坚定地说"不"。他一直是很有主意的人,说为了我好,这个孩子坚决不能要。手术后,我独自躺在房间里,虚弱得连烧口热水的力气也没有。半昏迷中,我无数次梦见我和路奕的那个孩子。好像是个男孩,我看见他摇摇晃晃地向我走来,嘴里叫着"妈妈,妈妈",走着走着就摔到了地上,像块雪糕般慢慢消失了,而我无能为力。

现在想来,这真是路奕为我做的唯一的好事了。我苦笑。

然后才猛然惊觉我现男友女儿的妈妈竟然是我前男友现在的妻子。这句绕口令样的话让我半天没反应过来。怪不得大扎能在医院找到我,怪不得他要提醒我及时看信,怪不得他会碰巧出现在路奕的婚礼上,怪不得他总是欲言又止的怪模样……大扎出现后所有可疑的细节都被这句绕口令串了起来,如同假面舞会后摘去面具的老女人那张惨不忍睹的脸。

后面十八,前面八十。哈哈哈!我很想大笑。

大扎开门出来,满身水珠的他看上去愉快而高兴。我却无法容忍他的笑容,被愚弄的感觉糨糊样粘了一身。本想漠然的,但我实在做不到不脱口而出:"你早知道的是吗?你故意去医院找我,报复路奕娶了你前老婆是吗?现在你已经达到目的,满意了吧?恕不再奉陪。"

我拉开柜子,动作很大地往行李箱里扔我的衣物。"顺便说一句,你最好马上和王清联系一下,她那边出了点儿事,现在很需要你们的女儿。"我在"你们的"三个字上加了重重的音量。

还是男人对意外的承载力比较大。大扎只是愣了一下,慢慢披上浴衣并点着了烟。两口烟以后,他神情郁悒地说:"我没想瞒你,是你不愿听。"我憎恶这个狡猾的借口,冷笑了一声,加快了手下的速度。

"你听我解释。"大扎拉住我,"别任性好不好?"

我盯着那双熟悉的大手,冷冷道:"请把您的手拿开。"一直盯到他终于缓缓松开。

把行李箱的拉链合上后,我倒了杯水。对着杯子,我很严肃地说:"解释吧。你还有一杯水的时间。"

大扎又习惯性地摸裤兜找烟,烟盒却空了。没有了烟的他立在原地紧张得有些不知所措。我起身拉开床头的小柜子,拿出一条七星扔给他:"上星期买的,还没来得及讨好您。最后一次劝您少抽点烟,即使分开也不愿听见您肺部欠安的消息。"

"为什么非得这样呢?我们走到今天容易吗?"大扎颓然地坐到床上。

"我不想讨论这个问题。只听你的解释。"我狠狠握住杯子,用这个动作攥紧眼泪。

大扎的声音和烟同时在房间里升起。我却专注地望着手中盛了半杯水的杯子,不确定它究竟是半空的,还是半满。

"我和王清是发小,王清她爸和我爸跟部队南下的时候分在一个班里。复员后,她爸在公安局政治处任职,我爸到了一个工厂。我们考上了同一所大学。王清是很文静的那种人,我原以为这份感情就是我的最终,可还是应了现实中的老话——因为了解而分手。我们分手是在前年夏天,王清偶然发现我和另一个女人上过床,坚决要分手。那时候王清还在旅游公司做调度,我在报社当编辑。可如果把生个孩子当作对我那次意外'出轨'的报复,也太残酷了,不说我和她,对孩子也是严重不负责任。

"王清提出分手时,还是笑着说的:我们分开吧,我觉得我们不适合。可去年三月份,在我们分手半年多的时候,突然接到她的电话,让我去延庆某医院,说她快生了,是我的孩子。我当时差点没一头栽地上。孩子生下后,王清说叫猫猫吧。我问她我们什么时候结婚?她笑了笑,没有回答。王清在我妈那里悉心喂养了猫猫四个月。那期间,我手脚忙乱跑东跑西,为娘儿俩忙得不可开交。如果不是后来王清乘坐的国际航班拔地而起飞向法国,我甚至认为王清要开始一种相夫教子的生活了。后来,我才知道她早就确定了要走。

"我们之间的关系我一直是被动的,恋爱是她先提出来的,分手也很突然,可分手半年后生出了私生女猫猫实在让我措手不及,生完猫猫几个月后她的忽然出国更是让我没想到。虽然这个单亲爸爸当得莫名其妙且似乎没费什么事,但每逢回父母家看见猫猫朝我天真地笑,并向我伸出小胳膊的样子,我的鼻子还是经常酸。猫猫是个可怜的孩子,我对不住她。"

烟雾中的他明显陷入了回忆中,神色凝重。这才是真正的大扎,我刚明白他的招牌微笑原来是那种举重若轻的微笑。

"你怎么知道我住院的?"这才是我最关心的问题。

"到杂志社打听的。"

"我真荣幸,劳您费那么多神,这报复有些不划算吧?"

"不是那么回事。我承认最初是有点儿想法,可一看见你拄着拐杖出来就放弃了,我不是那种卑鄙小人。后来的发展也出乎我的意料,接近你确实是身不由己。这一点你也应该知道,你的感觉不会欺骗你。"

"说完了?"我把杯子放下,虽然知道结果,还是对他的承认很失望。这不良动机严重破坏了之前那种浪漫邂逅在我心中的分量。

"差不多就这些了,别的你都知道。"

我站起身:"说完我走了。"

"你到底什么意思,说吧,我不勉强你。"大扎把一个烟头用力按进烟灰缸。

"还是先分开一段吧,都冷静一下,好好想想。王清找你有急事,关于你女儿的,你先处理那边的事吧,我会给你电话。"

"那好吧!我等你。"

16

　　街边的绿叶已经开始变黄凋落，还有一片落在我的头发上，我的希望也随之消散一地。

　　不得不再次想起北京的秋天，想起那落满了金色银杏树叶的秋天和秋天中的路奕。

　　对路奕突如其来的病，我从心底难过和绝望，可我还是羞耻于自己仍然在为一个负自己数次的男人流泪。我努力把那个善良的我掩藏起来，装出一副事不关己的样子，甚至想幸灾乐祸来着。可我做不到。我觉得自己袖手旁观的姿势很像偷窥别人的痛苦，况且对这个"别人"我实在又漠视不起来。

　　我只能任由那个善良的我从卡上把路奕汇来的欧元全部提出来，又按牌价兑成人民币，直奔医院。我同时违反了自己离开北京时定的两个誓言：第一，此余生不在男人身上多花一分钱；第二，永不再踏入北京。

　　但我理解自己。沉湎于爱情中的人是棒打不醒的，否则杜十娘在阅男人无数后也不会倒贴李甲。虽然现在我和路奕已经是过去时，但还是会为他做我力所能及的所有事。过去的记忆也有我的一半，我实在下不去手伤害自己的那一半。

　　在病房门口犹豫良久，我还是进去了。还好，只有路奕自己。

　　我没想到他竟然可以在短时间内变得判若两人。现在的这个男人已经不再是我爱过的那个路奕了，虽然在五年前我爱他到甚至可以为他去死。这和外表的改变没关系，而是软弱。

　　路奕哭了。这是我们认识以来第一次看见他哭，他几乎是号啕大哭，不是我们分开时，不是异域的他听见我独自去流产时，不是我摔伤时，而是在一堆钞票面前。我好像看见一颗红色的心形物体从那堆钞票中升起，落入他胸部或者口袋或者别的什么地方。

　　不，这不是我想要说的。这会令我很伤心。

钱其实是最干净的。再复杂的事,钱也能把它搞得门儿清。钱本身很干净,只是因为在人的手中流通的次数多了才变得肮脏起来。钱的无辜更会彰显出人的复杂。

我面无表情地望着这个陌生的哭泣的男人,递去一叠面巾纸。

"我不能再接你的钱。对不起,这世上我最对不起的人就是你,你也是唯一诚心帮我的人。不敢面对你,是因为我抬不起头。你知道一个靠女人生活的男人有多屈辱吗?以前我一直不敢承认这一点,不和你联系就是想刻意忘了你,忘了那段日子。可事实上从来没有做到过。"路奕唏嘘不已。

这个躺下的路奕没有了让我持续爱恋的长发弄得我有些认不出来了,不仅是病的原因。但听到"对不起"这三个字,我的视线还是模糊了,感觉身体深处有什么东西坍塌掉了,心脏的血液开始流动。难道我一直等的就是这句话?

难道纵使这一生要经历千山万水,纵使万念俱灰,也无法放下他?这难道就是劫数?在劫总是难逃。我现在开始相信命运了。

心脏被挟持了一般,控制不住地颤抖。

路奕坚持不要那包钱,我直接交到了住院处他的账户上。从医院出来,我逃似的上了最近的一辆出租车。车开了,我摇下窗户,嗅着北京的秋天,一下轻松了许多,仿佛有什么东西从身上卸下了。

旧日爱人就好比伤腿的后遗症,总是在身体和记忆深处千回百转地纠结着。都说过程最美,结果可以忽略不计,我却认为结果会定义过程。

也许正是你为你的爱情花费的时光和金钱,才使你的这段所谓爱情变得如此重要。我喃喃自语。

一阵薄如蝉翼的风扫过我的面颊,轻得像没有经过一样。回头看看,那段走过的路也似乎没有发生什么。我发现从一种念头转移到另一种念头竟然这样彻底,比从一种气候迁移到另一种气候迅速多了。

忽然想起一句词:别后相思君莫管,年少逢春,只合开欢宴。

原来轻松是可以这样容易的。

大扎,此刻,我忽然特别想念大扎。汉字里的"想念""思念"都是和"心"有关的,其实英文里的"miss"才最确切。只有失去了才会想念,想念才会真实提醒出我们的需要。

我想我这次可以轻装踏上去石家庄的火车了。

17

风刮得很大,树叶纷纷互相躲避着在空中滑行。

落英缤纷。看来用尽一切温暖的办法都不能阻止秋天这只摧残一切的手在周围的大地上留下伤痕。

这个周末,石家庄的天气也正多云转阴。自上午大扎知道我去北京看过路奕并给付他几万元医药费后,我们一直在争吵。

"你呀你,不是总说自己聪明吗?我怎么老看不出表现呢?要不是费用太高,真想为你实施脑前叶切除手术!"大扎一副恨铁不成钢的模样。

"大扎,不是我咒你,如果你现在躺在医院里,我倾家荡产也会找钱救你,你信吗?这不是钱不钱的事,是一条命啊!"

"现在你不想当时他是怎么对你的了?你不是耿耿于怀至今吗?才收到他还的钱几天就以为自己是富婆了,能扶贫济世了?"

"可如果没有把钱用到该用的地方,有钱又有什么益处呢?只不过让自己快速变成自私自利的乞丐,养成大杯喝葡萄酒的坏习惯罢了。"

"小姐,人家现在可是画家,比你有钱,也不看看人家缺不缺你这口儿?你没这义务!"

"他那病花钱挺多的。我是难受,也不富裕,可难受着也必须去。这是良心。"

"我无限景仰的鲁迅先生说:'许褚赤膊上阵,中了箭是活该。'"大扎冷笑。

"大扎,你的善良哪去了?你真让我失望!"

"真对不住,我辜负了您老的期望,可谁让我失望呢?你从来就没有忘记过他。我还以为可以让你忘记呢,真可笑。"大扎的神情一丝不苟,用罗马式庄严的辞令,来标榜自己贵族的罗马式的道德规范:"你走吧。我不能允许我的女人还想着另一个男人。"

听见这句话,我万念俱灰。本以为我终于放下路奕后可以完全接纳大扎了,结果却是这样。

看来我们真是走到头了。行李箱还没有打开,已经用不着了。眼泪扑簌簌地掉下来,怎么也控制不住。

"对不起,我不想哭的。"我哽咽着拉开箱子找面巾纸。

大扎沉默地递过一包。我再也控制不住,扑到他胸前使劲搂住他的腰,眼泪湿了他半边衬衣。我哭泣着低语:"大扎,我舍不得我们的小屋……"

过了好一会儿,大扎叹了口气,把手从裤兜里拿出来,交叠着在我背上按了两下:"别哭了,洗把脸做饭去吧。吃完陪我出去走走,挺闷的。"我吸吸鼻子,很乖地点头,心里升上一丝甜蜜,力图辩证地把大扎的在乎看成是爱的一种。

散步回来时,我问大扎:"猫猫的事怎么决定的?"

"给她妈了。"大扎简短地回答。

好一会儿,他又说了句:"跟着我没什么福享的,走了也好。"

我看见他说这话的时候仰着脸,仿佛在使劲抑制着什么。

这场风波过去后,我们之间的话更少了,约会频率也不再固定为每周,改成了电话联系,闲时聚,忙了就靠后。最近大扎的事情好像非常多,总在电话里说他忙。

忙就忙吧,反正杂志社这边事情也很多。我把没有约会的周末也让工作占满,搞得主编把我在杂志社树成敬业的楷模。

但不知为什么大扎最近总是一副心不在焉的样子。我为大扎缺失了热情而不安,以为是自己对路奕的做法伤害了他的感情,于是小心翼翼观察他的脸色,谨言慎行,还花样翻新地准备各种口味的周末晚餐,想用我的好补偿些什么。

直到又一个周末,我才明白自己的做法是徒劳的。

那个周五杂志社没什么事,我下午就到了石家庄。兴致勃勃地去超市买了好多菜,电话告诉大扎我准备了一个丰盛的西式晚餐。

傍晚,大扎开门回来了。我高兴地扑过去,但却在他脱外套时嗅到他身上有一种陌生的香水味。虽然很淡,但香得咄咄逼人,因为我是从不用香水的。而且在我试图靠近的时候,他下意识地躲闪了一下。这个随意的躲闪像是他故意泄露出来的,虽然动作幅度小得很难让人发觉,但我明白这个动作直截了当地戳穿了一个含蓄的秘密。这个伪装长久醒目地立在我面前,遮挡了视线。我不知道该说些什么。

吃完饭,刷好碗,收拾利落厨房。我站在大扎身后问:"她是谁?"

他还装糊涂:"哪个她?"

"拜托,说实话好吗?不想来就明示,根本不需要有什么充足的理由。当然也不用劳心费神地如此做戏。"

"你不要发神经好不好?在一起就高高兴兴的,干吗总搞得这么紧张?"

"你这样我怎么高兴得起来?从一个女人的床上刚下来还要跑这么远到这儿来约会,我真同情你。"

"说什么呢,你?"

"人世间本就有数不清的百媚千红,你当然有权利不爱我这一种!"

"你到底想我怎样你才满意,跪倒在您石榴裙下,以头抢地耶?"大扎有些不耐烦。

"用不着,与你无关,与我有关,是我的鼻子有缺陷,总是对另外的女人的香水太敏感。我只是希望你永远不要试图嘲笑别人的智商,并声明恶心你的欺骗行为。"我抱着胳臂冷笑。

"我说过没骗你,也不想再多重复什么,何况你也不是我老婆,暂时还没有恶心的权利吧。"他有些气急败坏,但没有解释的意思。

"好,我没恶心的权利,可总有起鸡皮疙瘩的权利吧!"我摔门而去。

游荡至深夜,我才发现自己在这个陌生的城市实在无处可去,走得匆忙也没带钱包,只能回去。

当我灰头土脸地来到单元门口,忽然被一双臂膀紧紧抱住。我还以为遇上色狼,急忙惊慌地回头,却发现是大扎。他竟然有耐心一直在黑暗中候着,真让我吃惊。还是那副曾经让我着迷的低沉嗓音,还是说着一如既往的能让我感动有加的话语。

可他话里显山露水的爱情对于现在的我来说,仅仅是脱口秀而已。

背叛这种事跟骑自行车似的,一旦知道就会记一辈子。更像个被偷走的自行车,骑了一圈又还回来了,能用是能用,就是心里不舒服,谁知道都干过些什么。情感洁癖总逼迫我不能给自己原谅错误的机会。

爱本身其实盲目而愚蠢,只存在权利问题。如果你足够爱一个人,他一定不会爱你;反之,如果欺骗好他,他就会爱你。可我无法做到欺骗自己。

我想我已经用尽了留下的理由,再待下去只会被情欲灼伤得体无完肤。爱情不是个无限值,它会干干净净地止于背叛而终。

这世界上本就没有什么永垂不朽,即使我和他的手心再长出两条纠缠的感情线,似水流年也一样会将它们淹没。

走在第二天清晨。

当第一缕阳光穿过纱帘照进来的时候,我透过投影在对面墙壁上自己的影子看见了自己的清醒。

"一定会有一个善良、美丽的女子,给得起你想要的幸福。"我面对熟睡的大扎,一字一句。

我模仿大扎的姿势点了支七星牌的烟,模仿大扎的姿势深吸了一口。烟灰迫不及待地长得很快。夹烟的手指边是个烟灰缸,烟灰缸旁边是他那只银色的 ZIPPO 打火机,这些静物和大扎同时安详在阳光里。我不得不背过头去。

关门之前,我又点着了一支七星烟,焚香般虔诚,让它靠在烟缸旁守着,倾斜角将近四十五度。

离开那里的时候,很轻很轻地传来"嗒"的一声,但我知道门还是锁上了,就像当爱情真正关上时也是很轻很轻的。

叔本华告诉我们:"生命是一团欲望,欲望不满足便是痛苦,满足便是无聊。人生就是在痛苦和无聊中飘摇。"

站不住,那就飘吧!

候车室的电视在放一部古装戏,是关于董小宛的。古时那样如泣如诉的爱情故事都已经风轻云淡、静如止水,我想我也能放下的。

火车开了。大扎的背影依然存在于这座城市的每一个角落,依然如老电影的黑白胶片般作反复闪回,一刻不间断。

车厢的喇叭里响起那英的《一笑而过》:"你伤害了我,还一笑而过……"终于知道了人群中孤独的感觉,那就是所有爱的感动都与你无关,而努力所收到的只是越来越多的手足无措。我扬起嘴角笑了一下。是啊,你伤害了我,我一笑而过。

对了,笑的同时还得记着小心擦去不小心掉下的泪。耳畔碎裂的声音在音乐中坠落:有一种伤筋动骨的疼叫失恋。

没有坐标的生活中,我迷茫地四处张望。

18

《圣经》上有句话:都是虚空,都是捕风。

太崇拜上帝了,只有神才能有这样的境界,才能提炼出这样流传万世的语言。

我一遍遍地重复着"都是虚空,都是捕风;都是虚空,都是捕风……"因此而心神荡漾,因此而黯然心伤,因此而缓慢安静,因此而有了足够的理由对身边的一切微笑。

罢了,罢了。得之我幸,失之我命。

无比盼望我梦见过的那个梦一样美好的男性天使出现,仿佛看见他身披几乎不带重量的白色羽毛,从天国缓缓临风而下。他说过他可以承担我的爱情,他说他是我的守护天使。想起他说的这句话,我凄美地笑了一下,就像一个癌症病人对某个善良医生的笑,就像一位母亲对天真孩子的笑。癌症是无法治愈的,即使治愈了,生命也是残缺的。

都说这世上有心灵感应,天使知道吗?他知道这一路寻来时我的心情吗?他知道我为了他每天都义无反顾地坐上同一趟车,静静地候在最末一排吗?静静地幻想着他微笑着走上来,又惊又喜地发现我……

我幸福地想着,充满期盼地等待着我的缘分。

可是,一站一站过去,我期盼的身形始终没有出现,直至终点。但又实在不想就那样在他经过的路上,只做一个看客而已。于是,希望一天天在失望中变老。

原地不动,与秋日的天空对视良久,我才发现原来蓝色也可以这样让人流泪。

一层层彩色的画面,海市蜃楼般地在空气中透明地漂浮着:七岁的我对着镜子长长地描着眉毛,还发现她在门后的暗处悄悄涂抹唇红。背景是一条海蓝色莲花图案的裙子,那是十岁的我最喜欢的,每次被洗干净后总是旗帜样飘扬在窗前的微风中。

十五岁的我失落地走在同班那个男孩子瘦长的背影中,第一次懂得了春天下燕子的忧伤和快乐。

二十岁的我在生日蜡烛前垂泪,为不复存在的可以肆无忌惮地反悔的十几岁,还事关伤秋的初恋。

还是那辆熟悉的三字开头的公共汽车,带着北京的灰尘停靠在学校的站牌前,那是路奕等我放学的地方,他恒温的膝上曾是我永远的公车座位。

旁侧是那趟在夏末的深夜开往终点的末班地铁,站台正慢慢变远,悲伤的我把脸紧贴在玻璃门上,眼泪被挤压得变了形。

然后是面容憔悴的我裹着毯子枯坐在电视机前,仔细倾听午夜十二点新闻后的世界城市天气预报,为眼前总共出现三秒钟的巴黎的街道浮想联翩。就那样坐至天明,尝试着在时间上和比北京晚六小时的巴黎保持一致。

哦,后面一页是石家庄的小屋。这个因短暂的爱情无数次到过的陌生城市里唯一温暖的地方,有过无数的鱼水和谐与阳光和煦。晌午的阳光均匀地透射过抽纱的窗帘,帘上有规律的网状影子没有分量地罩满整个房间,绸缎一样柔软。这个被我叫作"阳光小屋"的地方装得太满,简单的行囊根本带不走什么。我忽然想起走的时候好像没有关窗户,晾台上大扎的袜子也忘了收。

我看见阳光在门外站成一束一束,好似在努力证明着若干个虚无。

起风了,头发四处飘散。有时越想努力忘记什么反而越忘不掉。比如沾在衣服上的带静电的头发,刻意地拍打根本无效,可一旦不理它也就轻易甩掉了。忽然发现,有些人、有些事情、有些共拥过的梦和有些微热的温度,一夜过后,都会消失。其实一切都可以无所谓,反正早晚都会有风的。既然风会吹散一切,那就吹尽各式悲欢吧,只当春梦一场。

我要努力蓄我的长发,头发会乱,但头发也一定会按时生长,长了就能束住了。

铁轨很长,在脚下键盘一样此起彼落。

垂至脚踝的裙裾在行走中微微荡漾,像一只幽闭的百合,无香地怀念着盛开的日子。

伤口处被我粘了一片五彩斑斓的蝴蝶贴纸。动的时候,那个伪装的蝴蝶就会在裙裾间翩翩飞舞,竟又是一番风景,即使行走的每一步都像踩在玻璃上。疼痛中,我想起小人鱼那双无望的、痴情的蓝色眼睛。

我看见城市慢慢退后,还原成一个灰色的符号,挂在铁轨尽头。

黑色和灰色,此起彼落。